塔羅女神探之繭鎮奇案

TAROT FEMALE DETECTIVE

暗地妖嬈 著

作者介紹 AUTHOR

暗地妖嬈

本名章苒苒。著名小說作家、影評人、專欄作家。

暗地妖嬈擅長布構懸疑推理故事，開民國懸疑推理小說之先河，將民國風情與驚悚懸案巧妙結合，炮製出風格獨特的中國式推理小說；其故事張力十足、氣韻詭異華麗、人物個性鮮明、文筆流豔，新書上市便獲得高度認可。其中《閨蜜的戰爭》一上市即連續加印，並有多家影視機構主動爭取版權。其出版的每一部作品均得到影視公司的高度關注，被視為知名編劇六六之後的新生代影視劇女王作家。

已出版作品

PUBLISHED WORKS

二〇一二年二月

出版民國推理懸疑小說《盛宴》

電影版權已售出

二〇一二年五月

出版民國推理懸疑小說《藺鎮奇案》

電影電視劇版權同步售出

二〇一二年七月

出版民國推理懸疑小說《名伶劫》

二〇一二年七月

出版長篇職場懸疑小說《客服兇猛》

二〇一二年十一月

出版長篇都市情感懸疑小說《閨蜜的戰爭》

影視版權已售出

二〇一三年七月

出版民國推理懸疑小說《幽冥街秘史》

人物介紹

INTRODUCTION

杜春曉

本故事主角。從英國留學歸國，是個菸癮重、喜愛玩塔羅牌的奇女子。在老家青雲鎮開了一間荒唐書鋪，兼營塔羅牌算命，卻時常被人譏為神棍，說她算不準。

夏　冰

杜春曉的未婚夫，個性斯文親切，為人正直正義。在保警隊當小警察，因黃家命案而與杜春曉聯手查案，卻不幸捲入一樁樁疑案之中。

黃天鳴　青雲鎮天韻綢莊主人，黃家老爺。

孟卓瑤　黃家大夫人，心機深沉的女人。

黃夢清　黃家大小姐，杜春曉留英的同窗友人。

蘇巧梅　黃家二房太太。

黃莫如　黃家大少爺，有個不可說出口的秘密。

黃菲菲　黃家二小姐，與黃莫如是雙胞胎兄妹。

張豔萍　黃家三房太太。

黃慕雲　黃家二少爺，暗戀白子楓。

桂　姐　黃府中最能幹且資深的下人。

白子楓　鎮上的女醫生，專門固定為黃家健診。

秦　氏　油鹽鋪老闆娘，田雪兒的母親。

李常登　保警隊隊長，雖然獨身一人，但內心裡有個無法忘懷的女人。

目次 CONTENTS

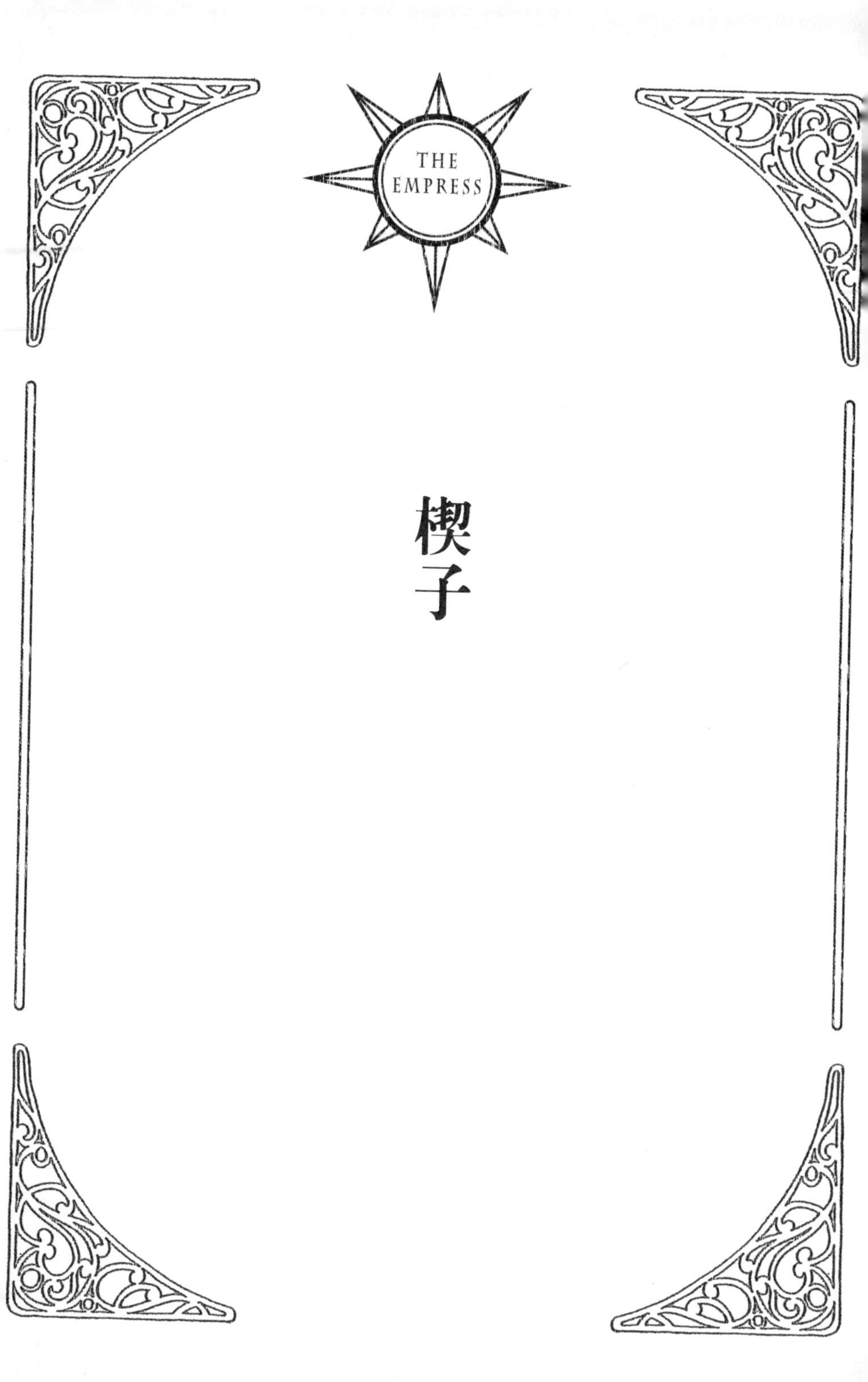

楔子

「要算什麼？」

「嗯……婚姻。」

那婦人拽緊手裡的蜜色帕子，一動不動盯著桌面上的牌，半袖短褂上繡滿金綠荷花圖案，兩隻胳膊都垂著，要她洗牌的時候才勉強伸出來。

杜春曉草草將牌摞成三疊，再合到一起，把面上的四張拼組成稜形，而心裡頭卻已經在發笑：「別怪我講出不好聽的來。」

第一張翻啟，逆位的太陽牌，開端倒也有些意思。

「恭喜恭喜，嫁的可是好男人哪！想來當年老的們都贊成這樁婚事吧？」杜春曉刻意不看那婦人的穿戴──翡翠吊墜耳環、珍珠髮網、洗到發白的緋紅長裙，全是五年前時興的妝扮，可見當初確是幸福過的。

婦人果然點了點頭，面上泛起一層纖薄的紅暈。

杜春曉又翻開中間兩張牌，逆位的皇帝與逆位的倒吊人，前者是男權象徵，後者可解作明月照溝渠的無奈處境。

她沉默良久，嘆道：「今時不同往日了，在家挨丈夫打罵是常有的事兒吧？妳性子又弱，不敢說話，終究是忍氣吞聲的命。不過……」

「不過什麼？」

「不過男人不懂憐惜玉也就罷了，還把自己的親骨肉打沒了，實在有些過分。」杜春曉用指尖輕輕抵住「倒吊人」。

「這是怎麼看出來的？」婦人不由得瞪大一雙枯淡的眼眸，欲從杜春曉懶洋洋的表情裡探究占卜的秘密。

杜春曉悄悄抹掉嘴角的譏笑，哄說是從牌裡看出來的。自己怎能告訴客人，從她跨入「荒唐書鋪」的姿勢便已猜到她近來身子受過重創，更不能告訴她，她一坐下來，不算財運、不算健康，竟頭一個問及「婚姻」，也只能說明婚姻出了問題。尤其洗牌時不小心暴露的胳膊內側那幾道暗灰疤痕，雖不怵目，卻教人無法忽視，可見受虐不是一兩天的事，偏偏憋到現在才來問卜命運，倘若不是被家裡的男人逼入絕境，那可就奇了。

然而，她最不能告訴對方的是，上個月在河塘邊洗衣服的時候已見過對方大腹便便的模樣了……

占卜就是這樣，把玄機都藏得牢牢的，一切歸功於牌理，那才是標準神棍的姿態。

翻開最後一張牌，逆位的審判。

看來一切已無法挽回……

杜春曉興奮得雙腿打顫，她最喜歡預測客人的未來，裡頭包含著期待、惶恐，乃至惱恨，都令她甘之如飴。

所以，杜春曉清了一下喉嚨，開始對那彷徨的婦人施咒。

「哎呀！看來這樁婚事也差不多到盡頭了。」她搓了搓手，將審判牌拿起來輕掃自己的下巴，「審判牌嘛，客人也該做出決定了，否則呀，再這樣下去，還會更慘。不過……」

婦人沒再追問「不過什麼」，竟盯著那張皇帝牌不放。

杜春曉見關子賣不下去了，只得自己接話道：「不過呀，您看這張皇帝牌，逆位的，說明有個男人可主宰客人的命運，雖然目前他還見不得光。至於往後能不能見光，可就看客人您自己的選擇了。」

這猜測極為大膽，不過杜春曉也不怕砸了招牌，是人命裡三分像，每個人的經歷多多少少都會有些重合，更何況眼前的女子面容清麗，雙頰掃了淡淡的胭脂，是極易讓男人心動的皮囊，就算現今沒有情夫，曖昧的、示愛的，想必也是有的，這大抵亦是她被妒火中燒的夫君打罵的主因。

客人整了整腦後的珍珠髮網，將散落的幾縷碎髮一根根挽回網中，這才露出脖頸下一塊蹊蹺的紅斑。

果然有這回事！

杜春曉雙眼放光，開始進一步刺探，她將頭顱貼近那婦人耳邊，好將那吻痕看得更清楚一些，然後壓聲道：「但凡到我這裡來算命的，到頭來都會罵我算得不準，因我講未來的事兒總也講不準，所以這位客人還得招子放亮，自斷自決。對了，切莫做出凶險之事，把男人倒吊起來的原因太多，疾病、橫禍、乃至殺人，都是有的。客人一定要沉得住氣，事情總會水到渠成，不要後來搞得兩敗俱傷，到時又怨我沒算準。」

那婦人急忙點頭，桃紅腮邊的兩只長吊墜一晃一晃的。

送走客人，杜春曉忙將未翻過的那疊牌拿起來查看，心中暗罵：「娘的！果然剛剛洗牌的時候沒收拾妥當，整副牌都是逆向的！」

十天以後，青雲鎮張銀匠家的老婆田氏與教書先生雙雙失蹤，張銀匠捶胸頓足，花錢請了人把鎮子翻過來找，可傳說這兩個人是私奔去了外省。

唯有杜春曉知道，田氏和教書先生的屍骨怕是早已沉在貫穿青雲鎮的那條河塘底下了，因為無論皇帝還是倒吊人，都是男人與男人之間的對決。

第一章

逆位之塔

對偌大一個青雲鎮來講，「荒唐書鋪」真是小到不能再小，地方又偏，租在馮姑婆家老宅旁邊的那條小巷子裡，一旁是燒餅攤，另一旁賣香燭冥紙，倒也神秘。鋪面大小只三十餘尺，貼牆擺了三個舊書架，歪七扭八排放的幾百冊書已髒得看不出原色，靠櫃檯後頭豎著根油漆斑駁的廊柱，上頭打一枚粗釘，掛著鐘錘生鏽的西洋時鐘，終日滴滴答答走個不停，玻璃罩面上有點點褐汙。

這樣的鋪子，大抵除鋪主之外，再有人光顧可能也算奇蹟。

王二狗的燒餅攤擺得很早，又收得比較晚，可每每他剛開始把甜醬罐子封上蓋的時候，書鋪的門板便嘩啦一聲裂開，從門板縫裡走出一個臉青唇白、明顯睡眠不足的女人，紮了一根粗辮子，穿灰藍色旗袍，一隻手夾著半截點燃的香菸，另一隻手則握著一根牙刷。

王二狗聽到那門板的動靜，便拿起放在烘坑上的燒餅，往裡頭填三塊臭豆腐，澆上辣醬，包上黃紙，給那女人送上。女人便把半支菸丟在腳下，用布鞋踩熄，伸出指節被菸垢熏黃的手徑直接過燒餅啃起來。

十年來，從王二狗開始在書鋪門前擺攤開始，他便天天要如此招呼一位邋遢古怪的書鋪女老闆。他不清楚此人來歷，只知她叫杜春曉，似乎有晚起晚睡的習慣，所以皮膚白得有些不正常。說她不會做生意，不如講她不在乎生意，反正這麼偏僻的地方，每日來來去去都不見得有

三十個人，能進她鋪子裡買書的就更少。

不過，這不是王二狗擔心的問題，反正只要那三文燒餅錢不少，管她的收入能不能維持生計呢。

「老闆，你這燒餅越做越小了嘛。」杜春曉見誰都叫「老闆」，哪怕去菜場買顆蛋，都管蹲在竹籃邊的老婆婆叫「老闆」。

「哪裡是餅做得小？是杜小姐妳食量大咯！」王二狗笑嘻嘻的把蓋了布的麵團和香蔥盆子往板車上放。

講實話，他實在無從辨別杜春曉生得好不好看，只覺她五官是端正的，可惜常被那齜牙咧嘴的表情給敗壞了，身材瘦得像個絲瓜精，但寬鬆的布袍子卻包不住她的前凸後翹，倘若穿點兒好的，搽上口紅，保不齊還是個美人兒。

可想歸想，王二狗面對這麼隨意潦倒的女子，嘴上卻怎麼都花不起來，尤其杜春曉現在一張口，臭豆腐味兒和香菸味兒便衝他的腦門翻滾而來，令他恨不能即刻逃走。

杜春曉也不理會王二狗的奚落，只靠在門板上將早點與午飯的「混合餐」吃完，往地上吐了一口痰，拿著那根沒沾過嘴的牙刷進鋪子裡去了。

荒唐書鋪還是一如既往的灰塵滿滿，手指頭往哪裡撚一下都會變黑，唯杜春曉坐著收錢的那張梨花木櫃檯油光水亮，是被她自己的袖子擦乾淨的，只因那地方除了做賣書的交易，還要派點別的用場。

手裡那副塔羅又硬又大，四角鑲了鉑金的邊，所幸杜春曉的手掌也厚實龐大，能把牌抓得很穩。

她隨意抽一張出來，笑了，星星牌，看來今天能碰上有趣的客人，再抽一張，死神。

整個下午，荒唐書鋪只賣出一本《三俠五義》，其餘時間杜春曉都只怔怔看著窗臺上滑落的幾寸陽光，暖融融照得人想睡。

到黃昏時分，她已是餓得前胸貼後背，想去對街的「老湯樓」叫碗麵，卻又捨不得跑開，怕錯過那位命中註定的「貴客」。後來實在餓得受不住，她只得跑去隔壁香燭店，找到正打瞌睡的夥計，只說：「姑娘我餓得受不了，勞煩替我去對街叫碗麵來。」

那麵送到荒唐書鋪的時候，已經變成麵糊了，她也不計較，大口吸食起來，待把湯頭喝盡，胃裡的饞蟲才勉強平息下去，嘴還沒擦，客人竟到了。

十七、八歲的少女，素面朝天的走進來，穿一身潔白短褂，素花紋長裙，雙眸如浸入清泉的墨玉，黛眉櫻唇，美得竟有些驚天動地。即使杜春曉自己是女人，亦忍不住發呆，只覺這客人不像活在凡間的，像是從天上走下來的。她暗自納悶，這麼美的姑娘在青雲鎮上居然沒傳出名氣來，難不成真是藏在哪個金窩裡的？

可那少女一落坐，杜春曉便恍然大悟。哦，原來已不是黃花閨女了，屁股挨住凳板的儀態浮起些許少婦風情，低眉順眼的神情裡隱約透露豔光，被性事澆灌之後蜜桃初熟的甜蜜氣息在書鋪中緩緩瀰漫。

「要看些什麼書？」杜春曉強壓激動的情緒，迎上來問她。

不知為什麼，她能嗅出客人甜蜜以外的血腥味來，這味道令她多少還原了一些「獸性」。杜春曉一直認為，人與獸的區別並沒有太大，尤其在對欲望與未知事物的追求上頭，甚至還遠遠蓋過那些無知的畜生。

少女搖了搖頭，拿眼睛盯住桌上翻開的那張死神牌，笑道：「想請杜小姐算一算。」

「價錢妳知道的？」

杜春曉目前最關心的還有這個，連續十天都用陽春麵打發肚皮的日子她實在是受夠了。

「知道，您就幫我算一算吧。」

她果真是懂規矩的，當即從懷裡掏出裹帕，解開，數了十個銀洋給杜春曉。

「要算什麼？」杜春曉終於眉開眼笑，叮叮噹噹的把銀洋擼進抽屜內，「不過先說好了，算不準不退錢的，我時常算不準的，沒砸了招牌那是運氣。待會兒講於妳聽的話，可別太當真。」

杜春曉喜歡在開工之前摸摸客人的底細，倘若把醜話講在前頭了，對方還樂意挨宰的話，就表明其焦慮和迷茫的程度可見一斑。眼前這位絕世美人兒便是典型，儘管心裡惶惶不安，卻極度扭捏，壓抑得很。

「沒關係的。」美人輕聲道，「知道您的本事才來的，再說大小姐……」

「要算些什麼？說些細的。」她只當沒聽見「大小姐」三個字，一副只顧做生意的樣子。

「算姻緣。」

這話從美人口裡講出來，實在是有些奇怪。依她的生相，只要頭腦稍清醒一點兒，便能找到好婆家，享一世富貴，哪裡還需要到這裡來問神靈？所以杜春曉只能嘆紅顏易「蠢」。於是讓美人洗了牌，便擺起陣來。

過去牌：正位的戀人。

杜春曉脫口而出的一番說辭，是美人進門時便想好的：「看起來，姑娘也是個痴情種，裙下之臣無數，然而姑娘卻把一腔熱情賦予一人身上，不知是哪家的公子這麼有福？」

這是廢話，天底下哪個美人不是享用這樣的權力？看她清清爽爽的額角與幾近透明的眼波，便知其單純執著。

現狀牌：逆位的宗教與逆位的正義。

「哎呀呀……」杜春曉裝腔作勢的尖叫一聲，美人神色即刻緊張起來，「姑娘如今這段姻緣太過凶險，妳瞧啊，宗教逆位，可說是妳離經叛道，走了一條歧路；正義逆位，這感情就更見不得光了，非正常，更非正義呀。」

「接下來呢？」美人竭力控制住神色，顯得從容鎮定，甚至笑了一下，以暗示杜春曉算得不準。

未來牌：正位的惡魔。

杜春曉突然逼近美人，將摻有菸味的呼吸貼近她的耳垂，說道：「苦海無涯，回頭是岸。姑娘的夢再不醒，恐怕事情就得到不可收場的地步。原本已是寄人籬下的身分，何必再讓自己多受一層苦呢？」

「您怎知我就是寄人籬下的命？」

杜春曉笑而不答，這還看不出來嗎？眼前的客人雖是水蔥般細嫩的長相，十個手指甲卻剪得光禿禿的，一看便是要做事的，何況挑的時辰也巧，多半是大戶人家的主人剛洗漱過後睡下的當口，下人可以趁機偷閒一刻半刻的。

美人終於寒下臉來，一聲不響的起身，走出鋪子，那豐腴曼妙的背影漸漸被暮色吸入。

杜春曉收好牌，點一根菸，深深吸進肺腑，嫋嫋煙霧，熏染了紅木架子泛黃的書頁……

「不祥啊，還真是不祥……」她看著猩紅的菸頭，喃喃自語。

……※…… ……※…… ……※……

夏冰最厭倦夏季，他是正月裡生的人，抗寒怯熱，還不是胖子，身材細得像竹竿，戴一副黑圓框眼鏡，頭髮梳成時髦的中分，一派文弱書生的氣勢，講自己是警察都無人肯信，所以從小就被人取笑說和杜春曉是天造地設的一對。

一語成真，只要杜曉春不嫁，夏冰便至今也沒有娶妻，爹娘跟他吵過不知多少回。有一次去相親，他當面便回絕人家了，夏母為此絕食了整整三日，事後他也沒有怎樣，依舊每天樂呵呵的去保警隊報到。

被叫去天韻綢莊辦案那天，正落雷陣雨，夏冰兩隻腳都被水捂著，走起來噗哧作響。他趕到綢莊的時候，臉上和眼鏡上都糊滿雨珠，已睜不開眼，只依稀聽得隊長李常登的大嗓門叫得震天響，竟蓋過那巨大的雨聲去了。

「小夏，趕緊過來，把死人抬到裡面去！」

李隊長指的死人，正挨著天韻綢莊後庭院裡的井沿上坐著，因全身被粗井繩拴綁，副隊長與兩名警察已在那裡費力解了半日。夏冰前腳剛踏進案發現場，他們後腳便要抬屍。

「看著點兒鞋！」副隊長身上的雨衣早已不頂用，瞇著眼衝夏冰大吼。

夏冰急忙拿下眼鏡、擼一把打在眼睛上的水，再看看腳底，發現自己竟站在一汪血紅裡，那血分明是從屍首的腰腹部流出來的，分不清性別的死人腹部中間被挖開了一個洞，大概腸子都被雨水沖出來了，流得滿地都是。

他不由得退後了一步，見一位穿著考究的中年男子執著一把油紙傘站在不遠處看著，面部僵硬，像是靈魂早已出竅。

李隊長此時又催促起來，夏冰只得咬牙切齒的跑到井邊，幫副隊長喬越龍抬起那死人。那血洞因受外力拉扯，變得越發得大，幾塊大小不一的碎肉落到地上，又與雨水融匯成血流，在眾人腳邊蔓延。

屍首被抬進庭院旁邊的一間柴房，平放在木床板上之後，夏冰方看清死者是個女人。稀濕的頭髮胡亂散在腦後，一張素白面孔上，那對大如深淵的眼睛還是半睜著的，似乎恨不能爬起來與保警隊一道去尋找真凶。

夏冰拚命忍著吐，看李隊長在那裡翻查屍首。小鎮上案子少，隊裡自然也沒幾個人，所以李隊長還要兼任仵作。

那執油紙傘的中年男人不知何時也已站在柴房內，冷眼旁觀他們的舉動。

「雖然肚子上被挖了洞，可死因卻是勒斃啊。」李隊長解開死者的衣領鈕子，脖頸處果真有一圈烏青血痕，「可認得她是誰？」

中年男子知李隊長是在問他，便語氣平板的答道：「好像是大小姐房裡的丫頭，叫雪兒，前年剛送進來的。」

「您又是哪位？」喬副隊長脾氣有些火爆，與李隊長穩重內斂的做派對比鮮明，因此兩人出來辦案審犯人時，都是前者唱紅臉，後者唱白臉，雙劍合璧，天下無敵。

「杜亮，這兒的管家。」

這名字一下勾起夏冰的回憶，早前聽杜春曉講過自己有個叔叔在有錢人家當大總管，威風得不得了，具體那「有錢人家」姓甚名誰，她卻含含糊糊不講出來。算來算去，青雲鎮也只有經營綢緞生意的黃家屬不折不扣的金玉滿堂。

青雲鎮原本是個民風懶散的荒鎮，誰知竟出了黃天鳴這麼號人物，頭腦聰明，精於算計，眼光與膽識亦較常人要卓越許多，一下便看中小鎮邊郊那幾百里桑樹田。種桑必定養蠶，養蠶便可織綢。他不像那些鼠目寸光的養蠶戶，把繭子低價賣給外省來的紡織廠，於是和外省人公

然叫板，開出雙倍價格搶回蠶繭，並招了一批鎮上的閒散人來做工，因此那年春繭上市之後，很快便發了筆橫財。

黃家大宅院與天韻綢莊連在一道，建於鎮東最繁華的魚塘街，雖是車水馬龍、熱鬧非凡的地界，黃家人除了必要的應酬外，卻鮮少出門。從老爺到下人，行事都低調得很，與他們在青雲鎮的顯赫地位極不相稱。

喬副隊長的老婆是按摩師傅，因被請去給黃家大太太鬆過幾次筋骨，所以多少還有些瞭解裡頭的情況。

喬副隊長用四字形容過黃家的人：高貴冷血。

夏冰至今仍不明白「高貴」與「冷血」兩個詞如何能拼湊到一起，這根本是完全不搭調的嘛！所幸這回藉處理命案的時機，總算可以堂堂正正進這大戶人家「參觀」，可惜出來接待的竟只有一個大管家。

「我們能見見黃老爺嗎？」

李隊長提出的要求很合理，府上死了人，自然要跟主人家瞭解情況。

誰知杜亮的回覆出乎意料，只說：「老爺最近身體抱恙，不便見客。」

「我們不是客人，是來查案的，查府上有人被殺的案！」喬副隊長即刻像被點燃的爆竹。

杜亮只是弓著身子，訕笑道：「老爺吩咐過啦，幾位爺有什麼需要儘管提，我們能幫則幫。雪兒這丫頭來的時間短，老爺哪裡能對她有印象？所以就不必打擾了。幾位爺若想知道些什麼，直接問我就是了，我是在下人房裡待慣了的，他們的事兒多半還知道一些。能在咱們幾個中間解決的事兒，就不必勞煩老爺和太太們了吧。」

言下之意，死的只是個下人，在黃家人眼裡算不得什麼，只要儘快把屍首抬出去，解決她的身後事，抓不抓得到真凶都不重要。

夏冰終於見識到富貴人家的冷漠與傲慢，死個丫鬟好比死了條狗，只須安排另一條「狗」去應付便夠了。

「杜大管家這話講得可就不對了，不管怎麼說，府上出了命案，說明這裡不安全，今天死的是個下人，明兒可不保證黃家老爺、太太們不受牽連啊！你現在這麼阻著攔著，到時候出大事兒了，你可擔當得起？」

杜亮沉默片刻，嘴角竟擠出一絲冷笑：「自然擔當得起，若不敢擔當，在下也就不站在這兒招呼各位了。」

這一句倒讓夏冰對杜亮刮目相看，不禁感慨此人與杜春曉果然是有血脈淵源，連那股吃軟不吃硬的倔強都一模一樣。

「死者是大小姐房裡的丫頭吧，我們能見見大小姐嗎？她可能是雪兒遭遇凶手之前看到的最後一個人。」

夏冰的提議有些冒失，卻不無道理，杜亮沒有拒絕的理由。

……※…… ……※…… ……※……

見到黃夢清的時候，她正坐在一架鋼琴旁邊忘情彈奏，琴架上擺著的一只圓口高腳杯裡裝了淺淺一汪紅酒。夏冰平素也喜歡收集西洋樂唱片，所以尚辨別得出大小姐拙劣的技巧，但是他也不敢打斷，只好皺著眉，忍受著毫無生氣的音符與屋外嘈雜的雨聲混雜在一起，折磨他的耳膜。

而這位大小姐也並不怎麼漂亮，細眉細眼的，一束燙捲髮用手絹紮住，穿硬綢背心配長褲，白襯衫領口與袖子上的花邊倒是很別致。

「雪兒真的死了？」

一曲演畢，黃夢清拿起架上的紅酒啜了一口，發出享受的嘆息，瞬間暴露某種奢華嬌媚的氣質，是受過高等教育的貴族才具備的。兼因那份難得的雍容，竟彌補了她外貌的缺陷，將她調整成一位極富魅力的千金小姐。

「是。」杜亮答得簡單乾脆。

「屍體在哪兒？我去看看。」

「大小姐，那丫頭的死狀有些……還是別去了，到時嚇著您了，我可不好向老爺交代。」

杜亮的顧慮是對的，應該沒有哪個女人看到如此血腥的屍首還能保持鎮定的。

黃夢清亦不再堅持，將杯中紅酒一飲而盡，站起身來，看著窗外漸止的雨滴深深吸一口氣，彷彿要從空氣裡嗅出那丫鬟慘烈的死狀。

「大小姐，我們是來向您瞭解情況的。」李隊長秉性直率，平素最煩附庸風雅，所以對黃夢清彈鋼琴的架式反感透頂，他只想快點瞭解一些情況，然後回家把身上的濕衣服烘乾，舒舒服服睡覺。

「你又是誰？」

黃夢清的個性果然與她的琴藝一樣臭。

「這位是我們鎮上保警隊的李大隊長，負責調查這起命案。」夏冰唯恐氣氛又僵，忙搶過話頭，「想問問黃小姐，您最後見到雪兒是什麼時候？」

黃夢清剛要開口，門外卻傳來一陣亂響，只見一個腰圓體闊的胖丫鬟咚咚咚跑進來，喘氣

道：「小姐，大太太來了！」

話音未落，一位穿黑旗袍的中年婦人已抬頭挺胸入室，跟在她後面的丫鬟渾身稀濕，正忙著收起剛剛替主人遮雨的湖綠色滾金邊綢傘。

那婦人看上去雖已過不惑之年，卻保養得極好，皮膚比黃夢清還白皙些，亦是窄額鳳目，脣角生一顆細痣；腦後梳起碩大的髮髻，斜插一支金貴的紅瑪瑙簪子。看神情像是很不高興，氣焰也囂張。

「夢清，剛剛聽老杜說妳房裡的人出事兒了？」她顯然眼裡沒保警隊的那些人，一雙眼只看著自己的女兒。

大太太孟卓瑤是黃天鳴的原配夫人，據說是與丈夫共患難過的，因吃得起苦，手段又強悍，是惹不起的胭脂虎。

「娘，我沒事的。」

「嚇著沒？」孟卓瑤一把抓起黃夢清的手，拉到自己胸前，臉色瞬間柔和了許多，「我早說那丫頭一臉狐媚相，早晚要出事兒的，當初就該狠下心把她攆出去。」

黃夢清竟向母親嫣然一笑，說道：「人都死了，還說這些做什麼？」

「自然是要說的！」孟卓瑤嗓門不禁高了，「就說咱們不該太菩薩心腸，惹得這一身臊。

過幾天就要祭祖了，妳看多不吉利！」

「娘，妳安心先回去，我跟保警隊的人談談，死人的事兒總不能當沒發生。妳早些歇息，明兒我過去跟妳詳說祭祖的事兒。」

黃夢清半哄半勸的，將母親緩緩扶至門口，丫鬟忙將傘撐起來，站在門檻外頭候著。此時兩人細長的單眼皮挨得極近，果然是對氣韻相似、外貌無比貼合的母女，雖然傲慢得有些讓人生氣。

孟卓瑤走後，夏冰依然想繼續剛才的問題：「黃小姐，請問您最後見到死者是什麼時候？」

黃夢清折回鋼琴旁，坐下，手指在琴鍵上滑了幾下，指尖流出刺耳的碎音，隨後抬頭笑道：「兩個鐘頭之前吧。」

「當時是什麼情況？」

「當時……」她刻意頓了一下，回道：「她靠在庭院裡的老井旁坐著，肚子像被掏空了，流了很多血。」

夏冰驚道：「這麼說，是您第一個發現屍體的？」

黃夢清點頭的姿態極為優雅，屋外突然電閃雷鳴，將她那張平庸的面孔照得雪亮。

夏冰腦中浮現出喬副隊長評價黃家人的四個字：高貴冷血。

……※……　……※……　……※……

杜春曉這幾日開心得夢裡都會笑醒，因生意太好，自打那絕世美人兒光顧之後，又來了三個姑娘，姿色雖都不如頭一位，卻是出手闊綽，也是問些姻緣、財運之類的東西。雖說算的內容很平常，杜春曉還是樂開了花，起碼下半個月都可以去鮮香樓吃好的，免得被陽春麵「纏身」了。

據杜春曉的推斷，這三位姑娘均是「心比天高，命比紙薄」，臉上都撲了厚厚的香粉，梳著與那美人一樣的髮辮，甚至連耳邊那只銀髮夾子的款式也是一樣。

尤其最後來的那位，生得五大三粗，胳膊足抵得過杜春曉的小腿肚子，還滿面紅雲的詢問幾時能找到好婆家，令她不由得心生惡毒，明明未來牌翻了張光明向上的正位命運之輪，按原意該解作客人有命中註定的好姻緣，結果為了調戲，她竟告知對方：「不太妙，恐這一世是難有花好月圓的辰光了，妳看這命運之輪，分明是講妳還得投胎到下輩子才輪得到。」

一番話，硬生生把那胖姑娘給嚇哭了。

關於杜春曉這說壞不說好的毛病，夏冰已不知批鬥了她幾回，叫她占卜也得留幾分餘地，否則真讓人鑽進死胡同，搞出事情來就不好了。杜春曉是不理的，自顧自的如下咒一般給來客「指點迷津」，她的想法是探索人性迷失之極限，錢與口碑都是次要的。於是二人少不得吵架這一齣，都是自恃清高的主，互相都不肯認錯。

不過，無論言語衝突有多激烈，最先閉口休戰的那一位總是夏冰。

「像你這樣的書呆子，去做警察已是老天爺瞎眼，還來這兒跟我唸『道德經』呢？趁早歇菜，去黃家綢莊裡做繡娘，還適合些。」

杜春曉奚落夏冰的時候，他正握著一根雞毛撣子清理書架，另一隻手還捂著口鼻，以免被灰塵嗆住。

「杜神婆！」想是杜春曉的話太過難聽，他到底熬不住了，將雞毛撣子往胳肢窩裡一夾，推了推眼鏡說道：「我告訴妳，妳甭在這兒給我得意，小爺我這幾天煩著呢！知道黃家出了命案沒？」

杜春曉也不搭理，只趴在桌子上玩弄自己的瀏海。

「沒想到青雲鎮這麼太平的地方，還會出凶案呢。李隊長說他在保警隊幹了三十年了，也是頭一回碰上。」

聽夏冰那一番天真話，杜春曉不禁啞然失笑，這笨蛋哪裡知道鎮河裡已填了多少冤魂呢！正想藉機刺他幾聲，卻被書鋪外一記粗魯的吆喝震斷。

「小子，快出來！」

「做什麼？」夏冰把雞毛撣子敲在櫃檯上，羽毛上的蓬塵噴了杜春曉一臉。

「趕緊跟我去黃家，又出人命了！」喬副隊長說話又急又快。

夏冰來不及回應，便趕緊跟著喬副隊長直奔魚塘街而去。

杜春曉有氣無力的整理被雞毛撣子打亂的塔羅牌，見一張背著面落在磚地上，撿起來一看，是戰車，心裡不由得咯登一下，腦中浮現那美豔得過些悚人的問卜客。

「真奇怪啊……」她笑著將散牌合到一起，書鋪內迴盪西洋鐘單調刻板的走音。

…※…　…※…　…※…

黃夢清已整一個月沒踏出家門，不僅是她，母親、二姨娘和三姨娘，乃至弟弟妹妹們，亦都悶在屋裡動彈不得。

每飲一次老媽子泡的白片，黃夢清便想念起雪兒來。那丫頭不算勤快，頂嘴的次數也多，然而笑靨鮮甜如蜜，無論男女都要被她迷醉，所以母親討厭這樣天仙般的人物亦不是沒有道理，三姨娘張豔萍便是仗著一副美貌，從端茶遞水的下人搖身一變成了主子。

黃家的人被老爺勒令不准出門，黃夢清也不敢有異議，算上胖丫頭敏慧，這裡已死了四個人了，均是直接伺候主子的大丫鬟。

想到這一層，她不由得又置身那個燥熱不安的午夜，因皮膚蒸得油汗淋淋，只套了件薄如蟬翼的小衣，赤足踏在後院潮濕的青苔上，偶爾幾絲微風由耳畔掃過，攜一縷金銀花的芬芳。氣溫高得不可思議，頭頂一輪圓月邊緣竟泛起紅光，於是她疾步走向井邊，思慕井水沁入腳心的清涼。

可井邊已坐著一個人，鮮熱的腥氣由那人身上散出，正濃濃向她撲來。她只當是哪個丫頭在這裡等著和野男人鬼混，就偏要走過去拆穿。還未挨近，她腳底便打了滑，一個踉蹌摔倒在地，待撐坐起來，褲腳管和手心板都是紅的。

雪兒半睜著眼，正冷冷盯著自己的主子，那死氣沉沉的目光化作淚珠，打在黃夢清的面頰上，隨即一聲雷鳴，雨點劈頭蓋臉打下來，把她澆透……

七日後，二姨娘蘇巧梅房裡的翠枝，屍首躺在一簇殷豔的夾竹桃下，肚子也被切去一大塊，露出空蕩蕩的腹腔，身下一片亂紅，分不清是血是花。

服侍三姨娘的碧仙死得最蹊蹺，竟是吊在院中最大的月桂樹底下，被掏空的腹部拉得扭曲變長，搞得入殮師都不知怎麼把屍首還原，以便入棺。

慧敏傻人傻福，總算是死在床上，她平素霸道慣了，一人占一間睡房，這才讓殺手有機可乘。屍體被發現的時候身上沾滿了糕餅屑，腹部也難以倖免的毀爛了。

四件血案接連發生，鬧得人心惶惶，大家都講黃府被妖邪入侵，劫數不斷，老爺只得命人把井封了，月桂也砍得只剩淺淺露出泥地的一塊樹樁。蘇巧梅更是出格，聽信一個道士的蠱惑，竟在院中開壇作法，搞了整整十四天，炎夏的熱氣加上香燭煙熏火燎，空氣裡的臭味讓人受不了，到前頭的客廳裡吃飯都得繞開院子走。

黃夢清自然吃不消這樣風聲鶴唳的境況，何況長久禁足，心頭早已生出荒草來了，和幾個弟妹嬉鬧打牌已覺無聊，便找在這裡追尋線索的夏冰說話。

「這麼多天了，死了一個又一個，你們警察到底是抓不抓得到人呢？」

夏冰擦了一下鼻尖的浮油，正色道：「這案子很嚴重，已驚動縣裡的人了，不過李隊長說了，咱們得自己尋找線索破案，不能輸給外頭的人！」

「這案子要破啊，恐怕你們還得找一個人來。」黃夢清也是怯熱的人，將手中的檀香扇搖得飛快。

「找誰？可別再請和尚道士了，只會嚇唬人，如今要講科學。」夏冰的「單純病」一犯，臉上就會浮起兩塊紅暈，像個面黃肌瘦的孩子，撇著嘴指指庭院裡未打掃乾淨的紙錢燭油。

黃夢清也不爭辯，只拿出一件東西放進夏冰手裡，皮笑肉不笑的說道：「去把那書鋪的懶惰老闆娘找來，就說是替黃家的人算算吉凶。她若不肯，把這個給她。這點事兒辦不好，回來就小心你的皮。」

夏冰愣了一下神，低頭看貼在手掌上的東西，是塔羅中的隱士牌。

……※…… ……※…… ……※……

入駐黃家大宅，杜春曉一點行李也沒帶，夏冰旁敲側擊的提醒，她半瞇著雙眼答說：「用黃大小姐的不就得了？」於是懷裡只揣著一副塔羅，便進了天韻綢莊。

剛踏入黃府，便看見杜亮一臉嚴肅站在門口迎著，杜春曉抓了抓頭皮，大搖大擺從叔叔跟前過，才要踏過門檻，就被杜亮抓住。

「春曉，到這兒可別頑皮，否則我告訴妳爹。」

杜春曉仰面挺胸，將一對豐乳抬得高如山峰，笑道：「我可是大小姐請的人，來這兒占這

宅子的凶吉，誰敢說我？」

「喲！」孰料杜亮不吃這一套，往她腦門子上狠狠彈了一記，「敢跟妳叔頂嘴！」

她瞬間沒了威風，捂著額頭往裡走，夏冰忍著笑跟在後面。

黃夢清見到杜春曉，也是冷冰冰的態度，只伸出手道：「還我。」

「什麼？」杜春曉在大小姐房裡亂轉，撫摸架子上那些精美的瓷器，還把擺在梳妝臺上的一個音樂盒擺弄得叮咚響。

「牌呀！」

杜春曉笑嘻嘻的從袋裡拿出隱士牌，還給黃夢清，然後神色驚恐的指著鋼琴叫道：「媽呀！妳都回自己家了還不忘殘害生靈呀！」

夏冰在一旁暗自稱快，到底是從小一起長大的夥伴，他不敢說的話，她總是適時的替他講出來。只是她與這黃家大小姐究竟有怎樣的淵源，他依舊一頭霧水，怕追問下去讓杜春曉得意，便憋著不開口。

「妳這張嘴，還是這麼毒！」黃夢清居然一點也沒有計較，反而拿起一碟芙蓉糕遞給杜春曉，隨即兩人一道吃起點心來了。

看這熟稔程度，像是多年來一道撲蝶談心的金蘭交。

這二人雖表現親暱得有些過分，然而一談及府內的命案，杜春曉便冷下臉來，一開口說話，嘴角上的碎酥片就如頭皮屑一般紛紛落下：「這樁案子已聽夏冰講過了，大致情形也是清楚的，不過你們家人都跟墳裡的鬼一樣不出面算什麼？這樣，今兒你們黃府就擺一桌，請我這個大神婆吃飯，順帶讓我見見黃家幾位大能人兒，妳看如何？」

黃夢清當下點頭，完全不拿杜春曉當外人看，只夏冰在一旁目瞪口呆。

⋯⋯※⋯⋯　⋯⋯※⋯⋯　⋯⋯※⋯⋯

黃府的人在前廳吃飯，是有規矩的，不但用餐的器具要分，連桌子都是分開的，只讓邀請者相陪。所以，雖在同一個屋子裡吃飯，卻是兩張桌子，黃夢清與杜春曉坐在同一桌。

黃天鳴雖六十有二，卻滿頭烏髮，濃眉大眼，皮膚黝黑，眉心連成「一」字，有些不怒自威的意思，依其高大健碩的個頭，竟不像南方人。旁邊坐著的孟卓瑤，胸口掛一圈鴿子蛋大小的玉石項鍊，皺眉端著飯碗，吃不了幾口便放下，望望對桌的女兒，一臉的不痛快。

「慕雲呢？」黃天鳴問道，聲音不響，卻足夠讓所有人停筷。

「在屋裡看書看得乏了，說是不想吃。」

坐得離老爺最遠的婦人，雖穿得端莊規矩，周身卻散發一股妖魅氣，額角低平，嘴唇豐豔，一對杏眼，看人時眼皮都往下拉，顯得迷迷濛濛；儘管韶華已逝，神情卻留有青春時代的清純痕跡，讓人望之心碎。

這樣的三姨太在場，姿色自然要蓋過檯面上其他幾位如花女眷許多倍去，杜春曉不由得要拿她來和那問卜的丫頭做比較，遂感慨原來青雲鎮竟有這樣的仙氣，能育出極品的美人來。只可惜那丫頭如今已帶著被掏空的腹腔入土，依夏冰的形容，是「滿臉怨恨」。

「嗯。」黃老爺點點頭，轉頭對杜春曉那一桌笑道：「讓杜小姐見笑了，犬子身體欠佳，沒能出來招待。巧梅，等一下叫人買些上等水果，送去夢清房裡，今夜她們必有說不盡的話。」

二姨太點點頭，也朝杜春曉微笑，笑容裡盡是冷淡的客氣。

這蘇巧梅剪齊耳短髮，末梢燙滿細碎的卷子，面色紅潤，細紋都長在不容易讓人發現的地方，周身上下只戴了一枚藍寶石戒指與一對金蓮花耳墜，品味和氣韻倒也與眾不同。

「夢清、菲菲，想吃些什麼？」

黃夢清不緊不慢的喝了一口湯，笑道：「二娘買什麼我們就吃什麼，只不要西瓜，肚子脹。」

「快別提那些水果了，前兒杜管家從鄉下帶了一堆蜜瓜過來，我吃了一個，到現在胃裡還流著一股氣呢。娘啊，還是蓮心銀耳粥頂用。」

說話的是蘇巧梅的女兒黃菲菲，正值發育的年齡，額上長了幾顆紅疙瘩，一雙骨骼玲瓏的玉手與豐腴的體態顯得極不相稱，然而五官生得異常端正，眉宇間也藏不住富家千金特有的驕縱。可能是家教的緣故，看得出她已竭力收斂自己的脾性，講話拿捏住了分寸，既要表達不屑，又要顧及娘的臉面。

坐在她身邊默默吃飯的黃莫如，與菲菲是同胞雙生，果然也是精雕細琢的面孔，只是眼圈發黑，一臉疲憊相，不似胞妹那麼樣活潑傲慢。

「就妳話多，人家老杜也是一片好心，送蜜瓜給我們吃，妳還抱怨不停了。不過那麼多也吃不下，夢清啊，晚上我叫人送幾個過去，給妳的朋友也嚐嚐鮮。」蘇巧梅橫了女兒一眼，遂笑咪咪的對黃夢清說道。

黃夢清悄悄對杜春曉吐了一下舌頭，苦著臉回道：「謝謝二娘了。」

所有人都不再說話，就只是吃飯，黃天鳴也是欲言又止，只咳了幾聲，空氣在那金邊碗沿上僵硬的淌過。似乎所有人都在刻意忽視蘇巧梅對他們的輕蔑，但無法掩蓋她掌控黃家內務大權的事實。

一頓飯吃下來，杜春曉已累得脖子都不能曲了。

夜裡才吃過茶，一個男傭便大汗淋漓的端著一大盆切好的蜜瓜送到黃夢清房間，杜春曉剛拿起來咬一口，便吐掉了。

「怎麼是壞的？」

「哼！不壞的能給我們？」黃夢清正對著鏡子梳頭，看到蜜瓜後，嘴角那抹冷笑就怎麼都不肯摘下。

杜春曉抽出皇后牌，重重拍在黃夢清面前，說道：「看來妳二娘是個厲害人物呀，原以為妳娘就已經夠難纏了，沒想到狠角兒在這裡呀。」

「別以為她真有什麼能力。」黃夢清撇撇嘴，顯然很不高興，「無非是一胎就生了個『好』，自然招我爹疼一些。妳看她慈眉善目的，連我娘這麼精明的人都被她騙了，以為她真能一碗水端平，照顧我們大家。誰知道狐狸尾巴沒幾天就露出來了。」

「妳娘都被騙了，可見她是真有能力的一個人。」杜春曉擠在黃夢清的鏡子前也胡亂理了理瀏海。

黃夢清一臉鄙夷道：「那是我不願跟這種人計較，若真計較起來……」

「若真計較起來，妳必定會用塔羅牌算個天昏地暗，找到制服她的妙法？」

杜春曉咯咯笑得起勁，又憶起兩人在英格蘭唸書那會子，黃夢清當時便是個習慣隱藏幽怨的人，不肯輕易暴露自己的喜惡，所以遇到什麼委屈，都是杜春曉給她報的仇。

加入學校的塔羅占卜會亦是黃夢清的主意，可在這方面有成就的卻是杜春曉，所有人都在拚命研究星相塔羅的辰光，唯有杜春曉一頭鑽進心理學的書本裡頭，從此占卜便完全脫離牌的本來解釋，卻自有一套獨特的解牌技巧，不久便成了會裡巫婆式的人物。

「話說，妳這次讓那呆子把我叫來，目的何在？我醜話可說在前頭，塔羅算命都是騙人的把戲，妳若以為我在這兒挨個兒給人算一遍就能抓到真凶，那可是做夢。」

「知道，請妳來不是要妳查案，我可是把妳拿嫌犯審呢。」黃夢清半開玩笑半認真的語氣，算是摸到了杜春曉的興奮點。

「喲！我一個窮書鋪老闆，還有這等榮幸？」

黃夢清點點頭，細長的單眼皮上微微發些桃紅，令整張臉即刻漾起了豔光：「妳可知道死去的四個丫鬟，生前都到妳那裡去算過命？」

杜春曉亦不示弱，直勾勾盯住那雙桃紅的眼，回敬道：「我可不知道有四位客人後來死了，妳大小姐又是怎麼知道的？」

兩人牢牢看著對方足有半分鐘。

夏夜裡，蚊香罐內吐出的薄煙悠悠掃過兩人的皮膚，屋內安靜得宛若深幽湖底。

俄頃，黃夢清寒下臉，冷冰冰說道：「可見妳的確是騙人的神棍，她們要遭血光之災都沒算出來。」

「奇怪了，這些人一個都沒問自己的壽命，只算姻緣財運之類的通卜，還是我的不是了？」杜春曉強詞奪理。

「大小姐，要不要給杜小姐鋪床了？」

玉蓮沒心沒肺的進來請示主子。她原是蘇巧梅放在外屋的守夜丫鬟，因嫌她手腳粗笨，藉雪兒被殺的機會，趁機將她送給黃夢清了。這姑娘生得細細小小的身形，聲音也小如蚊子叫，黃夢清怎麼都使喚不慣她。

「甭鋪了！今兒老娘我睡外頭院子裡去，免得半夜起來謀害了你們大小姐！」

杜春曉像是真動了氣，趿著那雙尖頭快要頂破的布鞋便往外走，卻被黃夢清一把拖住。玉蓮嚇了一跳不再追問，徑直轉身逃出去了。

「春曉，我不是疑妳，是疑另外一個人。」

「誰？」

黃夢清輕輕的在杜春曉耳邊說出了一個名字。

……※…… ……※…… ……※……

黃慕雲咳得心肝都快扯碎了，他不明白老天爺是怎麼安排他的未來的，難道就這樣讓他死在撕心裂肺的痛苦之中？他當然不肯就這樣向疾病低頭，可胸口幾乎爆炸的恐怖正蔓延至整個身體，令他生不如死。

他時常幻想自己正在揚帆遠航，鹹腥的海風灌滿鼻腔，體毛濃密、臉頰褐紅的水手為他斟上嗆人的伏特加，他則喝到半醉半醒，仰面躺在甲板上隨海浪輕搖，幾隻寄居蟹悄悄爬過他的指尖。

「要不要再來？」

白子楓沙啞低沉的嗓音在耳邊搔癢，他不敢睜開眼，怕一切就此粉碎，只能緊閉著眼，想像她玉脂般的耳垂，後脖那一點銷魂的朱砂。

不能睜開，不能看到！

他這樣警告自己，繼續貪婪的吮吸那空谷幽蘭般的體香，那是她的味道，是薄荷與玫瑰露

混合的芬芳，為了那獨一無二的氣息，他都不能睜眼。

「要不要再來？」她追問。

一股濃重的蜜粉味撲面而來，將白子楓的薄荷、玫瑰露化作烏有。他只得惱怒的睜開眼，把咳嗽關在胸腔內，沒好氣的罵道：「小賤人！打擾爺睡覺！」

桃枝亦不畏懼，將剛剛吸食過的菸管往紅木榻邊敲了敲，放在腳後跟處，笑道：「剛看二少爺你在夢裡還咳得厲害，可嚇死我了。」

黃慕雲怔怔看著桃枝薄薄一件貼身肚兜下半露的乳房，不由得悲從中來，因計算不出自己還能有多少這樣逍遙的日子，而白子楓始終只能在意淫裡單獨為他綻放。

人一旦能望見自己的末日，就會變得無畏，只在愛情面前露怯。

「哎，聽說府上最近死了人，可是真事兒？」

從客人那裡打聽些小道八卦，是這位風月樓紅牌的唯一喜好，平素只絞盡腦汁哄客人開心，除了賭桌吃酒，便再沒別的愛好，婊子又不好女紅，就只有講這些還圖個樂。

「妳問那麼多幹嗎？我回啦！」

黃慕雲捏了一下桃枝的下巴，將一卷鈔票丟在榻下，便起身穿上鞋走人。

他不認為這位被他長包的煙花女有多漂亮，只是初次被大哥黃莫如拉進風月樓的那天，哆哆嗦嗦都不敢抬頭，只嗅出一陣陣香粉味，調以吱吱喳喳的浪聲淫語，吵得他頭疼。他不小心將酒杯掉落在地，急俯下身要撿，卻被一女子搶先蹲在那裡拾了，未看清相貌，只她低頭時脖頸上一顆赤豆大的朱砂豔光四射，令他接下來的幾個時辰裡，一刻都不肯將目光從那女子身上移開。

桃枝便是這樣誤打誤撞的迷住了黃家二少爺，成為風月樓一樁「美談」。

事後想想，他也有些後悔，每個月砸那麼多銀子在這樣的三流貨色身上，確是不值的，她除了床上功夫尚可，連句溫柔話都說不圓潤，尤其那一口濃重的鄉音，每每張嘴他都只能忍著脾氣，只當聽不見。如今回想起來，都不禁悄悄頓足。

這些錢若用來給白子楓裝修一下診所，該有多值？

當然，他氣悶的還不只這回事，母親房裡的丫鬟碧仙慘死，二娘便將服侍他的桂姐撥到母親那兒。因桂姐老成細心，是府上最能幹的下人，張豔萍特為此事去求老爺把她留在他房裡，好照顧他的病。孰料鬧了一通死人之後，二娘果然就找理由調整下人。

原本桂姐就好比黃家的一張金牌，在誰手裡，就表示誰正受寵。可蘇巧梅又不好做得太直接，便一點一點的算計，早晚桂姐還得成她房裡的人。

這些日子以來，黃家人都被老爺明令不准出門，可他還是違背父親的意志，倒不是天生反

骨，而是對這個家庭裡某些扭曲事物的不滿，均透過種種背叛行為發洩出來了。只是一站在魚塘街口，那些陌生的紛擾便再次向他襲來，這才驚覺自己身邊沒半個朋友，本就無處可去，只好一次次跨過風月樓那胭脂堆砌的門檻。

回到家的時候，已是夜幕低垂，黃慕雲悄悄由後門進入，穿過庭院裡一片月季花圃，再往黃夢清屋子右側的假山繞出來。原本不必走這些遠路，直接從花圃邊的涼亭裡過去更近一些，只是那樣就會看見那一塊月桂樹樁子……

他永遠記得陰雲籠罩般的墨黑樹冠下露出的兩隻腳——碧仙的腳，因是纏過的，腳背高高攏起，像蒸過的饅頭，細短的腳趾上爬滿乾涸的血流。

當初他以為自己看錯，大著膽子湊近，順著赤足往上探去，殘破的肚皮與慘白的面容，齊齊闖入他的眼簾，他驚得退後幾步，一屁股坐在花圃中，花莖上的刺在手肘和腳踝劃出熱辣的印跡。

「救命啊！救命啊——」他歇斯底里的吼叫，把腦袋埋在泥地裡，片刻都不想再看一眼樹上的屍首……

好不容易繞回自己的屋子，黃慕雲甩甩頭，試圖將驚心動魄的記憶驅逐到體外去，卻見桂姐正往瓷爐裡點蚊香。

「妳不是撥給我娘了嗎？」他詫異之餘還有些歡喜，到底還是最中意這老下人，伺候周到。

「三太太說她那裡有吟香就行了，讓我還是回來服侍二少爺。」桂姐笑吟吟的答應。她從前便是慕雲的奶娘，所以一直把他當半個兒子來看，恰恰是這特殊的身分，令二太太不快。這女人是想盡辦法要拆走其他幾房收羅的心腹，以便唯她獨大。

黃慕雲也沒有多說，只讓桂姐替他解了長衫的釦子，腳也不洗便躺下了。曾幾何時，再熱的天氣他都不出汗，所以連帶著沖涼的次數也少之又少。

桂姐知道他累，便絞了塊濕巾給他擦了手腳，剛要將水拿出去倒掉，卻見蘇巧梅與兩個男僕氣勢洶洶的站在門口，張豔萍神色尷尬的跟在後頭，僵著脖子，都不敢往兒子屋裡看一眼。她剎那頭皮發麻，曉得事情不妙，可還是勉強擠出一絲笑意，說道：「二太太、三太太，怎麼這麼晚……」

話音未落，已吃了一掌，是蘇巧梅帶來的男僕動的手。

桂姐捂著臉，再不敢多講半句。

「唉……」蘇巧梅連嘆氣都是冷冰冰的，更別說眼角那一顆今世都無法消融的寒冰，「桂姐，妳也是黃家的老人兒了，怎麼這點規矩都不懂？就算不給我這二太太面子，也總要給老爺、給三太太面子吧？把妳撥到三太太房裡頭，難不成還委屈妳了？巴巴兒又跑來這裡。倘若每個下人都由著自己的性子挑選主子，那到底是誰伺候誰呀？」

桂姐只跪在那裡連連點頭，自然不指望三太太此時能站出來說這件事是她的主意。三太太雖生得花容月貌，性格卻遠不如長相那般出挑，逆來順受是家常便飯。

「什麼事？」

黃慕雲聽到動靜，也從裡頭跑出來，一看架式便知道不對，忙說：「二娘，可巧妳來了，剛要找妳。我娘託桂姐過來傳話，前兒杜管家送來的蜜瓜她愛極了，問我這裡有沒有，偏我的也都吃完了，正琢磨著明兒一早給二娘請安的時候順便要一些。」

一番話硬生生把蘇巧梅的囂張氣焰堵回去了，她見再不好發作，便笑道：「是這個事兒呀？只要不是三更半夜，不拘什麼時候過來拿就是了。」隨後她略轉過身子，剮了張豔萍一眼，「看你娘從前也不貪嘴的，怎麼現在就饞起來了？這麼晚還差桂姐來跟兒子討吃的，也不怕讓人笑話！」

蘇巧梅講完便拿帕子擦了擦額角的汗，打算離開，桂姐忙將水盆放下，在大腿上抹乾水跡便要跟著眾人走出去，孰料本該落幕的鬧劇卻未能如願散場。

「咱們這兒最後會讓人笑話的，恐怕是另一個人吧！」是張豔萍的聲音，刻薄如刀刃，看情形是殺向蘇巧梅的。

「三妹，這話妳是衝誰說的？」蘇巧梅也察覺到凶意，只得迎戰，面上卻紋絲不動，因已做好對方將自取其辱的準備。

「說誰誰心裡清楚。」

張豔萍對蘇巧梅的挑釁有些很突然，氣氛瞬間凍住，大抵只有那兩個男家丁樂意看這樣的好戲，連桂姐的神情都嚴肅起來。

蘇巧梅一把拖住張豔萍的手，兩根長長的玉瓷甲套幾乎要嵌進她胳膊肉裡去。

「妹妹，既然話都講到這裡了，可不要把另一半給吞了，不如說說清楚，也好讓下人心裡亮堂。」

孰料張豔萍像是下定決心撕破臉了，冷笑道：「我說出來了，二奶奶妳若還能在下人心裡變得亮堂，那可就是千古奇談了。」

蘇巧梅此時面如死灰，大抵是怎麼都想不到平常千依百順的一個人，竟然也會反抗了，也不看看她從前是什麼身分！

「這樣吧，三妹既然心裡不痛快，不管是衝著誰的，都還是講出來為妙，咱們都是一家

人，沒什麼事不好開口的。這樣，今兒大家也都乏了，慕雲身體不好，該早點歇著，明天咱們一塊兒去老爺那裡講，妳說可好？」她只得搬出老爺來，欲鎮住張豔萍的情緒。

半彎殘月的微光罩住張豔萍被惱恨扭曲的面龐，她只穿了一件寬鬆綢短褂，底下一條裙褲，看起來是剛睡下就被蘇巧梅叫起來興師問罪的。

「不用妳這麼好心，現在說就好。如今府上連遭橫禍，姐姐看起來倒是鎮定得很，也不怕那四個冤魂過來找。」

「娘？」黃慕雲怕母親失控，在旁邊喚了一聲。

蘇巧梅一張臉已繃得刀劈不進，吐出的每個字也彷彿成了塊狀：「別說話，我倒想聽聽你娘與冤魂之間有什麼交集，知道她們會來找我。」

「妳還想賴！」張豔萍終於露出下里巴人的本色，狠狠往地下啐了一口，指住蘇巧梅的鼻子罵道：「那妳說！雪兒死的那天，妳做了什麼？」

「我做了什麼？」蘇巧梅面頰上那塊肌肉果然顫了一下。

「妳就是為了莫如，才變著法兒想除掉她呢！」

「三太太想是累了，我扶您回房吧。」桂姐強壓住驚恐，攙起張豔萍的右臂便要往外面走，卻被她一把打落。

「蘇巧梅，別以為妳現在得意了，就沒人知道妳的醜事兒，等真告到老爺那裡，也未必是妳贏！」張豔萍面目漲得通紅，拽帕子的手幾乎要戳到蘇巧梅的腦門子上。

「桂姐，扶三太太進房歇息去，天兒不早了，大家都睡去吧。」

蘇巧梅講這幾句話的時候，竟是帶笑的，能適時壓制住怨毒與憤怒的女人頂可怕，黃慕雲已預見到往後的日子裡，他娘兒倆將在黃家越發生不如死。

…※…　…※…　…※…

杜春曉坐在那絕世美人陳屍的井邊，將牌放在堵井口用的青石板上，日光劈頭蓋臉的落下來，曬得她頭暈目眩。所幸石板裡側已浸淫井內的低溫，竟清涼得很，她便將半個身子都趴在石板上，讓毛孔裡的暑氣經由石板揮發掉。

「杜小姐？」黃慕雲穿著月白長衫，一對蝶形肩胛骨似要將衣料刺穿。

「有何指教，二少爺？」杜春曉有氣無力的答應著。

他走近那廢井，在石板上灑了數十個銀洋，說道：「給我算一卦吧。」

杜春曉將銀洋一個個黏在汗濕的皮膚上，體會那冰涼沁入每個毛孔的暢快，隨後看著自己

銀晃晃的手臂，喃喃道：「給黃家的人算命，不要錢。」

過去牌：逆位的愚者。

杜春曉對黃慕雲灰紫的唇色總是特別在意，她懶洋洋的戳戳牌面，道：「二少爺算什麼不好，何必算這個呢？你從小身體就不好，且是爹媽再疼都沒有用，有些病是天長日久憋出來的，對嗎？」

她理所當然的隱瞞了昨晚二太太與三太太在他房裡吵架的事，已被多嘴的下人們在院子裡傳了個遍。

黃慕雲不回答，只用眼神示意：「然後呢？」

現況牌：正位的戀人、正位的力量。

「這牌可就有趣了，現如今你是正當壯年，身體好得不得了，只是被相思病害的吧？如今是心慌、心累，肺又不好。」

這純屬她信口胡掰，只不過猜想依黃慕雲的年紀，也該對情欲有嚮往了。何況相比他的病容，穿得也有些太過精緻，頭髮梳理得恰到好處，大熱天兩個袖口都還是挺直平整的，若不是對某個人心生愛戀，恐怕也不會費這個心思。不過這裝扮一點也不浮誇，以示自己愛的那個人，也是如此清爽的。

未來牌：逆位之塔

「哈！」杜春曉拍手道：「恭喜二少爺啊！福星高照！今後若沒有遭遇橫禍，必定長命百歲。不過呢……」

他已轉身，擺手道：「我不要那個『不過』，都是騙人的把戲。何況杜小姐剛剛算得一點兒也不準，既然要在這裡混飯吃，至少也得先在夢清那裡摸摸底。要不然，今後出醜的日子可有的是。」

黃夢清對黃慕雲這個弟弟的評價極差，至少遠不如講黃莫如的好聽。她只說：「他雖是我們幾個裡腦子最聰明的，可惜命不好，生下來就病魔纏身，所以三娘早晚都是白髮人送黑髮人的命！」

那口吻，是嫉妒與傾慕的複雜交織。

女人與男人不一樣，越喜歡的，嘴上越要講討厭，像在勸自己冷靜收手。

所以吟香過來找杜春曉算命的時候，刻意把自己弄得灰頭土臉，平常盜用太太的上等水粉也不用，拚了命掩飾自己的喜好。可惜這樣的女人，往往會先算財運。

依杜春曉任性的見解，面前這位皮膚黝黑、短手短腳的姑娘自然與富貴無緣，男人的命運

掌握在運道與能力手裡，女人卻多半要仰仗皮相，所以從她瑟縮的五官裡可探知其淒涼的晚境。

吟香的現狀牌其實很好，正位魔術師與正位星星，說明風華正茂，是斂財的大好時機。可到了杜大小姐嘴裡，牌就不是這麼解了。

「這位姑娘倒是嗜財如命，可惜命不大好，你看這星星，漫天都是，財氣散盡呀。還有魔術師，也就是變戲法兒的，全是虛呀！」

吟香果然急了，按捺不住情緒，一把抓住杜春曉的胳膊，問道：「那要怎麼解這個咒？」

「姑娘，我這可不是測字算卦，不通麻衣神相的呀。只看牌解牌，講實情，不消災解難。不過……」杜春曉忍住笑，揭開最後一張未來牌，逆位的節制。

「真是好牌！」杜春曉是存心要捉弄她，講得全不在理，「姑娘以後花錢可大手大腳，不加節制，財運旺著呢。」

這一說的結果是，吟香連夜捲了張豔萍屋裡的財物，與一個小廚子逃得沒了影兒。

黃天鳴沒發脾氣，只託人去保警隊報了案。見丈夫都不急，張豔萍自然也是不急的，更藉機要了些錢去添補失竊的頭面。

蘇巧梅見老爺又拿出錢來，便在一旁冷笑，說哪個主子房裡沒少過東西，手腳不乾淨的下人總是有的，若都來要添補，補到哪頭才算完呢？

這一說，把張豔萍說得氣到跳腳了，當即回敬道：「妳說哪房的下人手腳不乾淨？從前可是哪一房的都乾淨。若不是姐姐急著把那小蹄子調到裡屋來，今兒也不會遇到這事體。」

蘇巧梅一聽，便笑道：「那不如這樣，把妳和慕雲房裡的下人都換了去。不是說其他幾個房裡沒這事兒嗎？那就換。」

這話分明是在打桂姐的主意，張豔萍氣得滿面通紅，半晌說不出話來。

此時，杜春曉正逮著黃莫如的丫鬟小月有一搭沒一搭的聊天。

之所以會選擇小月，全是她看起來要比其他幾個姑娘心思老成，看自己在那兒拿副牌要把戲，也絲毫沒有眼饞心動，只是靜靜坐在那裡做針線，眼見繡綳上那對鴛鴦越漸完整，變得流光溢彩。

言談裡，小月的謹慎態度非同一般，只略微講了些家裡的事，都不特別，待說到吟香這個人時，便垂下頭，推說不知道，眼珠子卻在偷偷打轉，可見其實是知道些什麼的。

杜春曉忙隨手翻了張牌出來，是惡魔，心中不禁暗自叫好，真乃天助！

於是她故意長嘆一聲，語氣沉重道：「看來這個家裡還會有災，這張惡煞牌真是陰魂不

散。小月妳這麼聰明的一個人，怕是懂得那明哲保身的道理。可這宅子已經沾了邪氣，要完全擺脫關係斷無可能，妳說對不對？」

一番話講得小月面上頓時烏雲密布，然而她還是咬緊牙關，一絲風兒都不透。

這時，黃夢清氣勢洶洶走了過來，劈頭摑了小月一掌，罵道：「小蹄子，別以為妳是大少爺房裡的人我就不敢打妳。吟香從前跟妳可是好得很，妳再說不知道她去哪裡了，小心我叫老爺把妳攆出去！」

恩威並施之下，小丫頭到底扛不住了，哭得涕淚滂沱，連連磕頭求饒，說千萬別把她攆出去，要不然弟弟妹妹就都讀不起書、吃不上飯了。

杜春曉裝模作樣的把小月攙起來，掏出自己那塊皺巴巴的手絹往她臉上擦了兩把，更把人家擦得鼻不是鼻、眼不是眼了。

「是……是吟香逃走前一晚，到過我房裡，叫我也一起走的，我沒敢……」小月泣不成聲，「可她說……說殺了碧仙、雪兒她們的那個凶手，還在這屋子裡，所以……所以再不逃可就沒命了！」

「如此說來，吟香知道凶手是誰？」黃夢清字字問在刀口上。

小月拚命點頭，哭道：「應該是，我問她，她死活不講，一臉的驚恐，說我還是不知道的好。她是孤兒，無牽無掛，走也就走了，我還有爹娘和弟妹要養，怎麼走得脫？所以還是咬牙留下了。大小姐，我說的可都是真的呀！」說完，她又捂住臉號啕起來。

黃夢清當即命小月在她屋裡洗漱過，收拾齊整，再回黃莫如那兒去。隨後便狠狠剮了杜春曉一眼，嗔道：「這不是妳惹的事兒嗎？慫恿人家攜財潛逃！」

杜春曉也不爭辯，只笑道：「怪我也沒用啊，人都跑了。」

「妳心裡還得意著吧？就知道用牌把人家往死路上引！」黃夢清咬牙切齒點穿杜春曉那點小算盤，她看過太多這奇女子的怪癖，也只能笑罵，知她改不掉的。

但這一句果真是點中了杜春曉的「七寸」，她就愛找準人家靈魂上的鬆垮處，推波助瀾，使之決堤。

不過，找吟香的事，自然是落在保警隊身上，確切的講，是落在夏冰身上了。兩個隊長誰都不肯為一個丫鬟逃跑去賣命，都忙著破命案呢，於是夏冰只好一個人四處打探。所幸與吟香一同私奔的那個小廚子在省城露了頭，還在一個當鋪裡典當了一對翡翠耳環、一只金鐲子、兩根包金白玉簪子、一枚紅寶石戒指並五根鑲綠松石的長甲套，通共拿了一千兩百元。

那當鋪的帳房先生恰是青雲鎮出來的人，一眼認出小廚子便是當年穿開襠褲在他家門口跑來跑去要糖吃的小屁孩，所以回鎮上看老婆的時候，便說起這事。老婆即刻跟他講了黃家出的案子，夫妻倆倒也老實，急忙去保警隊報了案。

可李隊長帶著夏冰去縣城裡逮人的時候，卻只在弄堂中一個窄間裡看見正蹲在泥地上抱頭痛哭的小廚子，拎起來甩了兩巴掌，再仔細一問，原是吟香前晚上便捲了那一千兩百元，蹤影全無。

保警隊裡不能動私刑，不過喬副隊長自有其他的套路來審那小廚子，他讓小廚子反剪了手半蹲在門檻上，一個時辰過去，人幾乎要昏死了，只得招認經過，也少不得把責任全往吟香身上推，說是她偷三太太房裡的東西，又慫恿他一起，打算在縣裡換了錢，便逃去外省結婚，開個小飯館。

孰料如意算盤還未打盡，這渾小子便遭了她暗算。

「那娘兒們可曾跟你說起黃家那幾件命案？」

「命案？這個大家都知道呀。」小廚子捂著腫成饅頭的兩個膝蓋，一臉生不如死的表情。

「少打馬虎眼兒！我是問有沒有聽那娘兒們說起過對這樁案子知道多少！」喬副隊長作勢揚起右手，像是又要給小廚子吃耳光。

小廚子縮著脖子回道：「她只說黃家不乾淨，那殺人犯現今還在宅子裡，所以怕得要命，叫我跟她一起走的！我再要細問，她便不肯講了。」

吟香從前是不肯講，現在，其實已是不能再講。

……※…… ……※…… ……※……

噩運降臨之前，碧仙是最受不得委屈的一個人，外屋的丫鬟對她有些妒慕，只不肯點頭承認。若換了雪兒或桂姐，便會刻意低調，反正是贏家，何苦爭這些浮表上的東西，那都是地位不上不下的人才會去惦記的，而碧仙恰好就是這個不上不下的尷尬處境。

因是三太太房裡的人，碧仙本來在人前便矮了一截，從主到僕都是受氣的，即便沒有受氣，亦幻想自己得了多少委屈，於是這屋子的氣氛也尤其壓抑，終要找個發洩口。張豔萍找的是碧仙，碧仙找的是吟香，吟香實在無處訴苦，就變著法兒偷主子東西，既是貪財，又是報復。

可即便如此，吟香與碧仙還是保持最表面的友誼，碧仙還會將主子吃剩的點心拿出來討好她，因知她與大少爺房裡的小月姐妹情深，也便留了個心眼兒，間接著想與小月搭上線，保不

齊哪天便調去掌握實權的二太太房裡也不一定。

尤其雪兒一死，碧仙更是夢裡頭都笑醒，那時斷想不到自己的劫數也來得那麼快，連看好吃懶做的吟香偷偷躲在茶水房裡打盹都不踢不罵了，只略推一推她，喚她起來。

吟香自然通曉這頭等丫鬟的心事，而且雪兒一死，論輩分雖還有桂姐這樣的老薑頂著，但姿色絕對可排頭挑了，保不齊哪天就被老爺收進門，與三太太張豔萍平起平坐。

每每她與小月在背後嚼舌根都要講一講這件事，她正一臉怨恨說碧仙福氣太好，孰料小月卻說出了另一番道理：「正因她生得太好，有二太太這樣的人物在，她就一日休想真正的出頭。妳可發現到了？這宅子裡天仙兒似的人物都是收在太太小姐屋裡的，給老爺少爺配的不是老的就是醜的。這說明早有預防，妳真以為大太太和二太太是木頭人兒呀？就防著再突然冒出個三太太來爭寵。」

一語驚醒夢中人，吟香便不由得可憐起碧仙來，這麼高的心氣，可惜命都操縱在別人手裡。所以碧仙死的那天，更像是註定的，吟香一點兒也不驚奇。

慧敏咬著黃油紙包裡的梅乾菜酥餅，邊吃邊嘆：「怎麼黃家幾個模樣俊俏的都被賊殺死啦？」她無端的相信必定是採花賊闖進黃家，只撿那如花似玉的丫鬟下手，她腦瓜子裡的彎路要較別人少幾道。

這句話似乎點中吟香的要害了，眼前竟模糊的浮現翠枝被殘花碎葉蓋住的那張慘白面孔，她當初仗著自己膽大，跟在杜管家後頭看熱鬧，因人太多，又不敢靠近，結果只驚鴻一瞥，孰料那一瞥就將恐怖烙於心間了。

可那個時候，吟香還沒想過要逃。

要逃，還是因小月一句玩笑而起，她聽說她裝大膽，結果嚇得失魂落魄的回來，便打趣說：「妳不是出了名兒的鐵膽嗎？怎麼還會怕一個死人？」

「誰說怕？那是突然肚子痛得受不了，才走的！」吟香還要嘴硬，心裡卻是虛的。

「還撐呢！分明當時看妳已魂飛魄散，就差沒尿褲子啦！」

慧敏竟一旁幫腔，吟香這才想到該是這肥豬般的女人向小月告的密。

「妳們都胡說什麼呢！我都會怕？那前年說河塘裡有溺死鬼作亂，會拖人下去替它的位，是誰還天天晚上從那兒走去給妳們買臭豆腐吃？」吟香說著說著便動了真氣，誓要奪回這莫名的尊嚴。

「那好。」小月的笑容裡布滿了陷阱，說道：「妳若敢在那夾竹桃下邊過一宿，我們就服妳，今生今世都敬著妳，如何？」

吟香便這樣鬼使神差的抱著涼席，去到那被壓扁了近一半的夾竹桃底下。

雖說夜裡暑氣漸消，然而月亮還是蒸熟一般鑲著蝦紅的邊，為躲避蚊蟲叮咬，她還特意往身上噴了一瓶花露水，頭邊腳底都點了蚊香，卻還是耳邊嗡嗡聲不斷。

因怕杜管家值夜時路過會發現，她挑了三更過後，想到時倘若真有牛鬼蛇神出沒，也只是一時。可惜翠枝被亂髮切碎的面頰還是在腦中搖晃，她只能捂著心口，強作鎮定，嘴巴疾速唸著「阿彌陀佛」，只求快些天亮。

夜涼到底是如水的，吟香雖怕得要命，但還是睡著，夢裡竟是陪著她魂牽夢縈的男子在青雲鎮漫步，她竭力演出「煙視媚行」的效果來，卻不料轉頭見他已變成另外一個人！那個人，正是在荒唐書鋪見過的女子，穿土藍的短褂，枯黃分叉的頭髮胡亂綁在腦後，刻毒頹廢的面頰上堆滿扭曲的笑意，手中握著一把長方的牌，在她耳邊喃喃道：「妳這是瘋了。」

「什麼？」她有些意亂情迷起來，拚命盯住那女人手中的牌。

「我說妳可是瘋了？」

聲音有些耳熟，但絕不是那古裡古怪的書鋪老闆娘，而是……是另一把女聲。

這疑問逼得吟香不得不睜開眼，然而還是黑沉沉的空氣在面前流動，蚊香在暗夜裡凝固著兩星猩紅的光，藉著那猩紅，她發現黃菲菲整張臉亦是紅的。

這一次的賭氣，吟香是做好準備的，她想說自己有可能被巡夜的杜亮逮著，或被賭完花會回來的小廚子逮著，甚至被喜好鬼鬼祟祟在晚上返家給生病的女兒送藥後回來的桂姐逮著，卻斷想不到拿她個正著的卻是黃家二小姐。

深夜本是主子們消停，給下人騰出極短的逍遙空間的時辰，所以吟香驚慌失措之餘，竟有些氣憤，下意識的回了句：「二小姐怎麼還不睡？」

夜色下被蚊煙燻得神情恍惚的黃菲菲，竟將額頭抵住吟香的腦門子，一雙冷眼似要刺透她的心臟。吟香即刻被陰氣籠罩，一動都不敢動，只覺下半身已僵死在那裡。

「妳睡在這裡做什麼？」黃菲菲又問了一遍，聲音帶著些幽暗的深沉，手裡舉一盞火焰暗淡的牛皮燈。

「我……」吟香哪裡還講得出半個字，只能就這樣支吾著。

「起來。」

二小姐的語氣又陰又冷，吟香不禁有些懷疑她是鬼上身了，否則哪還會在這個時辰出來遊蕩。她一面想，一面哆哆嗦嗦的爬起來，不小心踢倒腳邊的蚊香，腳背上落了滾燙的香灰，痛得她眼淚都要掉出來，卻只得忍著。

「把這個捲起來。」二小姐點點地上的涼席。

吟香又彎下腰，把席子捲起來抱在懷裡。

月亮已殘成半圈細線，教整個庭院都昏無天日。

二小姐彎下腰，將牛皮燈挨近剛剛鋪過涼席的地面，仔細看了好一會兒，才直起身子喝道：「知道這裡出過什麼事嗎？」

「知……知道。」吟香勉強從喉嚨裡擠出兩個字。

二小姐冷笑道：「妳這丫頭莫不是瘋了？知道這兒死過人還敢睡呀？不會是無聊跟人打賭了吧？」

真當一語擊中要害。

吟香雖暗自驚訝平素天真爛漫的二小姐怎的突然如此聰慧，面上還是唯唯諾諾的模樣，對小主子行了個禮，便要回去，卻被她勸住。

「別，既然睡都睡了，就待到天亮吧，把席子鋪上，繼續睡。」

吟香抱著席子沒動，因她實在有些辨不清二小姐話裡的意圖。

「愣著做什麼？快鋪上睡呀！」

二小姐將牛皮燈提到吟香的腮邊，一股被燭火燻出的刺鼻異味緩緩鑽進她的鼻腔，她只得又將席子鋪在翠枝橫死的地方，躺下了。吟香仰面望著二小姐，她的面孔在蠟黃的燈影下宛若鬼魅。

不會真是鬼上身了吧？吟香不禁又這樣猜測。

此時黃菲菲卻蹲下來，將吟香的一隻胳膊按住，那手竟比想像中要大一些，有力一些。

「記住，今晚見過我的事兒不許跟任何人提，否則，妳在三娘房裡耍的那些見不得人的把戲可就保不了密了，讓保警隊把妳捉去嘗嘗坐牢的滋味，妳可願意？」二小姐話說得雖狠，嗓子卻是啞的。

「不願意，我不願意！不願意……」吟香轉過身去不看黃菲菲，只緊閉著眼一口氣講了幾百個不願意，像在對著二小姐發什麼毒誓。待再回過頭來看，黃菲菲早已沒了蹤影，只餘下那牛皮燈的氣味久久圍繞。

次日，吟香便帶著兩腿蚊子塊及滿腹的秘密與恐懼，算計著如何逃離黃家。雖然每天還在做事，心卻已飛到心上人身邊去了，耳邊迴盪杜春曉曖昧的祝福：「姑娘以後花錢可大手大腳，不加節制，財運旺著呢。」

青雲鎮的天空藍得逼人，吟香懷裡揣著那一千兩百元鈔票並幾個金錁子，站在河橋口等她的最愛，直等到半夜，才見一個人影正往河塘臺階上張望。

那必定是了！

她滿心歡喜的從河邊半人高的芒草地裡直起身，拚命向那人影揮手，已顧不得嘴巴乾渴發不出聲音。

那是一張灌滿幸福憧憬的笑臉，她便是帶著這張表情面具倒在草叢裡，腦殼上緊緊咬著一把利斧。蟋蟀仍在不停的叫著，與她的喜和驚混成一片血光。

…※…　…※…　…※…

夏冰被雪兒的娘迷住了。

當秦氏端出一盤雪梨片來的時候，這女子的風情，不是掛在皮相上的，卻是耗盡心力去收斂，反而越發楚楚可憐。和女兒的俏麗嬌媚不同，她的美是往裡去的，外邊只透了一點邊，宛若彩光透過玉瓶薄壁略微散放一些，便已是驚豔。

這樣的女子，不是抓男人的魂，卻是抓男人的心，魂落了還可以再拾，心卻是一生一世的託付。這樣的女人，至今還留在小鎮子裡，是幸也不幸，倘若放到繁華地去，怕是已掀起幾番風雨，而將人生封鎖在荒涼地裡長草，又是另一種殘忍。

怪道青雲鎮上的男子，每每在酒館聚首時便長吁短嘆，講某個女人留在這裡實屬暴殄天物，欲問姓名，卻怎麼都不說出口，像是已形成默契，她這個人是在他們心底裡的，無須指名道姓，各自都是明白的。

唯夏冰年紀太小，總聽得有些懵懂，斗膽問一聲便會被李隊長打頭，討聲「小孩子家家懂什麼女人」那樣的罵，所以他後來賭氣不問。

秦氏開的油鹽鋪在鎮西，與鎮東的夏冰家宅確實離得遠了，且夏母見他往鎮西跑便揪住他耳朵往死裡揍，自童年時便這樣，愣是用拳頭將西埠頭隔成了「禁區」。

成年以後，夏冰總還是要去鎮西巡邏辦事的，只每每經過那醬氣鮮濃的油鹽鋪時也從不留心進去。偶爾目光掃進店裡，沿著那積了青苔的磚地往上瞄，櫃檯後頭那道纖瘦的側影，如枯墨點畫的一般，他急忙抽回視線，怕侮蔑了那墨畫，此後亦惦記著不要看清她的面目，只怕這一看，酒肆茶樓裡繪聲繪色的香豔奇談便會多融入他的一份相思。

「人都死了，也沒什麼好說的，孩子命薄也怨不得別人，只求小哥兒能及早破了案子，讓她瞑目。」

她聲音是啞的，眼神卻亮，像黑湖裡漾著兩簇火苗。

話雖有些淡，灌進夏冰耳朵裡卻成了熱流，他渾身酥麻的坐在那裡，拚命壓抑掏心掏肺的衝動，只求她能多待一刻，起碼不要找理由進裡屋去給癱瘓在床的男人清除喉嚨裡的痰液。

他怎麼都無法相信，這麼矜貴的女人，命會薄成這樣，以至於同樣幾近絕世風流的女兒也被牽連進去，擺脫不了美麗無用的符咒，上蒼彷彿是拿非凡的品貌交換走了她們全部的好運。

他欲再問些什麼，她已閉口不談。

家裡只將客廳簡單布置成靈堂，燒元寶蠟燭的火盆早已端在外頭，供桌上的照片裡，雪兒木著一張臉，絲毫顯不出生前半分的姿色，那眉眼兒糊成了墨點，呆然直視前方，是對相機完全不予信任的表情。可憐到最後，那美麗都只能憑旁人的記憶口口相傳，成為所謂的「故事」了。

秦氏是否也得如此下場？每每想到這一層，夏冰便心如刀絞。

雪兒的父親田貴，原是天韻綢莊裡做搬運的夥計，有一次布料出倉，搬運的時候整一車綢緞傾倒，將他下半身幾乎壓斷，從此苦了這風華絕代的母女兩人。黃老爺看他們一家可憐，撫恤金給得頗豐，還將雪兒收進屋子裡做大丫鬟，算是多少有些抵償。

這件事，成為青雲鎮上所有男人的痛，當美麗的東西變成「聖物」，他們的心情也變得複雜起來，唯獨夏冰這樣未嘗過女人滋味的，尚且懷著滿心的崇拜，絲毫沒有站在對方的位置做體貼的情欲想像。

「有沒有給田雪兒定過親？」

臨走前，他還是旁敲側擊的問了一聲，言下之意是打探雪兒的感情瓜葛。這樣的美女，必定裙下之臣無數，容易陷入這種甜蜜的困境。

秦氏苦笑搖頭：「這孩子因模樣比別人生得強一些，心氣兒便高了，上門提親的人無數，都被她拒了。一門心思想攀高枝，結果落得這樣的下場。所以說，做人還是要心平一些，才能保平安。」

言語裡，竟有微妙的嫉妒。

⋯※⋯　⋯※⋯　⋯※⋯

杜春曉許久未回書鋪，心中還有些惦記，可又不想表露，便反覆將塔羅擺出各色陣形，一個人趴在涼席上，竟做了一副大阿爾克那，將自己由生至死算了一通，玩下來已累得筋疲力竭，命玉蓮端了三大碗綠豆湯來，一口氣喝完，才緩過勁來。

黃菲菲坐在席子邊上，一臉稀奇的看她折騰，待杜春曉打完飽嗝之後，便撐不住笑了，對黃夢清說道：「姐姐，妳說杜小姐算的命極準，我怎麼聽她講得一片混亂呀？到現在都不知道幾歲可以嫁人。」

「原來二小姐急著嫁人呢？」杜春曉面子上有些過不去，便自圓道：「算出來啦。二小姐是早婚之人，還兒女成群，在青雲鎮上安安樂樂過一世呢，足不出戶便可享盡榮華富貴……」

話未說完，黃菲菲已板著臉走出去了。

黃夢清笑道：「妳可真壞，怎麼說這些話？」

這個「壞」確實是壞到骨子裡去了，杜春曉何嘗不知黃菲菲終日遊記的書不離手，是胸懷大志，想出去闖蕩的「大女子」。於是刻意往她不想聽的地方講，激起她的逆反心態。

「這樣不好嗎？到時候她必定是晚婚或做單身老孤婆的命，所以妳縱使再晚些成婚也不打緊啦。」

杜春曉又開始壞笑，然而這壞裡流動一股別致的天真。她是蠢蠢的壞，吃力不討好之餘，便只是博自己一樂。

黃夢清也不點穿她，徑直將一個桃木匣子拿出來打開，裡頭擺滿各色青瓷瓶子，她挑了一只底上描雲紋的，拔掉塞子，在胳膊上倒了幾滴晶亮的明黃液珠，再緩緩塗抹開來。

「這是什麼？」杜春曉聞到蜜骨的香氣。

「潤膚用的，妳也試試看？」黃夢清不管她願不願意，已將液體抹在她兩隻手上。

「怎麼巴巴兒想起塗這個來？怪熱的。」她已受不了那黏膩。

「妳不知道，白醫師等一下便要來給黃家上下的人做體檢，那酒精棉花擦在皮膚上寒毛凜凜的，先抹一些這個，到時舒服一點。」黃夢清此時完全不像是留過洋的，只顧及自己不著邊際的浪漫想像。

「多長時間體檢一次？」

「每隔三個月吧。」

杜春曉忍笑說道：「可見黃家還是滿講科學的，都懂得怎麼保健。」

「哼！」黃夢清冷笑一聲，咬牙道：「妳真以為有這麼好？無非是怕那些狗男女把髒病帶回來，少不得要查一查。否則妳當二娘的善心能發作到這種程度？」

「那不正順了三太太的心？她這麼疼兒子，必是想讓他早日痊癒的。」

杜春曉腦中又跳出黃慕雲那張被焦慮與傲慢封鎖住真性情的面孔。

「還正是託他的福，才要體檢。」黃夢清將瓷瓶放入匣子，兩隻臂上已是亮晃晃的。

白子楓不是美女，甚至在五官平平的黃夢清跟前都不見得能占半點優勢，可她氣質摩登，非一般女子能比。長及腰腹的一把烏髮，末梢燙成大波浪捲，是上海紅舞娘的款式，看上去竟一點都不落俗，配上鮮紅脣膏和兩彎粗眉，以及不分季節的高領旗袍，是大情大性的美，與水鄉小鎮上那一眾婉約派即刻拉開了距離。

即便是這樣跋扈的裝扮，只要外頭罩上白長褂，將頭髮盤起來，露出一副精巧的下巴頦，便是西洋美人兒的味道，那不高的鼻梁顯得高了，嘴唇也厚得有風韻，走到哪裡，眾人都會不自覺的屏息，是仰慕，是分生，周身流露拒人千里的意思。

杜春曉隱約在心裡給白子楓配了身軍裝，那種武裝到牙齒的俏麗，令她對其充滿好奇。白小姐似乎看什麼都是冷的，也許是醫師特有的潔癖令其對一切帶菌的都提不起熱情。誰說從醫者必須要愛護病人？興許他們最討厭的便是這些病菌載體。

所以白小姐給黃慕雲聽心音的時候，心情最彆扭，她只覺從他怦怦跳動的胸腔中翻湧的是一種吶喊，聲音震耳欲聾。她不是辨不出他喊了些什麼，只是刻意迴避，就用這時髦如菸盒美人的冷，來應對他的熱。

黃家的人與白子楓之間保持著親密的客氣，卻又是極疏遠的，她似乎探不到這家族的底裡，也不屑去探；而另一方面，也沒想過要與她建立合作以外的關係，她不是這個群體裡的人，甚至都融不到鎮子裡去。

秦氏雖這麼樣的脫俗，卻也是鎮上的一道風景。可白子楓是突兀的，像裝在小籠子裡的巨獸，怎麼都伸展不開。那種不甘願的味道，無止境的流出來，被黃慕雲戀上，被杜春曉盯上。

給白小姐算牌，杜春曉既緊張又興奮，因不知該如何揣測她的經歷、編造她的未來，於是遊戲就變得越發有趣。

洗牌的時候，黃慕雲在一旁看著，想知道心上人最關心的問題，甚至恨不能自己給出答案，無奈會算的是另一個人。況且她算的東西也特別，問的是：我最大的威脅是什麼？是秘密。

杜春曉已在心裡答她，只面上還得假裝順著牌理去解。翻開過去牌，一張正位的皇后，意思是從前威脅過她的是自尊心。現在牌，逆位的世界與正位的女祭司。杜春曉眼睛一亮，直覺此乃天助。

「逆位的世界，說明白小姐目前最麻煩的是被困在這兒出不去，雄鷹折翼，沒辦法的事。至於令白小姐落得如此尷尬的原因，是一樁大秘密，來自女人的秘密。」

「是什麼秘密？可算得出來？」白子楓一笑，便露出那方白的牙齒，讓人產生整潔過度的恐懼感。

未來牌：逆位之塔。

房內連呼吸聲都已消除乾淨，黃夢清、黃慕雲均在等那關鍵的謎底，只是黃大小姐存心要看看這位同窗舊友如何變著法兒戲弄白子楓，而黃二少卻是真真切切的替她急，想知曉她的全

部。

「秘密就是黃家那幾宗命案與白小姐有密不可分的關係，妳是不瞞也不是，瞞著又覺得良心上過不去，終日惶惶的，也不知晚上可有睡好過……」

白小姐也不聽完，「謔」的站起來，面部像被抽走了神經，變得麻木，這麻木裡，甚至有莫名的森然。

「杜小姐，飯可以亂吃，話可不能亂講。黃家的命案與我一個小醫師有何干係？這命算得真胡扯！」

黃慕雲亦臉色煞白的站起來，輕輕扯了一下白子楓的胳膊，笑道：「白醫師莫要動氣，杜小姐也是隨口胡謅的，上回她給我算，還說我生龍活虎，根本沒病呢。妳看這笑話鬧的……」

白子楓此時已連背都是僵的，回過身來瞪著杜春曉，張了張嘴欲說些什麼，卻終於什麼都沒有講，轉頭便走出去了。

黃慕雲急急跟了出去，腳步卻很輕快。

「說，怎麼知道白小姐跟那幾樁命案有牽連的？」待人一走，黃夢清便奪下杜春曉手上的一片西瓜，按住她逼問。

她抬起頭來，怔怔的盯著房梁，吐出幾個字來：「黃二少也是逆位之塔呀……」

……※…… ……※…… ……※……

一個禮拜裡有三天，黃家大少爺吃過夜飯便匆匆趕往鎮西角上的茶園，那裡曾經亦高朋滿座，諸多不得志的戲子都在這兒找回久失的尊嚴，後來一打仗，竟把末流的角兒也打跑了，不得已才斷了檔。此後便成了名副其實的茶樓，只請了幾位先生過來唱評彈，雖不見得好到拍案叫絕，卻也不至於荒腔走板，終究能勉強讓氣氛不太寂寞。

黃莫如習慣選靠近茶水房的角落，老闆只敷衍的放了道屏風隔開前後臺，他便坐在屏風邊上，身子半隱半露，然後叫一壺碧螺春，心裡模糊的想像弟弟黃慕雲的去處。

這痴情的呆子必是心裡揣著白子楓，懷中摟的卻是風月樓的二等娼妓，那份寒酸與淒涼，真是想想便要笑出來。可見風流公子不是人人都做得的，像他黃莫如，便是努力壓抑滿心的驕傲，在這裡等候千金難買的銷魂時刻。

那些青雲鎮男人此生都無法見識到的幸運，他都從她身上汲取了，她雪白圓潤的腳趾，玉珠般在他腿根摩挲；乳尖是粉裡浸了一滴桃花汁的，稍稍啜飲便成了甘泉；兩根鎖骨裡兜的全是白酒，舔一點便會臉紅；最看不得、碰不得乳下的線條，總是遲疑的延伸，也沒有特別的曲

折，卻是布了機關的，一觸即發；怕的還有她兩腿間豐饒肥沃，彷彿混進砒霜，又毒又過癮，他寧願長時間在裡頭闖蕩，將欲望之火燒得又高又旺，直至油盡燈枯。

哪個男人不願意呢？他只能一隻手緊按住漸漸隆起的褲襠，另一隻手去掩嘴角的痴笑，恍惚自己已經了無遺憾的死掉，將青雲鎮所有男子的尊嚴都剪得粉碎，任他拋灑嬉戲。

偶爾的，他亦會對她有某種奢求，譬如想她能換上白子楓的髮型，搽上明豔的脂粉，看是否會有別樣風情。她已比他多活了十年，這十年便是她的底氣，亦是她對他呼來喝去的資本，所以他怎麼都不敢提，只希冀她自己能良心發現，再施捨更多。

好不容易，飲過三盞茶，是她要他等的，無非三盞茶的工夫，在他等來卻是一杯接一杯的海枯石爛，心都要熬乾了。所以起身結帳時，他摸大洋的手都是抖的，幸虧小二只認錢，不計較別的。

走出茶園，抬頭望月，不小心看到漫天的星光，把他整個人都照亮了。

而等在茶園後巷那棵楊樹下的秦氏，亦被餘暉籠住，兩隻腳還是踩在草叢裡的，點點螢火在腰間輕浮流動，他遠遠看著，已忘記如何邁開腳步。

「今朝，我們玩些新花樣可好？」她對他笑，臉上的皮膚薄得透明滲光。

他宛若遊走夢境，只胡亂點頭，被她牽起手，往油鹽鋪走去。

黃莫如是討厭油鹽鋪的，秦氏體香再濃密，也鬥不過鹹醬油的氣味，歡好時呼吸都不能略重一點兒。所以他見她還是輕手輕腳的開啟了鋪子的小門，便有些失落，然而她領著他並未徑直往櫃檯上靠，又繞過了擺滿瓶瓶罐罐的小倉庫，卻是奔後頭她的家宅去了。

暗通曲款近一載，他還是頭一次到她的「禁區」，不盈十尺的飯廳內還保持靈堂的擺設，空氣也是鹹鹹甜甜古怪得很。她握住他的手有些潮濕，他跟著激動起來，倘若不是光線昏暗，面頰上的紅暈怕早就暴露了他的稚氣。於是他垂著頭，努力不露怯，身體卻任憑她四處牽引……

兩人在最裡面的房間停下，火柴微弱的焰光在漆黑中格外顯眼，像撕開絕望的口子，讓人享受那如豆的光明。焰火最後移到了煤油燈上，屋子裡瞬間被幽黃的光線塗遍，家具很少，只得一張方桌、一個舊梳妝臺、一個扁衣櫃，方桌對面的牆邊擱了張床，拿蚊帳遮起床上的一個人。

「這是……」他緊張得皮膚快要裂開。

秦氏再次莞爾，影子在牆上映成一顆誇張的黑斑，她緩緩撩開蚊帳的動作，像撬開棺蓋，要撈出裡頭的冤魂大快朵頤。

躺在鋪上的男子，面容浮腫，雙下巴快要擠到脖子上，身上蓋的毯子散發出淡淡的油氣，

看毯子隨胸膛急促的起伏，料定他是醒著的，卻偏要裝睡，兩隻眼閉得死死的。

「這是誰，你還不認得？」秦氏嘴角掛著寒冰，竟令她美得越發刻骨了，可見邪未必全是壞的，「這就是讓我一直守活寡的男人呀！今天，要他見識見識……」

「這樣……不好吧？」他恨不能拔腿便跑，而床上那位的呼吸顯然更加急促，連眼皮子都在打顫，這自欺欺人的戲已快要演不下去！

「來。」她的需求簡單明瞭，外頭那件藍底白碎花圍裙已經除掉，罩衫的蜻蜓釦一個接一個的解，被煤油燈光曬黃的脖頸與胸膛幾乎要化在那鹹氣裡。

貼身肚兜是湖綠的，繡了明月與楊柳岸，是黃莫如吩咐綢莊最好的繡娘做出來的。他瞬間被那綠逼得沒了理智，決意不再管床上那具半死的「活屍」，上前一把抱住，吮住她的耳垂。

她倒是比他更急更猛，已托住他胯下那團烈火，撫弄、擠壓，將胸緊貼在他胸上，嘴裡還不斷追問：「可有想我？可有想我？」

哪裡會不想！他拿身上每一寸顫抖的筋肉來回應她，教她放心，要她體嘗他的煎熬。

那煤油燈已被震落在地，發出悽愴的尖叫，火光在鹹潮的氣息中奮力搖曳了一下，便滅在地磚的苔蘚上了。

他們在黑暗中互相撕扯、交纏，攻擊彼此的弱處，間中她甚至好幾次扭過頭去望一眼床上的田貴。癲狂至頂峰的辰光，她的兩隻腳已勾成弓狀，死死抓住黃莫如脊上兩塊突之欲出的蝴蝶骨。

倘若他能看清她的臉，必定無法忽視那兩隻瞪得渾圓的、猙獰的雙眼，是恨不能把丈夫凌遲處死的眼神。

「呵！」

聲音是從床上傳過來的。

黃莫如可以想像床上的男子必是瞪大一雙血眼，死死盯住他們。

……※……　……※……　……※……

白子楓確是急了，她焦慮得嘴脣發乾，直覺有什麼東西堵在胸口出不去，要用針扎個氣孔出來。

孟卓瑤時常告誡她，世上沒有什麼秘密是能保一輩子的，再小心、再不擇手段，最後也都是會曝光，所以，只能在有生之年將它埋深了，好讓它晚一些見天日。

事實上，她們也的確是這樣做了，用時間、用灰塵，加上一些難以啟齒的小手段。

所以杜春曉的占卜讓她心驚肉跳，這個脂粉不施、面孔明顯因嗜睡而浮腫的女子，用裹在皮肉裡的敏銳刺穿了她傲慢的鎧甲。氣極的時候，她也想去找那「神婆」問個清楚，問問她自己哪裡露了破綻，可很快便軟下來，她預感這一問，可能連最後一塊遮羞布都會被對方扯掉，只得忍下來。

「妳怎麼啦？大娘知道妳來，今朝特意燉了紅棗米仁粥。」黃慕雲說話聲音輕輕的，像是怕她聽見又聽不見，矛盾得很。

她轉頭笑一笑，把他背上的衣服捲下來，絲毫不曾注意到他已比先前瘦了一圈，倘若她將手稍稍環到他的前胸，就能觸碰到那一根根嶙峋的「相思」。

「不吃晚飯了，跟一個病人約好了傍晚的，得回去。」她下意識的推脫他的好意，對於他的深情，她怎麼都認為背負不起，本身已經很沉重了，再收愛情就顯得奢侈了。

她耳邊又響起孟卓瑤火急火燎的教訓：「做女人要貪，然而得不到的東西就一定要學會推掉。」所以她盡量推，已練出功夫來了。

從主到僕都檢查過一遍後，白子楓便收拾好藥箱要走，才走到前院，路過黃夢清的屋子，便又停下來，只聽得裡頭傳來杜春曉沒遮沒攔的哼唱，是哥啊妹的鄉村小調，完全找不著曲子的出處。

她停在那裡好一會兒，突然轉過身，對跟在後頭送客的黃慕雲笑道：「紅棗米仁粥好久沒吃過了，那邊晚些時候過去不要緊的，我還是留下來，順便跟大太太拉拉家常。」

黃慕雲高興得鼻尖都發紅了，忙跑去廚房吩咐多加幾個菜，也沒告訴黃老爺，只一味自顧自的張羅，像個任性的孩子。

這頓晚飯，吃得有些壓抑。尤其是蘇巧梅，只吃一半便放下碗筷，讓紅珠換了碗綠豆湯，說是天氣熱，壞了胃口。

黃慕雲也是一個「吃不下」，然而他必定是到場的，作為陪客，坐在白子楓那張客桌上去了，他獻的殷勤太過明顯，讓張豔萍臉上有些過不去，只能悄悄拿白眼招呼寶貝兒子。倒是孟卓瑤，還打趣問白小姐何時成婚。白子楓被她問得一時語塞，回過神來才說沒有想過。

「怎麼會沒想過？白小姐這麼漂亮，提親的人該排長隊了吧。」與白子楓同坐一桌的杜春曉嘴裡含著飯便急急的來搶話頭，生怕自己被人遺忘了去。

「妳是沒去過我的診所，我成日忙得團團轉，哪裡還有閒工夫相親？」白子楓苦笑，「倒是杜小姐，到了嫁人的年紀了，何時給書鋪請個老闆呀？」

「她自己就是老闆，何須再請一個？」黃夢清吃了一口菜，笑道：「白小姐可是誤會她

了，她是半個男人，所以哪裡還用得著結婚？」

杜春曉未料到同窗好友會藉機奚落她，當下便紅了臉，也不管鄰桌坐的那些「大人物」，賭氣將筷子往桌面上一拍，叫道：「我這就回去跟夏冰講，讓他娶了我！」

飯廳內一時陷入沉默，不知是誰頭一個笑出來，即刻打破了僵局，隨後兩張桌子上的人都笑起來。白子楓也是垂著頭，掩住抽動的嘴角。一時間，原本死氣沉沉的地方便活躍起來，空氣鬆快了許多。

因那笑聲一時之間還止不住，杜春曉只得鼓著腮幫子在那裡等，席間有一人竟笑得咳嗽起來，起初也沒有人在意，孰料那咳聲越漸響亮，沒個休止，這才注意到是大太太在咳。

於是眾人一下便緊張起來，只見大太太將額角抵住桌沿，一隻手捂住喉嚨，另一隻手不斷捶胸，這一捶，竟從嘴裡噴出一口血來，紅珠子灑遍所有的菜碟。大家不由得將身子往後仰，唯有白子楓上前來扶住孟卓瑤的背用力拍打，直到「噗」的一聲，由口內吐出一枚半寸長的東西，落在裝鳳爪的盤子裡頭，發出的「叮」音劃破了緊張的空氣。

丫鬟紅珠嚇得將盛飯用的木勺子丟在腳邊，一動也不敢動。

「這……這是什麼？」孟卓瑤已顧不得滿口猩紅的牙齒，直盯著菜盤子看。

杜春曉大剌剌的走上來，伸手將那個東西拿起來，放在燈下看了許久，喃喃道：「是一根鐵釘。」

「快去傳廚子來！怎麼飯菜裡還會有這個東西？」黃天鳴勃然大怒，眼睛卻始終沒向受傷的原配夫人看上一眼。

黃宅的廚房也是略有些特色的，大廚陳阿福是特意從杭州的如意樓挖過來的，因幾位夫人都是清淡偏甜的口味，他的杭邦菜手藝正中她們下懷，於是黃天鳴才出天價請了他。

廚房裡其實每日出菜不多，卻非常忙，大家族裡女人一多，飲食要求便五花八門，有些即使做得再精細，都還免不了會有哪一房的差下人出去買王二狗的燒餅吃。所以陳大廚從不指望自己的努力能換得多少讚賞，只求平安無事的過日子，月錢一分不少就是了。

無奈如此圖安坦的一個人，還是會惹上些麻煩。

據說大太太是咬到了銀魚蛋羹裡的釘子，破了口腔，當即血流如注。杜亮將他喚到無人處詢問的時候，他嚇得腿腳發軟，連說不可能，雖然配料都是幾個小廚子在弄，可下鍋全由他親自操持，那一碗料倒下去，若有釘子，恐怕當時便察覺了，哪裡還等到端上桌去？

再說陳阿福與大太太無怨無仇，實在沒有害她的理由，於是杜亮便當是意外稟了老闆，剋扣三個月薪水，將事情了斷了。

白子楓給孟卓瑤的口腔仔細敷過藥，收拾了醫藥箱剛要走，被剛剛趕來的黃夢清與杜春曉攔住，只說要問問大太太的傷勢，當時病人已開不了口，只能點頭示意。白子楓少不得耐心向她們解釋，只傷了一點皮，不曾動破血管，所以過不了幾天便可以正常進食了，此前只能吃些涼的米粥。

杜春曉胡亂從懷裡抽出一張太陽牌來，對大太太笑道：「夫人放心，是健康牌，好得快！」

孟卓瑤只得對她點頭苦笑。

之後，杜春曉二人執意要送白子楓出去，卻使得跟隨在一旁的黃慕雲被撇下了。

剛走出院門，白子楓到底熬不住，扭頭問杜春曉：「杜小姐手裡的牌，可真的有算準過？」

「怎麼沒算準過?可說是次次都準。」杜春曉挺了挺胸膛，眼神卻狡黠得很，因知道對方接下去要問些什麼。

「那妳說我的秘密跟這命案有關，可有什麼憑據？」

「這不是我說，是牌說的。」

一句話硬是將白子楓堵了回去，她只得板下臉與那二人道了別。

而黃夢清這樣知道底細的人，自然不像白子楓那般好打發，見人一走，便毫不客氣的質問：「也該說了，妳真當看出來她與命案有關聯？」

杜春曉點點頭，神色也凝重起來：「她走進庭院的時候，是妳跟我，還有黃慕雲去迎接的。黃家死了那麼多人，怎麼講都是鎮上的大事兒，所有人都盼著來看稀奇，她倒好，對那樹椿和封井看都不看一眼，像是刻意避開，若不是心裡給自己設了禁區，哪裡會這麼沒有好奇心？」

「可那又不能斷定她就是跟命案有牽連，妳還說不是瞎蒙？」

「算命的事，本來多半就是瞎猜的。」杜春曉正色道，「但黃家每隔一季便要體檢一次，人的身體能藏許多秘密的，妳不覺得那凶手將死者的腹部切去，恰是為了隱藏這些秘密？」

黃夢清沉默半晌，突然大叫一聲：「我明白了！」

……※……　……※……　……※……

無奈不明白的還大有人在，譬如夏冰。

他已連續半個月在外頭跑動，名義上是替李隊長收集情況，實則他已完全按自己的思路在

查案，每個環節都自己掌握。在最沒有頭緒的時候，他還有最後一招，便是去找終日睡得像頭母豬的荒唐書鋪女主人，用她的牌來助他理順思路。

當然，那是有條件的，他得給她買冰鎮八寶粥，外加西瓜與花露水。那花露水，從未見她用到身上過，只打開瓶蓋放在書鋪角落裡除臭，鋪子裡的味道於是越發古怪。

與杜春曉提及秦氏的時候，夏冰的臉是紅的，他並不知道自己臉紅，只一味描述這婦人的冷血，說女兒死了，她還講出那些刻薄話來，說到悲憤處，竟然還咬牙切齒，彷彿孩子未得到心儀的玩具而惱羞成怒。

杜春曉摸出一張戀人牌，貼在他胸口，說道：「拿去留個念想吧，雖然她人你是得不到了。」

「胡說什麼呀？」他引以為傲的白皮膚已曬成淺咖啡色，額上的汗珠發出晶亮的初戀光芒，那種微妙的掙扎令他變得既狼狽又英俊。

杜春曉狠狠戳了他的腦門子，怒道：「你這花痴要發作到什麼時候？也該醒醒了！本姑娘再指條明路給你，趕緊去查查黃家雇的醫師，說不定從白小姐那裡拿到的線索抵得過你跑大半年的！」

「妳算到什麼了？」夏冰眼前豁然開朗，暫時從相思病裡脫離出來。

「倒也不是算到的，只是黃家上下的人，每三個月就要接受白子楓小姐的一次體檢，這次在體檢之前便死了四個下人，那些下人的肚子全被掏空了，你不覺得奇怪？為什麼要掏空肚子呢？殺人已是件麻煩事情，殺了人之後不趕快逃走，還巴巴兒浪費時間精力去動這些手腳，難道凶手心理不正常？」

「應該不是不正常。李隊長分析過，發現屍體的地方血跡出奇的少，說明凶案的第一現場並不是黃家庭院，凶手是殺了人之後，把腹部切掉，再將她們移到那裡去的……」夏冰突然一拍腦袋，說道：「妳的意思是，凶手應該是個醫生，才會把人家肚子切掉？！」

「切口看起來很齊整？」

夏冰搖頭：「不齊整，像是用大剪刀之類的東西鉸出來的口子。春曉，妳究竟想到什麼了？快告訴我。」

杜春曉清清嗓子，咬了一大口西瓜，正色道：「我覺得這四個下人恐怕是懷孕了，凶手為了掩蓋這個秘密，才把她們的肚子切下來，以便驗屍的時候可瞞天過海。」

「這……這……的確是有可能的。」夏冰擦掉額上的汗珠，撈起桶裡的冰塊捂在發燙的面頰上，天氣越來越熱，蟬聲震耳欲聾，果然已到了做什麼事都無精打采的時候了。

「設想這四個下人都懷上了，覺得身上不舒服，便去找白小姐看病，結果醜行暴露。白小

姐把這個秘密告訴了某個人，這個人認為那些姑娘行為不檢點罪可當誅，於是就下了殺手，還掩蓋了她們生前偷漢的罪行，你說是不是這樣？」她越說越興奮，早已顧不得油膩膩的皮膚。

夏冰長嘆一聲，低聲道：「這個分析雖有道理，可是……」

「可是什麼？」

他吞了下口水，一臉尷尬道：「可是喬副隊長說，最後死的那個慧敏，還沒有過男人。」

杜春曉一口西瓜噎在喉嚨裡，半天說不出話來。

「不過我也會找那醫師探一探底細的，妳剛剛能講出這些話來，必是拿塔羅牌探過她口風了。」

她點頭，笑道：「不瞞你說，這個女人是外剛內柔，脆弱得很，太容易暴露心跡，要從她那裡套話不會太難。只是還有一種可能性，雖然慧敏也許沒有懷孕，沒準兒是個知情人也不一定，為了滅口，自然是要一併除掉的，你說是不是？」

「那為什麼也要切掉肚子呢？」

杜春曉眉頭緊皺，已忘記去咬那西瓜，半晌之後方說道：「你可知道黃家大太太，前幾天在菜裡吃出釘子來了，流了一嘴的血。」

「哦。」夏冰心不在焉的應聲，但魂靈顯然已不在身上。

這時書鋪裡竟來了一位稀客，穿著薄薄的杏黃對襟綢衫，釦子上繫了一對幽香四溢的白蘭花，底下是一條煙灰色綢褲，頭髮統統攏在腦後，露出整張豐腴的臉盤。那豐腴裡含著細巧與纖柔，韻致都是往裡灌的，竭力不外露，反而有了致命的魅力。

「姑娘，還記得我嗎？」秦氏將遮陽的紙傘收攏，陽光落滿全身，那光像是從她體內透出來的，「咦？這位小哥兒也在呀。」

「啊……田太太好。」夏冰已站起來，手腳卻不知要往哪裡放，只能一個勁兒的往角落裡縮，似乎想騰出空間來安放秦氏的光芒。

杜春曉一看秦氏，便知道她與夏冰隔的不止千山萬水，這樣的女子，要配什麼樣的男人，完全無從想像。可她依舊是能與小鎮融為一體的，從腔調到氣韻，均屬小鎮風景，與白子楓的大城市格調迴然不同。

「田太太到底還是來了，呵呵。」杜春曉已將牌放在梨花木製的櫃檯上，兩眼瞇成了縫。

秦氏咬脣點頭，似乎是有些不情願，然而還是在她對面坐下來，笑道：「自上次那一別，可是有五年沒見了，杜小姐竟還是沒有嫁人，我們可都等著吃喜糖呢。」

杜春曉抓抓頭皮，向呆若木雞的夏冰翻一個白眼，彷彿將終身大事都怪到他頭上了。

「若是我這幾年裡結了婚，田太太妳恐怕也不會來討喜糖吧，誰讓我當年算命的時候說話

太難聽呢。」

「喲，妳心裡頭還置著氣呢？」秦氏這一莞爾，又是帶著水鄉特色的傾國傾城，一點都不讓人覺得疏遠。

「奇了怪了，我又不是男人，哪裡能這麼快就忘記仇怨的？只求田太太您大人大量，別往心裡去呀。」杜春曉像是存心要給眼前的美人兒一個難堪，話講得直來直去。

秦氏似乎是真不計較，只拿她當孩子瞧，笑回道：「往心裡去也是從前了，如今是信得過妳，才來找妳。」說罷，便將十個銀洋放到桌上。

杜春曉看都不看那銀洋，只將牌推到客人手邊，問算什麼。

「算害我女兒的真凶是誰。」

鋪子裡的高溫即刻降至冰點，三個人都瞬間收住汗液，連捂臉用的冰塊都已落回桶裡。

「請洗牌。」

杜春曉示意秦氏洗了三次牌，便擺出陣形。

過去牌：正位死神。

現狀牌：逆位的節制，正位的愚者。

未來牌：正位的皇后。

她自己都不得不信牌了，竟像是緊貼著心裡的想念來的，面對這樣的「奇蹟」，她終於來了勁，自信滿滿的道：「田太太，您女兒的死可說是註定的，原本她身上有新生命，可惜不小心被死神纏上了，這才交了噩運。咦？如今您正在做些不得體的、危險的事，可要小心，這些事情說不定很蠢，當然，那個凶手是不蠢的。」

秦氏面色有些難看，然而還是維持端莊，問接下來那張關鍵牌。

「凶手是個女人。」杜春曉刻意將身子往前傾，一張汗涔涔的面孔快要貼到秦氏的鼻頭上，「有權力，能操縱他人，又不輕易露面的女人。哪怕要做殺人這樣的事，都會讓別人替她沾上兩手的血腥。」

「真的？」

問這個話的是夏冰，他不知何時已將臉伸到杜春曉肩膀上，正仔細盯著那牌。

秦氏卻已站起來，欠了欠身，拿起傘走到門邊，將它撐開，光線在淺綠的傘面上跳舞，她身上那件杏黃的綢衫上，連一絲汗跡都沒有。

「妳們……五年前就認識？」

杜春曉記起五年前頭一次看見秦氏，她亦是披著沉魚落雁的皮囊踏進門來，要算財運。結果被一眼看出她的寥落、她的不甘心，於是將牌解作失財，因家裡的男人始終都不得志，還會

走下坡。

那雖是杜春曉胡亂推斷的，依秦氏的品貌，還在鎮西拋頭露面開油鹽鋪，自然有娶她的男人不能滿足她的地方，她嘴上問的是財，心裡想的卻是別的東西，杜春曉恰是點中了她深處的癥結，她才惱了，指天發誓說再不來這鋪子。只是這些事懶得告訴夏冰，怕他有更多的念想，所以杜春曉回說：「她從前來算過的，我當時講她丈夫無用，她還惱了。」

「妳怎麼就斷定那是女人做的？哪個女人有這般力氣，做出這麼殘忍的舉動？這次定是沒有算準！」夏冰像是將秦氏的不幸也歸咎於杜春曉的頭上。

「凶手是不是女人不重要，重要的是，她今天原不是來算這個的，只因見了你，才臨時換了內容，而且這問題問得有些太刻意了，簡直等同於心裡有鬼。還有……」杜春曉歪著腦袋，她一思考，講話就特別慢，「她好像比五年前更漂亮了……若不是在外面偷漢子，恐怕就是時光倒流，或者鬼上身了。」

「鬼上身」的說法，令夏冰無端的想到頭顱上插著一把利斧的吟香，她死時眼睛瞪得極大，瞳孔上停著一隻蒼蠅。

……※…… ……※…… ……※……

孟卓瑤沒有講話，整十日。

原本是件痛苦的事，她卻覺得愈加輕鬆了，因不用開口，下人反而聽話，尤其從外屋調進來的二等丫鬟茹冰，耳根子靈得很，她拍拍桌子便知道要什麼，還特別會看眼色，遠比短命的慧敏要得力。想到這一層上，她倒偷偷有些慶幸這凶案。

茹冰之所以從前不能進裡屋做她的貼身，兼是左頰上那塊銅錢大的紫色胎記惹的禍，蘇梅巧覺得那樣的丫頭擺在房裡終究不夠好看，便把膘肥體壯的慧敏撥給她，讓她終日難過。

茹冰把切成片、插上牙籤的黃玉瓜仁端上來的時候，日頭正旺，放置在房子四個角落裡的冰塊絲毫驅不走暑氣，嘴裡的陣陣刺痛讓孟卓瑤清醒，又渾身疲累，尤其白子楓給她上藥的當口，在耳邊講的那句話，至今想來都令她膽戰心驚。

白子楓講：「報應快要來了。」

而這個「報應」，於孟卓瑤來講，是尤其委屈的。被迫緘口的十天九夜，夜夜都夢到雪兒懷著血肉模糊的死嬰對她號啕，醒來後發現剛剛在嘴裡癒合的傷口又被牙齒撕裂，讓茹冰拿來痰盂，將血水都吐乾淨了，再睡下，卻怎麼都閉不攏眼。

到了第十一天，她終於能開口講話了，頭一句便是：「我要出去。」

孟卓瑤傷口初癒後的首次出行，低調而秘密，茹冰聽口吻便知道是不可張揚的行動，於是車子都是叫到後院門口候著，都沒通知過杜管家。大太太上車之前沒叫她跟著，她便也不主動坐上車，只站在地上聽指示，直到主子說了句：「妳回吧，我去去就來。」這才行了禮，朝兩邊張望了一下，徑直往門裡去了。

這種過度的聰慧，又讓孟卓瑤莫名的憂鬱起來。

白子楓的診所就開在桃園弄她的住處，底樓用來看診兼吃飯，第二層閣樓上才是隱私的睡房。木樓梯已吸飽了黃梅季的潮氣，踩上去聲音悶悶的。睡房雖小，卻布置得相當整潔，連茶壺蓋上的小孔都罩了一小塊棉布，表現出醫生特有的潔癖；床邊的鞋架子上堆了好幾摞的書，也是書脊朝外，方便查閱的。

這是典型的獨身女人的住處，清寂中隱隱帶些憂鬱。

關乎白子楓的過去，孟卓瑤倒是略知一二，聽聞她父親娶了二房後便去香港定居，只給原配夫人提供了女兒學醫的錢，後來母親一死，她便在青雲鎮做了「老孤身」。依她的姿色，哪裡會嫁不出去？只是潛意識裡對男人還是有一些恨的。

兩個女人面對面坐下來，情緒上的緊張讓她們看起來有些拘謹。孟卓瑤張開嘴給白子楓瞧了一下，便有一搭沒一搭的聊起來，說的都是無關緊要的話，只說最近身子太虛，能不能打些營養針之類的。白子楓卻連笑都不笑，態度淡淡的。她們都希望氣氛能夠輕鬆，於是扯了許多話題，不料反倒暴露了對彼此的提防。

「我倒也不怕半路殺出來的杜小姐會講些什麼，只是事情最後鬧出來，對誰都不好，所以大太太可要想明白。」白子楓剛洗過頭，濕髮披了滿滿一背，樣子很性感。

孟卓瑤點點頭，面容突然悽楚起來，說道：「白小姐，妳只要做好自己的事，其他都不用管。那個姓杜的姑娘，不過是拿副牌哄人取樂罷了，即便說中了什麼，也是瞎猜的。我會跟夢清講，叫她以後不要帶這種人進府來。」

「大太太，恐怕……」白子楓身子後仰，摸了一把背上的濕髮，笑道：「一切都已經太遲了。」

孟卓瑤也不回應，兩人用沉默交流了一陣，似乎心裡的那套話都說明白了。

臨出門的時候，孟卓瑤將一包裹在帕子裡的東西塞到白子楓手裡，白子楓即刻感到手上有沉甸甸的安穩。

「記住，這不是什麼報應！這是天意！」孟卓瑤在白子楓耳畔惡狠狠的講了一句，又像是在說給自己聽，嘴裡散發出血腥與藥粉混合的氣味。

白子楓當即將東西還回孟卓瑤手上，笑道：「若我收下這個，只怕就真是報應了。」兩個女人一時陷入僵局，只好都不講話。對峙了好一陣，那包東西還是轉到白子楓手裡去了。

離開的時候，孟卓瑤的表情竟有些陰惻惻。

⋯※⋯　⋯※⋯　⋯※⋯

黃莫如去找杜春曉算命，其實是意料之外的事情。

那天才吃過晚飯，小月便淚眼婆娑的去找杜亮，說是積攢了三個月的私房錢不見了，是要留給弟弟的學費，沒有的話，一家人對未來的希望便要泡湯。

杜亮聽她抽抽噎噎講了這半日，也不知要怎麼辦才好，便硬著頭皮親自去每個下人的房裡翻找。幾個小丫鬟倒也無妨，最怕的便是蘇巧梅等幾位太太的貼身侍婢，一個個都仗著主子的聲勢，目中無人。所以杜亮有些壓力，只能去找桂姐商量，桂姐胸脯一拍，說那幾個難搞的由她去搜。

來到月痕屋子裡，她果然當下就給桂姐吃了「白果」，冷笑道：「因妳是這裡最老的，我叫妳一聲姐姐，可也想想我是二太太房裡的人，居然被懷疑是賊，哼！若真是的話，不早像吟香那樣，先把主子的東西偷乾淨了去？還看得上同輩的幾個小錢兒？」

桂姐知道月痕是心直口快，所以也不動氣，只說：「其實我曉得不該到妳這裡來，不過近來這兒出的事多，幾位太太因收過吟香這樣的賊婆，心存餘悸。若再出現失竊的事兒，不單是妳們幾個，恐怕連杜管家都要被請回家吃老米飯了。所以這回出的事，咱們想私下裡解決，不驚動老爺和太太們。姑娘妳多擔待，別為難我，成不成？」

幾句話便把月痕的傲氣堵回去了，只是搜了個遍都沒找著東西，好不容易從衣櫃子裡掏出一包銀洋，月痕說是自己存下來的。

桂姐也不好說什麼，哪個下人不存點體己呢？

兩人折騰了大半日，每個下人房裡都有錢，卻不知哪個銀洋是小月的，反正錢幣長得都一樣。所以自查便等於「大海撈針」，最終一無所獲。

可小月哭得捶胸頓足，動靜有些大了，免不了驚動自己的主子。大少爺於是坐不住了，來問她怎麼了，她便一五一十講了個明白，邊說邊抹眼淚，楚楚可憐的。

黃莫如聽過後，突然仰面狂笑了幾聲，說道：「大姐那個會算命的老同窗呢？把她叫來算一算，不就什麼都清楚了？」

於是，原本被大太太列入「討嫌人名單」的杜春曉，又讓叔叔請去黃家，為的是替一個丫鬟尋找私房錢的下落。

杜春曉起先也想賣賣關子，竟一口拒絕，但在連吃了杜亮幾個「火爆栗子」之後，只得跟著他去了。然而一看見小月，她便來了興致，這丫頭的眼神總有些半明半暗，似乎裡面有掘之不盡的陰謀。

杜春曉老大不情願的到了黃家，還在杜亮的房間裡裝神弄鬼。黃莫如也跟了進來，嘴邊始終浮著一抹諷意，倒像是來看她怎麼出醜的。

因怕男女下人私下往來密切，所以丫鬟的房間與男傭的隔了老遠，平常不准互串門子，即便有些眉來眼去了，也只能悄悄到黃家外頭去幽會。所以小月的房間只有其他幾個丫鬟可以進出，若有男傭在屋子前後走動，早被發現了。算來算去，杜亮只將有嫌疑的那些姑娘叫進來，讓杜春曉來算。

「妳們把身上的錢都掏出來，放到桌上。」杜春曉敲敲廚子們吃飯用的桌子。

丫鬟們橫眉冷眼的把身上的銀洋都掏出來。

杜春曉示意小月也要掏，她用疑惑的眼神回應，似乎是不大願意，杜春曉笑道：「保不齊有人作賊喊捉賊，所以都一樣，妳看桂姐都拿出來了。」

話講得難聽，卻無從辯駁，小月只能咬咬牙，把用手帕包裹的銀洋拿出來了。

杜春曉挨個兒看過一遍後，又令她們把錢收起來，轉過頭對杜亮道：「叔，你讓她們把私房錢也拿出來讓我瞧瞧，要不然我算不準。」

這一建議遭到姑娘們連連反對，尤其是月痕，也顧不得大少爺和管家在場，當即桌子一拍，怒道：「妳算命就算命，要折騰這些做什麼？咱們的私房體己剛剛早讓桂姐和杜爺看過了，再拿出來有什麼用？」

「拿出來算命用啊，那牌要沾了妳們的錢味兒才會準。」杜春曉皮笑肉不笑的回答，眼睛卻是看著杜亮。

「姑娘們，快別廢話了，今天就算給我杜亮一個情面，都去把私房錢拿出來，只看一看，又不要怎樣。黃大少爺，你說是不是？」杜亮的聲音已變得威嚴。

於是，幾個人又回到各自房裡，把私房錢都拿來，一時間桌上堆滿了亮晶晶的銀洋，煞是惹眼。

杜春曉這才拿出牌來，讓每人抽了一張，再輪番交到她手裡頭，交完後，她便讓丫鬟們都回房去，只道是有話對杜亮、桂姐和黃大少三個人說。

隨後她便指著桂姐問道：「桂姐抽中的可是那張隱者牌？」

桂姐微笑點頭。

「那就悄悄兒回去把錢還給小月吧，她也不容易啊呀——啊——」

還未說完話，杜春曉已尖叫起來，因一隻耳朵被杜亮揪住，皮肉都拉到太陽穴上來了，痛出她的眼淚。

「春曉，妳胡說八道什麼呢！桂姐幹了多久了？還去黑丫鬟那幾個錢？」

杜亮氣得青筋直跳，手上已沒了輕重，杜春曉只覺耳根子快被扯斷，終於熬不住了齜牙咧嘴的求饒。

黃莫如上來一把拉住杜亮，喝道：「人是我請來的，憑什麼你在這兒教訓起來了？就算她是你的晚輩，現在也不是在處理家事！放手！」

杜亮只得紅著臉放了手，杜春曉逃出一條命來，捂著耳朵，將那張隱者牌推到桂姐跟前，哆哆嗦嗦講了一句：「把錢還了吧。」

桂姐也不申辯，只筆直站在那裡，神情端嚴，看上去絲毫不像個賊人。

杜亮不住的給桂姐賠不是，說：「孩子不懂事兒，整天淨知道瞎說，早說不要帶她來的。」話是對著桂姐講的，實際是對黃莫如的決定不滿。

「得了，桂姐，妳出去吧。這事兒，我今天就當什麼都沒看見，妳等一下把錢交給杜管家，讓他還給小月，就說一時查不出來，咱們幾個便湊了一湊，讓她交了弟弟的學費要緊。」黃莫如似乎也是一口咬定桂姐是賊，語氣絲毫容不得杜亮質疑。

杜亮看了看杜春曉，又看了看少爺，只得帶著桂姐走出去了。

杜春曉帶著緋紅的右耳，將牌理起，放進懷中。黃莫如脣邊的諷意更深了些，嘆道：「原來妳那牌果真是騙人用的。」

「大少爺可別壞我名聲，這牌都幫你們黃家捉賊了，你還講它是騙人的？」

黃莫如冷笑了一聲，刻意將語速放慢，道出了一些玄機：「妳先讓她們把身上的錢拿出來，是想看看她們藏錢的習慣吧。小月這樣的姑娘特別愛乾淨，那銀洋髒兮兮的，她自然把每一個都用黃草紙擦過了再使用。其他幾個姑娘就未必了，尤其是桂姐這樣的，從不做多餘的事，所以她懷裡掏出的錢，都還是有汙垢的。」

「不過，為了掩蓋自己偷錢的事兒，她倒是想到要把自己的私房錢也擦乾淨，與小月的混在一道，這樣便誰也不知道了。所以妳才先看她們身上帶的錢，再看她們的私房錢。其他人，隨身帶的散錢與私房錢一樣，都是髒的，唯獨桂姐，散錢是髒的，私房錢卻雪亮，不是她就奇了。」

「所以幸虧桂姐沒有潔癖，否則這案子也不好破。」杜春曉只得苦笑承認，心裡對黃家幾

個養尊處優的少爺小姐卻都有些刮目相看。

「不過……」黃莫如像是有意要與杜春曉作對，又提了一個疑問：「桂姐也不缺錢，為什麼要去偷呢？」

「像黃大少爺你說的，桂姐從不做多餘的事，她若不這麼做，又有何理由去搜丫鬟們的房間？」

這一次，輪到杜春曉得意了。

……※……　……※……　……※……

杜春曉是從去年冬天開始抽黃慧如牌香菸的，一是覺得新奇。聽聞那黃慧如確有其人，乃是上海灘一大戶人家的千金，因與自己府上的下人暗結珠胎，不得已之下便決意私奔，一時成為八卦小報的頭版頭條。那些平素看慣《牡丹亭》和《西廂記》的太太小姐們被勾起了浪漫情懷，希冀「牡丹花下死，做鬼也風流」的先生少爺們想法則越發香豔，奸商便是藉這股風潮，把那千金的名字打成名牌，好像還嫌她身上沾的口水不夠多。

二是藉機調排青雲鎮上的黃家，巴望著靠抽這個菸，能抽出這體面人家的一段醜聞來，她好幸災樂禍。尤其黃夢清過來借書，每每看到她嘴裡叼著根「黃慧如」，那一臉的複雜，令她每每憶起便會捧腹。所以這一行徑已成私樂，是獨一個的。

杜春曉斷想不到，其實還有一個女人與她抽同一牌子的香菸，姿勢拿捏都比她優雅百倍，便是桂姐。

桂姐對「黃慧如」的迷戀，始於去年秋天，黃老爺去上海做完生意回來，分送給太太子女禮物之外，就給了她一包菸，她當時驚訝得不知道要說些什麼，因想不到原來他知道她有這樣的癮。儘管她一直掩飾得很好，每根菸都只抽到剩三分之一處便熄掉，以防熏黃指節，每次抽完之後，嘴巴都要拿鹽水過一過，頸上總要點一些香水，香水來源卻無人知曉，她自己自然也是不肯說的。

桂姐的漂亮，與張豔萍、秦氏及白子楓比較，又是另一個天地。她皮膚呈蜜糖色，纖腰長腿，短衫被肥厚的胸脯緊緊繃住；生得高鼻深目，有些西洋人的味道，甚至頭髮都是天生曲捲，濕著的時候便是滿頭的細波浪，只是平素都束起來，用髮針收住，只餘額角上幾簇碎碎的絨髮圈暴露了本色。

吟香的喪事，是桂姐出錢幫助辦的，因屍體找到的時候，身上一文不名，又是孤兒，還沒有丈夫，最後事情都推給杜亮和她。而這筆買棺材兼入葬的錢，她算來算去都覺得應該是小月

出，這亦是她不拿別的，專拿那丫頭的錢的道理所在。倘若小月當初早點兒把吟香要逃的事告訴她，也許如今吟香不會丟了一條命，所以這件事情小月多少要負些責任。

桂姐對黃家所有的丫鬟都保持一定距離，她討厭像其他女人那樣，為了排遣寂寞，多些茶餘飯後的談資，便刻意製造虛假的友誼，這些花樣十六歲便已玩過，就不需要了。

關於桂姐的終身大事，其實是許多男人替她急過的，三十歲之前，是杜亮替她急，三十之後，則是大廚陳阿福替她急。唯獨她自己，還是享受一潭死水的人生，也從不向人提起二十五歲之前的婚姻生活。

到後來守寡是迫不得已，丈夫死的時候，她還在服侍發高燒的黃慕雲，這位二少爺青春年少且弱不禁風，只會抓住她的手不停呻吟。當時杜亮跑進來跟她講：「老張行船的時候遇到土匪，身上被砍了好幾刀，妳趕緊去呀！」

她霎時腦中一片空白，回過神來的時候，那隻手還被黃慕雲捏著，當下便急出淚來。緊趕慢趕的回到家，老張已被抬在鋪上，老遠的從石板路上便見到點點滴滴的血跡，越是靠近家門，心便越發的絕望，最後一隻腳跨進門檻的時候，已是做好準備的人，兩顆眼球都乾了，因之前淚水便在預想中流光。

進到裡屋的時候，漫天漫地的血漿讓睡房染成了殺豬房，她都沒有絲毫驚慌，只坐在奄奄一息的丈夫身邊，摸了一下裹在他胸口那紅涔涔的紗布，陰聲道：「這可是你活該了，早說那小蹄子不是看上你的人，只是看上你的錢了。」

老張努了努嘴，已沒有力氣說話。

隨後她徑直走到門口，坐下，仰面吹河風，只等著郎中宣判丈夫的死刑。

披麻戴孝時更是冰著臉，不怕人家說她無情。至於老張先前和外省過來賣小籠包的淫婦行船私奔的事，她隻字不提，但至今不碰小籠包，從前老張每天帶回來的次數太多，她已吃到膩煩，回家看到裝錢的櫃子空空如也，連放在麻將桌抽屜裡那點油鹽錢都不見蹤影的時候，她竟下意識的鬆了口氣，心想終於可以不用再吃小籠包了。

只是她一直不明白，杜亮向她報告噩耗的時候，為什麼自己居然想哭？所謂的本能反應，到底還是出賣了她的失落。此後，桂姐便硬下心腸，決意不再付出，她也對那些屢戰屢敗之後還要繼續衝鋒陷陣的女子深感不解。

這是她的怯懦，更是她的勇氣。

所以桂姐一直想給小月一個教訓，她隱約從這丫頭身上看到了那賣小籠包的女人的危險與森然，從小月的梳妝匣底板裡摳那些銀洋的時候，她是有快感的，彷彿將對方的心臟一點點摳碎、掏盡。

杜亮後來當著桂姐的面，把錢還給小月，只說是查不出來，幾個人湊的，孰料那丫頭接過錢，竟對桂姐笑了一下，道聲「謝謝」。

這一笑，桂姐便知自己已在她跟前矮了三分，若換了吟香、月痕這樣的，是斷不會對她笑的，唯獨小月，心腸要比其他幾個多繞幾道彎，別人想不到的，她卻是想得到的。

「這次還多虧了桂姐，要不然可怎麼辦好呢？」

臨出門的時候，小月對桂姐講了這一句心驚肉跳的話。

「這是說的什麼見外話呢？咱們幾個都是苦命人，互相之間能幫則幫，總不可能眼睜睜看著人家往火坑裡跳都不響的？」桂姐自然也是含沙射影。

小月當即臉色變寒，回道：「桂姐，妳這話裡有話啊？」

桂姐只是笑，當是默認。

「桂姐，妳可是指吟香那件事？那就冤死我了。她的脾氣性格，妳是知道的，她要走，難不成我還能攔得住？再說了，但凡做下人的，都是多一事不如少一事，主子恨不得把咱們一個個削了舌頭呢，有些話自然是千萬不能講的。又何苦現在為難我這個事？」

「哼！」桂姐的蔑笑冰凍刺骨，「那怎麼又去報告大小姐了呢？」

小月一聽，竟眼淚汪汪起來，說道：「哪裡是我要報告大小姐的？是那古裡古怪的杜小姐說我必定有事瞞著，所以拿大小姐來壓我，我膽子小，這才講了。」

桂姐聽罷，竟上前將兩手按住小月的頭顱兩側，對方瞬間不能動彈，只得死死盯著她的雙眼：「小月，妳十二歲就進黃家了，可說我是看著妳長大的，妳心裡那點小算盤，別當我不知道。」

「我有什麼小算盤？妳倒是講講看。」

「有什麼小算盤我可能講不完全，只知道妳盧小月不想講的事情，誰都撬不開妳的嘴，但凡妳講出來的，那都是想讓人知道的。可是這個道理？」桂姐只一味拿眼做刀，在小月臉上割著，欲割開她的「畫皮」，剝出真實的、醜陋的芯子來。

小月突然笑了，露出幾顆貝牙。

「桂姐，妳這一世做人，總有些太過認真，倘若糊塗一些，沒準兒現在也不會落到作賊的地步……」

她說完，便吃了桂姐一記掌摑，也不是很痛，半邊臉像被針輕輕刺了一下。

這耳光是註定要嚐的，在她計算之內，因此她仍定定的看對方，一點兒都沒有慌亂。

「小蹄子！現在讓妳得意，過陣子再看妳還有沒有那麼風光！」

拋下這句話的時候，兩人才發現杜亮就站在門前的槐樹底下，往她們這邊看，也不知看了多久。這份心照不宣的尷尬在她們心裡留下案底，小月握著那把銀洋抽身便走，留下桂姐餘怒未消。

「妳跟一個丫頭計較什麼？還動粗。」杜亮的語氣裡一點責怪的意思都沒有，倒像是關心桂姐的。

她怔了半晌不回話，心飛到另一樁事情上頭，夏末金黃的日光已變得溫和怡人，輕輕撫在皮膚上，她的黝黑瞬間鍍了亮色。

她突地想起黃慕雲剛過變聲期那會兒，有天半夜，聽見他床上有些奇怪的響動，以為他又要咳，便起身進去，掀開紗帳，那縮成一團的身子正奮力伸屈，胯部包著她丟失的荷葉邊繡花汗巾，邊緣滴落幾顆白色珠液。之後她假裝沒事人一般服侍他，他卻有意無意的躲著，讓她覺得好笑。可惜這種優越感過不多久，便因白子楓的出現而磨滅光了。

她其實並不嫉妒白子楓，只是免不了有些淡薄的失落，如今杜亮這一勸，竟鬼使神差的將那些失落又重新勾引出來了。

「再不教訓教訓她們，都不知自己是誰了。」她只得給自己找了個臺階下。

杜亮沒有理會她的敷衍，只壓低聲音道：「在她們房裡找到什麼了？」

桂姐搖頭，但搖得很虛，是知道要被拆穿謊話的那種掩飾。

「好啦，都讓我姪女看穿了，還不肯坦白？跟我講又沒關係。」他這麼安慰她。

「有些事情，不知道得好。」

「那妳何必非要去弄清楚？既然都到這分兒上了，還是告訴我吧，妳難道還跟我見外？」

話一出口，他已有些後悔，因她究竟對他見不見外，他自己是沒有底的。

她沉默了好一會兒，才下定了決心，抬頭向他開口：「既然這樣，我想再請杜小姐給我算一次牌。」

第二章

正位的惡魔

秦氏把幾桶醬缸搬到閣樓上之後，已香汗淋漓。她知曉自己素來幹不得重活，卻總在幹，雪兒去世後，她彷彿也跟著她下了葬，死過去了。

頭七剛過，她便開鋪做生意，怕再沒有收入自己就要餓死了。誰知頭一個客人便是她沒見過的男子，五官玉雕一般齊整，站在門口，約莫只比她高半個頭，看上去卻是極標準的身量；頭髮剃得很平，鼻梁上的金邊眼鏡架住深陷的眼眶，月白色鑲雲紋的長綢衫鬆鬆的貼住細長身材。脣角的笑容，是輕浮裡有誠意的那一種，令她感覺新奇。

她沒有上前招呼他，只是點頭笑一笑，結果面頰肌肉卻隱隱作痛，是因前些日子哭得太多，笑起來都困難了。

他在鋪子裡轉了好幾圈，似乎不曉得要什麼，她心想完了，又遇上狂蜂浪蝶，這是她自十四歲開始便在人生裡不斷經歷的戲碼，已看到麻木，乃至心煩。她知他的目的不是購物，卻莫名的期待起來，因這樣俊朗的男子，沒有女人見了會不動情的，所以她心也怦怦的跳，直到他提及女兒的名字，才瞬間停止。

「妳女兒的事，請節哀。」

她似乎有些聽出弦外之音，然而又不敢細問，只等著他也會拿出錢來給個安慰。

這些天來，黃家已託人送了不少東西來，從前是這樣贖罪，如今還是。杜亮跑了一趟又一

趟，像塊抹布，正奮力擦掉黃家留下的汙跡，從前田貴是汙跡，現在雪兒也是，她自然不甘被視為麻煩，於是不哭不鬧，面若冰霜，只等他們良心發現。

杜亮有一回忍不住脫口，講她像極了另一個女人，問是誰，他卻怎麼都不說了。

黃莫如跟她好，就是從那時開始的，她原覺得該遠離這樣的人，完美得讓她害怕，可對方似乎也有同樣的顧慮，這令她多少有些放心。她將他握在手裡的時候，腦中浮現雪兒躲在廚房裡大口吃麵的情景，她腳背浮腫，臉色卻紅潤細嫩，宛若初生嬰兒……

於是她下意識的握得更緊，他含住她的耳垂，最後說要把性命都交予她，她卻在等他討饒，要求進入她的幽秘之地。

兩個人就是這麼拉鋸戰，到最後誰都沒有贏，天一光亮，她便下床倒了田貴的痰盂，煮一鍋小米粥，將榨菜切成細絲裝碟，假裝是個賢淑的婦人。

而他卻要睡到日上三竿才起，託弟弟的福，黃家的孩子都不用一大早去給各個房裡請安，愛懶成什麼樣都是可以的。可他不是懶，卻是累，只要沾到她的肉身，聞不到摻雜了醬香的體味便渾身不得勁。不像弟弟，怎麼弱都是強悍的，單戀使人堅韌，偷情都教人氣短，這錯位的反應令他不免氣結。

……※…… ……※…… ……※……

桂姐一面捅蓮心，一面與杜春曉對談。她似乎一點也不怕醜，即便被對方指認為賊，也是從容不迫，甚至有些大義凜然的模樣。

所幸這份坦然，杜春曉心知肚明，所以只樂呵呵問她：「可在那幫小蹄子房裡發現了什麼？」

桂姐搖頭，笑道：「別問我發現什麼，妳不是算得出來嗎？」

杜春曉只得涎著臉求對方：「好啦！妳也曉得我這是撒謊騙人的把戲，就告訴我妳得了些什麼，保不齊我還能算出點好東西來。」

桂姐道：「那好，反正我也是想先讓妳看了東西，妳再來算算，未嘗不能算出些什麼來。」說罷便攤開手掌，裡頭竟是一枚黃燦燦的頂針。

「這是哪裡找到的？」

「在小月的梳妝匣隔板裡找到的。」桂姐將頂針戴在食指上，眼裡發出狡黠的光，「這個像是金的，幾個小蹄子裡頭，其實只有雪兒的針線活最拿得出手。她平常不喜歡炫耀，所以知道她有這個的人不多，我便是僅有的一個，卻不曉得這東西怎麼到小月那裡去了。」

杜春曉這才把頂針拿過來仔細琢磨，東西確實是比一般的銅貨要沉許多，經桂姐一說明，便顯得越發金貴了。她笑道：「這事兒妳要不要跟保警隊的人講一聲？」

桂姐又搖頭，說道：「要講也是妳去講，小月這丫頭心眼兒比平常人多，她發現東西沒了，做事必定會萬般小心，雖表面上不戳破，私底下肯定還有別的小動作。我都怕著了她的道。」

「喲，怎麼說得她像鬼見愁似的？哪裡就怕成這樣了？依我看，這頂針說明不了什麼，桂姐妳自己都這麼方便潛到哪個屋搜東西，對其他人自然也是一樣的。妳也講過，小月心思活，平常一個不留意，就把雪兒的東西放在眼裡了不是不可能，說不定早就拿走了，斷不會為了這種小東西謀財害命。」杜春曉隨手摸出一張牌，放在那碗潔白發亮的蓮心旁邊，乃命運之輪。

「瞧，同一個現象的產生，有多種可能性……不過，倒是可以嚇一嚇她。」杜春曉看著那張命運之輪，表情裡都是惡毒的欣喜。

杜春曉與桂姐告別之後，還是回到黃夢清那裡住。她最近又心焦又無聊，因生意太淡，天氣太熱，儘管已臨近夏末，可一想到「十八隻秋老虎」，她便沒了力氣。所以徑直往裡頭的涼席上一躺，連旁邊擺的滿滿一盤西瓜都不看一眼。

「稀奇了，大肚王今天居然沒有胃口？」黃夢清一面笑，一面從書桌邊站起，將鋪在那裡練筆用的雪浪紙團起來丟掉。

「夢清！」杜春曉突然在床上翻了個身坐起來，動作之快，像換了個人似的，「妳說，我給黃大少爺再算一次怎麼樣？」

黃夢清愣了一下，皺眉道：「妳又生什麼鬼主意了？」

「沒！沒有！」杜春曉突地又躺下，拿背脊回應她。

「再不說，我可就練琴了！」

杜春曉只得再起來，說要回家去了。黃夢清也不攔她，像是知道她早晚還會再回來這裡，於是讓玉蓮準備了一罐冰鎮八寶粥，並兩顆甜瓜，讓她隨身帶去。

杜春曉只得一手捧了一顆瓜，將罐子的環柄套在右臂上，搖搖晃晃回了書鋪。卻見書鋪的門竟開著，她以為有賊，便躡手躡腳貼著門邊往裡探，只見已曬成黑炭條的夏冰正往地磚上灑井水。

「喂！我這裡可都是書，你弄濕了怎麼辦？」

見是熟人，杜春曉便放下心來，將甜瓜往夏冰懷裡一放，坐到櫃檯裡，儼然老闆的派頭。

夏冰邊抱怨整個書鋪都長了草，邊打開罐子，飲了一口粥湯，隨後舒服得嘆起氣來。

「說，在黃家又打聽到什麼新鮮事兒了？」

杜春曉也不理，只顧皺眉發愁，半晌才喃喃道：「我說呆子，你講這幾宗命案之間，會不會其實沒什麼聯繫呀？」

「怎麼說？」夏冰知道兩人分析案情的時候到了，便坐下來，將罐子裡的八寶粥吃完。

「黃家死了五個丫頭，如果說被切去腹部的那四個，是因為懷了孽種而被滅口，那麼吟香被害，應該和前幾個沒什麼關係吧？」

「這個可講不準，或者是吟香知道讓她們懷孕的人是誰，於是被滅了口。但是李隊長他們非說她只是被劫財，因為小廚子說她逃跑的時候身上帶了鉅款，咱們發現屍體的時候，卻一塊錢都沒找著。」夏冰覺得這案子彆扭，卻又講不出哪裡不對，所以表情像便秘。

杜春曉拿起一張星星牌，咬在嘴上，笑道：「其實這幾日，黃家內部也不太平，凶案之後的一些餘波已經出來了。」

「哦？是哪一些？」夏冰要的便是杜春曉做這免費的探子。

於是她一五一十將事情全講給他聽，講完後還不忘加上一句：「總而言之，哪裡都不對勁，這家人真是奇怪呀……除了夢清。」

看她一臉茫然的興奮，夏冰欲言又止。

其實，他隨李隊長在黃家上下詢問一圈之後，零零碎碎掌握了一些資訊，卻都是不怎麼有用的，對各人擺出的時間證據也進行了核對，可還是毫無收穫。

唯獨那位喚作桂姐的下人，說翠枝死後的某一晚，她因要準備祭祖的東西，很晚才休息，臨睡前想到二少爺交代過要把茶水擺在他伸手便能搆到的地方，以便他夜裡渴了來喝，於是披了衣服起來，拿著茶壺穿過庭院往二少爺房裡去。

她半路卻見桂樹底下站了一個人，提著昏黃的牛皮燈籠。她仔細望去，對方梳了兩根辮子，花邊半袖白襯衫被燈火染成詭秘的紅，她從那玲瓏剔透的側面，認出是二小姐黃菲菲。當時因怕二少爺發現她漏做了事，便也顧不得打招呼，只悄悄走過去了。後來回想起來，確是蹊蹺的。

「更蹊蹺的是，我們問了二小姐，她死活不承認那晚在桂樹下出現過，還又哭又鬧，說我們冤枉她。」夏冰抓了抓頭皮，愁容滿面。

「瞧你那樣子，像是認為二小姐沒有說謊？」

「可桂姐也沒有必要撒這個謊，妳說對不對？」

「那倒不一定，老娘兒們心眼多，不比咱們都是一根筋的。」

她其實也是認同他的，只是嘴上不願承認。

夏冰正要還擊，卻突然閉了口，只一臉錯愕的往外頭看，原來是杜亮不聲不響站在門口，板起臉看他們。兩人像做錯事一般，都紅了臉，夏冰語無倫次倒像在提親，與小時候一樣那麼怕杜亮。

「叔這是……」

「春曉，黃老爺有請。」

杜亮那一把如乾柴燒裂的嗓音彷彿在鋸夏冰的心臟。

「要我去幹嘛？」

杜亮看了夏冰一眼，像是有所顧忌，然而還是講出來了：「上回大太太用餐時吃到釘子的事兒，還沒有完。」

「沒有完是什麼意思？」杜春曉因肚子餓起來，脾氣便有些大。

「妳跟我去就是，到時就明白什麼意思了。」杜亮的語氣開始凶惡起來。

杜春曉一指夏冰，說道：「要帶他一起去！」

……※……　……※……　……※……

張豔萍把蘇巧梅的頭髮連頭皮一起撕下來的時候，心中無比快感。論心機，前者自然鬥不過後者，可論到體力，卻是截然相反的境況。

誰讓蘇巧梅是小家碧玉出身，沒有了不得的身手，只得由著對方撕扯。她只覺天旋地轉，已聽不見自己的尖叫聲，死死抓住張豔萍的兩隻手，耳背後頭的陣陣刺痛在提醒她的傷勢，她卻完全顧不上，只能喊「救命」。無奈對方力大無窮，誰都拉不開，果斷的掌握她的髮髻，控制她頭顱的方向等同於控制她的行動，可見是有經驗的。

其實蘇巧梅也不是不懂反抗，只是她還留著心眼，要看看究竟誰是真正關心自己的，誰又只是在她跟前戴面具。

真情還是假意，在這樣的危難時刻一目了然。

儘管她頭皮脹裂，全身麻木，兩隻腳一味在地上拖行，船殼鞋已不知去向，然而周圍的形勢她還是看得很清楚……

譬如黃天鳴雖一言不發站在旁邊，但他手裡的龍頭杖卻把地磚敲得篤篤響，蘇巧梅想像自己抬起頭來，就能看到丈夫那張尷尬憤怒的面孔；而黃莫如與黃菲菲這對靠錦衣玉食寵大的同胎兄妹，選擇的是敲邊鼓，他們沒有去阻止失控的張豔萍，反而一邊一個扶住親娘的手臂，嘴裡叫著：「住手！不要動我娘！」實際上卻讓蘇巧梅動彈不得，好給張豔萍多搧幾個嘴巴。

蘇巧梅當下又急又氣，可不好戳破兩個孩子的陰謀，便只得甩開他們的束縛，要跟張豔萍拚命。

此時她才是真的憤怒了，體內湧起毀滅世界的衝動，誓要將敵人消滅，於是突然發了力，竟將張豔萍一把推倒，跨在她腰上將她固定，然後抱住她那顆同樣狼籍的頭顱往地上磕，一下、兩下、三下、四下……那顆頭顱在她手心裡反彈，發出「咚咚」的回應，令她心生快感。

「救命啊！殺人犯要殺人滅口啦！救命啊！殺人犯！救命！救命！」

蘇巧梅在這對她殺豬般的控訴裡，暈了過去，她不得不暈，她怕一旦堅持下來，事情就永遠收不了場。

杜春曉趕到的時候，兩個婦人剛剛被拉開，看那面目，已分辨不出誰是誰來，尤其她們都啞著嗓子，其中一個頭髮與血水黏在一起，濕漉漉的；另一個則抱住後腦，倒在黃慕雲懷裡，彷彿已昏死過去。

陳阿福被雙手反剪的綁了，跪在一旁不住磕頭，嘴裡叨唸道：「兩位奶奶冤枉，冤枉啊……」

黃慕雲面色蒼白的抱起懷裡的婦人，對那位已落在一對兄妹手裡的婦人道：「二娘這次確是有些過了，都等不及我娘自己死，就要上來殺她，難不成這點家產還不夠妳分？」

他剛講完，便挨了黃天鳴一記耳光：「混帳！我還沒死，竟說到要分家產了？」

黃慕雲像是吃了熊膽，居然當下頂撞起來：「分家產是早晚的事兒，你當我們幾個都願意在這裡？前些年姐姐去英倫留洋，原本就是為了躲你們的，誰想到你們竟又把她叫回來了。黃家就是一座活墳墓，是這裡出生的人，就得回這兒來等死！咱們其實比下人還不自由呢！」

「慕雲，你不要胡說！」

他懷裡的張豔萍不知何時已醒過來，眼裡噙滿了淚。

蘇巧梅此時也掙脫一對兒女的「呵護」，氣急敗壞的爬到張豔萍跟前，手指好似利劍一般直戳到對方眼睛上去：「妳還真以為攀了高枝就能一點一點的害人啦？現在是姐姐，過不久就要輪到我了，說不定老爺都要害！妳……」

「夠啦！」

黃天鳴眼見威信已碎在兩個女人的廝鬥中，只得暴喝一聲，試圖挽回一些顏面。

可惜只有蘇巧梅辨出味來，就再沒出聲，張豔萍還是不停叫囂，直到黃天鳴一聲令下，將她捆了關進後院藏書樓的頂層。

夏冰厚著臉皮跟了去，杜春曉自然知道他是饞那些書，也不作聲，偷偷跟了去，名為看戲，實想竊書。

黃家的藏書樓，其實原本不是黃家的，而是宅院的前任主人留下的，接手時裡頭的書已少了一半，依黃天鳴的性格，是必定要把那一半書追回來的，不管支付的錢數是否合適。所以，聽聞那前業主還乖乖將那幾擔書挑回來，還給黃天鳴，此後那業主便銷聲匿跡，再無蹤影。

關乎他的去向，有兩種說法，一是講他用那筆錢去上海做煙土生意，與洪幫交易，不小心著了杜月笙的道，連錢帶貨都被吞了，人也被大卸八塊丟進黃浦江餵魚；二是說他老婆病死，兒子娶妻後也不大理他，因此他孑然一身去到別的偏僻鄉鎮上住，在那裡隱姓埋名過日子。確切情況究竟怎樣，那是誰都不知道。

可惜黃天鳴到底知道眼前的事屬於「家醜」，便示意杜亮帶兩個家丁帶了張豔萍去，卻叫杜春曉與夏冰留下來，只說是有事相求。

「一是那幾樁案子，查到現在也不見個進展，你們保警隊究竟是怎麼個說法？還有啊，今天這件事，我只希望就眼下這幾個人知道，莫再傳開。杜小姐，妳也知道前幾天我夫人受傷的事了吧？這件事情本來是結了的，可後來又發現那吃出的釘子和豔萍竟有些關係，也只是問問，誰知這賤人就發了瘋了！」黃天鳴講話雖然也繞彎子，卻沒有繞那麼多，還不似杜亮有威儀，甚至笑容滿面，那神色和氣得叫人毛骨悚然。

「那黃老爺這次叫我來，可是要算一算大夫人受傷的真正原因？」

黃天鳴不回應，只是吃茶，反而黃莫如從旁答應：「是我勸父親讓妳過來的，這個家，看來一時半會兒還少不了妳。」

這對父子，五官不像，氣質腔調卻是一樣的。

「那我若算準了，可有什麼好處？」趁著叔父不在，杜春曉當即便要得寸進尺。

「妳說。」黃莫如臉上的笑意更深了，兩隻眼睛都深深陷進眼眶裡去。

「第一，你們得讓我和夏冰進藏書樓參觀一下，本小姐若有中意的書，不拘什麼價格，也得送兩本，以表謝意。第二，夏冰能自由進出黃家，想審誰就審誰，必須隨叫隨到。您不是一直嫌保警隊辦案能力弱嗎？還不是因為得順著你們！」

第二條講完，黃天鳴臉上的笑紋已有些僵化，她假裝沒有看見，繼續道：「第三，我想在黃家過夏天。您也知道，如今日頭太毒，我書鋪裡生意不好，到秋天再開張也不錯。您意下如何？」

杜春曉語速極快，生怕杜亮回來得早，末尾還不忘加上一句：「這最後一條，可別告訴我叔，就說是你們死活要留我的。」

黃夢清已在一旁笑得肩膀抖個不停，黃天鳴也怔了足有半日，才勉強點了頭：「那就勞煩杜小姐妳了。」

杜春曉看有戲，便正色問道：「對了，是怎麼發現三太太跟大太太受傷的事有聯繫的？」

「因丫頭替陳大廚洗衣服的時候，從他袋子裡找出了這個。」黃莫如將一根鑲銀邊瓷甲套放到桌上。

「是父親買來的古董貨，給三娘做三十六歲生日的賀禮的，這東西如今卻在陳大廚手裡。」

怪道要將陳大廚綁起來。

黃莫如語氣頗為沉痛，卻依然惹得黃慕雲不滿，他抓起那根甲套，狠狠摔在地上，東西牢固得很，竟沒有碎裂，只發出輕微的「叮」一聲，彈了兩下，便滾到杜春曉腳邊去了。

杜春曉撿起甲套，問道：「是誰發現的東西，交給老爺的？」

「是我娘。」黃菲菲冷冷開了口。

杜春曉終於明白先前為何這一對兄妹要對自己的親娘耍手段了。

「現在天晚了，春曉要幫忙，也等到明天再講吧，折騰了這半日，大家都回去休息可好？」黃夢清的提議有些唐突，卻救了春曉的命。

「那……我也先回去了。」夏冰有些老大不情願，可也只得這麼講。

杜春曉跟著黃夢清回房的途中，低聲對這位宅心仁厚的大小姐講了一句：「其實妳剛剛不必替我拖延時間，我已知道是誰做的了。」

黃夢清聽了，絲毫沒有動氣，笑回道：「我就是猜到妳已知道了，才拖住不讓妳講，給大家都留些情面。」

杜春曉看了她半天，噗哧一下笑出來了，黃夢清只是等她笑完，沒有半點好奇的意思。杜春曉見對方沒給她一句托話，便自顧自說道：「也不知為什麼，天是一樣的熱，可我偏就在妳屋裡頭睡得甜些，連那蚊香味兒都讓人惦記，回去書鋪卻怎麼都睡不著，剛迷糊起來，腦子裡便有根筋狠狠彈我一下，我又醒了，實在痛苦，不如來妳這裡騙吃騙喝騙睡來得舒服。」

這下輪到黃夢清取笑她，藉機刺了幾句。杜春曉也不動氣，只走到窗口，看庭院裡那座封閉的井臺。

因剛剛鬧過的原因，宅子裡飄蕩著某種古怪的寧祥氣氛，銀杏樹葉在頭頂打了幾個圈之後落在肩上，杜春曉這才意識到那根甲套還握在自己手裡，在昏黃暮色下發出幽光，令她想到雪兒珍藏的頂針。

午夜時分，一記裂帛的尖叫穿越夜幕，直刺眾人耳膜。

起初只是叫「救命」，後來變成了「殺人！我要殺人！」，等杜亮他們趕到藏書樓下，聲音已化作純粹的號吼，一寸寸捏碎，灑在逼悶的夜空。

……※……　……※……　……※……

張豔萍瘋了。

當然，她並不覺得自己瘋，只是不斷向眾人解釋自己並沒有拔下髮釵，去刺那個「紙人」。「紙人」又輕又薄，在樓內的每一步階梯上跳躍，最後跳到她跟前，側面薄得幾乎已融入空氣。

頂樓上的架子空了大半，像是專門用來積灰用的，熱流在空格中間竄來竄去，逗得她滿頭大汗，後腦殼的劇痛已轉成麻木，只是不能將頭靠在牆壁上，否則痛楚便會如期造訪。她只得就這麼仰著頭，將兩隻瘦疼的手臂環在胸前，汗漬浸透綢衫，將皮膚密封起來……

那「紙人」便在某個架子後頭，她不知道它是怎麼上來的，反正看似腳不沾地，面盤枯瘦，伸出的兩隻胳膊僅是貼皮的骨，甚至嗅不出作為人的體味，只與周圍的塵土形成某種恐怖的默契。

「你是什麼人？什麼人！」她對它大吼，無奈嗓音已破成一縷縷的，無法形成一個完整的質問。

「紙人」移得很近，她聞到淡淡的尿臊，與鹹菜味混合在一起，不太嗆人，卻教她心慌意亂。所幸眼前晃動的不僅是「紙人」，還有一根雕成朱雀形狀的髮釵，用一兩的赤足金元寶打的，是過門的嫁妝，卻比任何東西看得都重，她天天簪在頭上，生怕忘記自己是怎麼走到這一步的。

如今，她唯有將脫落的髮釵抓在手裡，兩根分叉的髮針在熱氣中微顫，像是提醒她，它是可以殺人的，尤其是「紙人」。於是她不再猶豫，將金釵高高舉過頭頂，向前方撲去……

剎那間，一道豔光自「紙人」脖頸處射出，噴濺了她滿頭滿臉，她對著兩隻手上的血發了一陣呆，隨後高聲呼救。

她又怎知，原來「紙人」也是可以流血的。

躺在張豔萍腳下的屍首，的確是瘦薄如紙，乾癟得輕輕一撥就會自動翻身，一臉斑駁的皺皮上綻滿銅錢大小的、白花花的疤痕，那白裡，還微微透出些粉紅的意思來，脖子左側的兩枚血洞細小而齊整，像被什麼蝙蝠之類的妖獸啃出來的。

李隊長到藏書樓的時候，頂樓上已血紅一片，張豔萍把十根手指挨個兒放在嘴裡咬，時不

時吐出一些指甲碎屑來。

因樓內聚了近二十個人，手上均提著燈籠，把房梁上的蛛網都照得雪亮。喬副隊長巡視一周，才發現一邊大書架上厚厚一排《康熙字典》上乾淨得有些奇怪，便推了推書脊，卻不料「吱呀」一聲，露出後頭的一道暗門來。開門進去，裡頭臭氣熏天，只鋪著一塊破草席，上頭胡亂堆了些被褥，席上一只破碗裡還放著吃過一口的鹹菜饅頭，角落的馬桶上嗡嗡飛著蒼蠅。

「看來這個賊一直躲在這裡。」喬副隊長回頭跟夏冰講。

「可既是賊，又為何要在這裡安家？」

夏冰忙不迭逃出暗室，倒肯在屍體旁邊轉悠了，那裡空氣相對還好一些，那屍首身上穿的青布短褂已辨不出原色，破成條條縷縷的，脖子上掛了一把生鏽的銅鑰匙，長髮垂及胸部，兩隻手上的指甲焦黃曲捲，形同魔爪，那酸臭氣與血腥氣混在一道，更是令人作嘔。

「不，這不是賊……」一直在旁邊沉默不語的黃天鳴突然發話，他像是渾身疲憊，顫巍巍走到屍體旁邊，俯下身，將銅鑰匙拿在手裡，「原來他是薛醉馳啊。」

李隊長突然大笑一聲，搖了搖頭，只說是「太巧合了」，這反應更讓杜春曉與夏冰摸不著頭腦。

喬副隊長在夏冰耳邊說了句：「原來藏書樓的原主人一直在這兒躲著，可真是愛書成痴啊！」

夏冰恍悟，原來將宅院連同藏書樓一齊拱手相讓的傳說人物真名實姓喚作薛醉馳，竟一直藏在樓內，從不曾離去，於是內心不由得浮起一些敬重與悲情來。

「這個薛醉馳，死賴在藏書樓就賴吧，為何臉上還弄得亂七八糟的？怕跑出來弄東西吃的時候被人認出？」杜春曉緊挨夏冰站著，耳朵又尖，喬副隊長的話竟一字不漏聽進去了。

當然，對方也並未對她有什麼避諱，知道這是早晚要被公開的秘密，弄得不巧，還會成為青雲鎮上的一段傳奇公案。

只是可憐的黃家三太太，竟被一個書痴嚇瘋。

倘若從黃天鳴盤下這藏書樓的時間算起，此人應該是在樓中潛伏了竟有二十四年！難怪成了這副地獄羅剎的面目。

李隊長刮了一下杜春曉的鼻子，笑道：「小孩子家家，不懂了吧？薛大老爺有白癲瘋的毛病，我們那時背地裡還喊他『白爺』呢。白爺，一路走好啊！」

在場上了年紀的幾位，包括杜亮在內，竟都站在那形容可怖的屍體跟前默哀，像是急著緬懷。夏冰與杜春曉站在旁邊，有些不知所措，好不容易等他們收了屍，清理了場地下樓，見白子楓與黃莫如竟等在樓下的太湖石那裡，一臉的焦急。

「白小姐怎麼來了？」杜春曉裝得與白子楓親近，滿面堆笑的上前來，還握住對方的手。

白子楓顯然不習慣這突如其來的友好，下意識的縮了一下肩膀，笑道：「是二少爺叫我過來的，說二太太和三太太都受了傷，要治一下。可來了便只給二太太的頭皮止血上藥，三太太也不見個人，二少爺說人被關在藏書樓裡了，要悄悄兒的去，所以我們兩個才選了半夜過來，誰知還沒走到呢，樓裡便有了大動靜。」

「我們怕被發現，嚇得不敢進去，只好躲在這假山後方聽動靜，後來說是樓裡死了人了，二少爺叫我在這裡等，他自己進去看。這不是，剛剛二少爺把三太太扶出來了，三太太好像不大對頭，嘴裡一直說自己殺了人，二少爺臉色也難看，都沒來找我，自己先扶著三太太走了。我留也不是，走也不是，只好站在這兒看看情況，後來就見保警隊的人也來了，難不成真是死了人？」

白子楓這一番行雲流水的解釋，讓杜春曉恍惚見到另一個自己正坐在書鋪的櫃檯上解牌。聽完後她一時回不過神來，只訕訕笑著，說不上半個字。

「喂！發什麼愣？」

黃夢清在後面推她，她才緩過勁來。

「咦？我聽夏冰那呆子說，之前丫鬟死了，你們都不來現場瞧的，現在怎麼好像個個都來了？」杜春曉面朝垂著頭低聲交談的黃莫如、黃菲菲兄妹，隨口問道。

黃夢清冷笑回道：「哼！也不知哪個多事的，說我們黃家人冷血，死了誰都不關心的，所以如今即便是在自己家裡，也要做番樣子出來。」

「言下之意，若樓裡死的是三太太，換了往常，妳是不會出來看一眼的？」杜春曉問得很刁鑽。

「就算要看，也自會等出殯那天看個夠，那時的死相經過妝扮，才能見得人。否則看他們剛死那會兒的模樣，都是人不人、鬼不鬼的，死人若會照鏡子，自己也要尷尬的，何況還要被大家參觀？所以我是不要看的。」

黃夢清這一番理論，杜春曉由衷表示贊同，而且更覺有這樣的朋友是此生的幸事之一。

這一夜，黃家上下大抵近半數的人都會失眠，另有一些睡得香的，則是對藏書樓凶案另有見解。

杜春曉與黃夢清卻是歸類在前者裡頭的，一是晚上異常悶熱，蚊蟲還能從紗帳眼裡鑽進來騷擾，一個時辰下來，二人腿上已被自己抓得傷痕累累，幸虧白天都是穿長褲出來的，若要像普通人家的女子，成日捲起褲管蹲在河邊洗衣裳、倒馬桶，恐怕會羞到無法見人。

「妳何時知道這些事是我娘搞的鬼？」

「從她吃出釘子來的那刻起就知道了。」杜春曉「癢」不欲生，手指甲裡也塞滿了皮屑。

黃夢清給了她一個白眼，笑道：「妳這又在吹牛了。」

「真不是吹的，妳老媽自作孽是顯而易見的事情。」杜春曉齜牙咧嘴的抓著癢，表情頗不服氣，「第一，這盤銀魚蛋羹是放在桌上大家一起吃的，除了妳我之外，誰都有可能吃到那根釘子，包括張豔萍的寶貝兒子，她怎麼可能冒這個險，讓兒子吃到這個呢？」

「那妳可不知道，慕雲最討厭吃蛋做的東西，完全有可能不碰。」

「那黃老爺呢？他也有可能吃到。」杜春曉也橫了黃夢清一眼，眼神興奮，「第二，釘子混在蛋裡頭，是會沉底的，所以蒸出來的東西，那釘子必定是沉底的，吃的時候，勺子不舀到底是吃不到的。我看到那碟蛋羹，直到妳娘吐血的時候，也不過只被舀了表面上淺淺的一層，吃過幾口罷了，怎麼可能咬到釘子了呢？」

黃夢清不再申辯，只仰面望著床頂。

「第三，這釘子比魚刺要大許多，也硬得多，牙齒一碰就嚐出來了，哪有人這麼傻，還會咬得血淋淋的？難道妳娘不會吃魚？不用說了，這必定是她自己演的一齣戲。」

「那妳說她為什麼要演這齣戲？傷了自己，也不討了好。」

「這就是我當場沒拆穿她的原因啊，就因為想不出原因來。」杜春曉重重翻了個身，整個床都搖晃起來，「不過，看今天這陣勢，我就明白了。」

「妳明白什麼了？」

「明白妳娘的下一步是怎麼走的呀！原來她是要陷害三太太，順便把二太太也繞進去了。妳娘這招夠狠！」杜春曉盯著黃夢清小眼睛上的短睫毛，已是樂不可支。

「妳可不要亂說，我娘能有什麼陰謀？」黃夢清真的有些動氣了。

杜春曉像是渾然不覺，繼續道：「那妳說，甲套是在陳大廚的換洗衣服裡被發現的，洗衣服的是誰？」

「是二娘房裡的下等丫鬟紅珠，黃家的衣服是幾個外屋的丫鬟輪流洗的，昨兒正巧輪到紅珠，她說洗的時候從裡頭掉出來的，所以當下就去稟告了二娘。」

「這就對了。」

「什麼對了呀？這跟我娘沒半點關係。」

杜春曉大笑三聲，說道：「那倘若妳娘買通了紅珠，讓她這麼做了呢？或許貼身丫鬟都是各房主子的心腹，可外屋的就不是了，走動竟比裡屋的還自由一些。退一萬步講，就算三太太要買通陳大廚，或者就當這兩人有私情吧，她給他錢就是了，或者要有定情物，也該另找那新

的、不惹眼的玩意兒。誰會巴巴兒的把老爺買的東西隨便送給自己的姦夫呢?可妳娘若不這麼做,就沒辦法嫁禍給三太太,還特意讓二太太去做這個『難人』,不簡單啊!」

黃夢清不再申辯,倒是憂心忡忡的問了一句:「那明兒妳要不要解這個牌?」

杜春曉吐了吐舌頭,道:「本來是要解的,否則我那神棍招牌怎麼擦亮?不過……如今你們家已亂成一團,估計沒人計較這些小事情了,且混著吧。」

於是二人各自翻過身去睡了,一夜無話。

……※…… ……※…… ……※……

秦氏時常懷念做孕婦的那段日子,每天都睡到日上三竿,起床時田貴早去綢莊上工了,廚房兼飯廳的方木桌子上,總是擺著油煎青花魚、乾醃蘿蔔和兩顆鹹鴨蛋,粥罐是悶在灶上的,摸起來手心都溫溫的。

她胃口好,一聞粥香便饞得不行,何況那煎魚咬起來鬆鬆脆脆的,蘿蔔清香爽口,鹹鴨蛋稍稍挑起一層蛋白便滋滋冒油,蛋黃更是鮮鹹入骨。她通常是連吃兩碗,將肚子撐滿為止,這才晃悠悠站起來,將碗筷往鍋子裡一放,舀一勺水浸著,等田貴晚上回家來洗。

之所以嫁到田家，秦氏是有打算的，倒並非只看中田貴老實，而是他父母雙亡，可以減輕她的不少負擔。何況給綢莊做事的人，尤其單身漢，積蓄必定不會少，於是她提出要開間油鹽鋪的事，他便立刻去找了店面，給她進貨的本錢。所以她覺得放心，倘若有個公婆在，必定事事都不是她做主。再說，美貌本就是她的負擔，被男人心心念念惦記，到談婚論嫁的辰光卻都望而卻步，生怕身世家底都撐不起。

她倒也不看中錢財，只圖安穩，因百歲高齡的外婆去世之前躺在門板上，指著她的鼻子罵「狐狸精」，將她的心都絞碎了。於是，她下定決心要衝破「紅顏禍水」的詛咒，過平常人的日子。

剛過門的時候，田貴也是誠惶誠恐，生怕有一點伺候得不周到，她怕他有負擔，也盡量表現得謙和溫柔，久而久之，兩人真正有了相敬如賓的意思。

肚子裡有了雪兒的時候，田貴高興得不得了，拉了許多綢莊的人來喝酒，還給她買了幾身寬鬆的衣裳，也不管穿不穿得下。秦氏當時覺得，自己會一世都被田貴捧在手心裡寵，那些三毫子小說裡寫的、戲文裡唱的美人命苦，在她身上是永不靈驗的。

所以雪兒生下來的時候，田貴亦如她所料，忙得已來不及計較添的不是男丁，只四處問要給老婆做什麼湯補身。他對她的好，在當時，她都認為是理所當然的。

直到雪兒十二歲那年，綢莊的夥計跑到她的油鹽鋪裡來，說丈夫被壓在布匹堆裡，人已經昏死過去了。她聽那夥計結結巴巴講了半日，恍惚覺得是在說一個與她無關的人，待趕到診所，看見面色蒼白、兩條腿壓成油條一樣稀軟的田貴，才知道事情是真的發生在她身上。

田貴被送去縣城的醫院住了三個月，抬回來的時候，兩條腿還是像油條，雪兒哭得喘不過氣來，拚命抓住秦氏的衣角，說今後可怎麼再去上學，同學看她的眼神都是冰的，彷彿在說那全是容貌的錯。

成為廢人的田貴，躺在鋪上幾天幾夜都沒吃一口飯，也不開口說話，屎尿都是秦氏來處理，幸虧有這些髒東西，好歹能確認他還活著。

雪兒被杜亮帶去黃家那天早上，秦氏特意給她換了身新衣裳，然後推到父親跟前道別。

「爹，女兒會經常回家的，你可要保重。」

田貴將臉別到靠牆那面，一動不動。

「你倒是轉過頭來看一看女兒呀，她也總算要為這個家掙錢了。」秦氏心裡有一點氣，隱約預感到，他從前對她的好，似乎都已到了要償還的時候。

於是她送了雪兒老遠一段路，甚至提出要去黃家替她整理被褥，被杜亮回絕。

看女兒纖巧的背影澀澀的跟在杜亮修長微駝的身子後頭，她心裡空落落的，像是出嫁那天，她突然感覺一陣恐慌，彷彿是生命裡某個東西從此切斷，此後就要跟著另一個人的宿命隨波逐流。她是如此害怕回家去，對著空氣汙濁的家，服侍床鋪上已散發出酸臭氣的丈夫，每晚躺在身邊，便能看見他凹陷的雙頰裡有些殘忍的東西在潛泳，令她即刻變得惶惶的。

沒有雪兒的生活，宛若斷裂的枯柴，裂口一碰便散，發出「噗噗」的單調聲響。那時秦氏已有些適應了丈夫的消沉，甚至還能躲在他的沉默裡偷偷遐想。

直到那一日，她照舊將他扶起，把午飯端到他膝上，他吃了兩口，突然喚她過來，她便往床前挪了幾步，問怎麼了，他還是招招手，要她再近一些，她照做，隨後臉上黏了一塊濕熱的東西，是從他嘴裡吐出的雪菜肉絲。

「東西都是餿的！這是要害死我呀！」

整個飯碗擲過來的時候，她偏頭躲開了，只當他是一時鬱悶，要找個口子宣洩，於是竭力撫平幽怨的神情，收拾好碎碗，掃過地，重新蒸了一碗魚肉餅端上來。

到了晚間，她以為已平安無事，便躺在他身邊睡覺，剛迷糊過去，直覺腹部有一隻手正在游移，停在她兩腿間。她醒過來，欲捉住那隻手，卻被另一隻手按住額頭，在她耳邊迴旋的聲音亦是陰奸而充滿暴戾之氣的：「妳可是我老婆！」

她只得隨他擺弄，那隻手果真在她的羞處探來探去，可同時有異於手指的東西也在緩緩往

深處鑽……

「別！」她嚇得聲音都打了顫，那東西卻沒有停，像是要將她刺穿。

她用盡全力掙脫，從鋪上滾下來，卻見他氣喘吁吁的瞪著自己，手上握一根竹筷。

秦氏從此便在油鹽鋪的閣樓上並了兩張長條凳，蓋一條薄被，宣告不再與田貴同床。夫妻關係正式走向「名存實亡」的境地。

田貴自然不就此甘休，故意在她如廁或打盹的辰光叫她做事，聲音又尖又利，生怕她聽不見。她亦適度反抗，做飯都是選最蹩腳的食材，油鹽不是放重了就是忘記放，他吃兩口就要發脾氣，但拍桌摔碗那一套早已嚇不倒她，發作的時候，她只會冷眼旁觀，待他消停下來，才一聲不響的收拾好東西，然而斷不會為他重下一次廚，餓肚子也由著他。

久而久之，他學乖了，無論飯菜好吃難吃，都吞進胃裡去，像是賭一口氣活著，誓要用自己的悲涼來拖垮她，一想到她被拴在他的厄運裡不可自拔，他心中便會狂喜。她當然是識穿了他的惡毒，只是無可奈何，日子過得咬牙切齒。

地獄生活讓秦氏的心腸變硬，美貌倒像是在苦難的磨刀石上磨出鋒芒來了，她變得越發得清透迷人，越發得妖冶魅惑，隨意到街上走一遭，便會傾倒眾生。青雲鎮的婦人看她的眼神，令她想起垂死的外婆，只差沒當面指認她是「狐狸精」。實則這麼樣招搖過市，純粹是為了心裡痛快，算是對行屍走肉的丈夫一點小小的報復。

秦氏就在這樣險惡的處境裡絕望、吶喊，男人卻只遠遠銜著她流下情欲的口水，彷彿她是一隻可遠望不可近玩的美麗野獸。

所幸，這千鈞一髮之際，她遇見了他。

他走進鋪子的時候，那雙眼，似乎已洞悉她全部的憂鬱，所以當下便決意要給她久違的溫柔。她在他的明眸裡尋到了存活的全部意義，那是可以為他生、為他死的態度，有久旱逢雨的興奮與痴迷。

她就是這樣不顧一切，拿自己流出的血，來滋養他的未來。

這期間，雪兒每個月都要回來一至兩趟，交些錢，或者乾脆只是為了看看她，送幾塊碎料過來。那時候，母女二人竟是一樣的明豔，像天天泡在胭脂水裡的，連浮上來的那層薄油都馨香撲鼻。

她們略微發胖的時候更漂亮，所以除了秦氏自己，沒有人瞧出雪兒身體的異狀，因這孩子的食欲也不太喜歡在旁人跟前暴露。

面對雪兒的不檢點，秦氏想問卻又沒開口，甚至還有些惺惺相惜，有一回沒忍住，到底還是旁敲側擊的問她，將來要怎麼辦。孰料那丫頭從容一笑，說也不知要怎麼樣，興許荒唐書鋪

能給出個答案。

那日母女二人便將什麼都聊透了，末了雪兒擠出一個悽楚的笑容，說道：「我們娘兒倆，也不知怎麼的，都是賤命。妳看我近兩年來，回家的次數也不多了，爹就在屋子裡頭，也懶得看，就是覺得男人不可信。也不知娘是不是比女兒要天真，終日還守在這兒，我是終有一日要出去的。」

秦氏倒被她的話吸引住了，忙問：「妳要去哪裡？」

雪兒回道：「還不知道要去哪裡，只是跟喜歡的男人遠離青雲鎮便好。到時，娘也不用惦記我，路都是自己走出來的。」

那日直聊到黃昏，秦氏要留女兒吃飯，她卻怎麼都不肯，只說還有事，便回去了。雪兒走出去的時候，袖口裡繫著的手絹包發出輕微的「嚓嚓」聲，沉甸甸的像是裝了不少銀洋。那日，雷聲隆隆，暴雨砸了一夜，涼爽是涼爽，可秦氏的心卻是慌慌的。

次日，保警隊一位瘦瘦長長、戴著眼鏡、很書生氣的小哥兒便來秦氏的鋪子，來人自稱夏冰，跟她講說雪兒前一天深夜死了。

剎那間，她眼前浮現女兒那道悽楚的微笑，輕盈的在上空盤旋，然後融進稀濕的泥地裡去，就再也不見了……

……※…… ……※…… ……※……

薛醉馳的屍首一下葬，李隊長便輕鬆起來，因為無論黃家的連環凶案能不能破，至少目前輿論都已代他結案，只說是薛醉馳對黃天鳴家有仇怨，因此躲在藏書樓二十多年，伺機報復，想把黃宅變成「凶宅」，好趕走黃天鳴一家。

這種民間自動成形的說法，對破案實是有好處的，至少真凶會放鬆戒心，可又怕對方再次犯案。所以李隊長內心也是萬般糾結，嘴裡那只黃楊木菸斗的嘴管幾乎要被他咬爛。

儘管他不是個多話的人，可旁人依舊能夠從他身上洶湧的菸火氣猜到他的菸齡，那管直桿的菸斗，做工是極粗糙的，只要略吸一口，劣質菸草燒出的辛辣味便直撲鼻腔。他一直想買個有弧度、漆得黑亮的石楠木菸斗，英倫出產，菸絲再蹩腳，經由菸管那道弧線之後，口味都會過濾得順滑柔和。

然而這只舊貨，卻是一個女人買給他的。

三十年前，她划著一只木桶，沿鎮河一路漂泊，將泡得發白的手伸到水面碧綠浮萍的下面，撈起一串菱角。當時他還是年輕後生，穿著無袖短褂，蹲在薛醉馳身邊，跟他學習做鳥

籠，踩了一地雪白的細刨花。

女人將桶划到他們蹲坐納涼的廊沿邊，對他笑了，笑得不算漂亮，卻極耀眼，被日頭曬得通紅的後頸像是著了火。那時他還不是李隊長，人家都叫他李常登，因身板瘦長，果真後來改叫他「長凳」。

「拿去。」她遞給他一個長條的紙包。

他接過，打開，拿出那只黃楊木菸斗，就這麼空著含進嘴裡，站起來大搖大擺走了幾步，欲逗她笑，一回頭，卻見她早已划著桶離去，將綠色水面切出一條長長的、黑亮的尾巴。

此後，他便含著那只菸斗，與她嬉鬧、幽會，卻什麼都不講穿。

她進黃家做丫鬟，他叼著它；她嫁給黃天鳴做三房姨太太，他還是叼著它。像是知道她絕對不可能屬於他，他今生全部的渴望就只能濃縮在一只菸斗中，看它經時光磨礪，積汙納垢之後，也終於長出了蒼涼的紋路，變得憔悴、麻木，只能教寂寞在胸腔裡吞吐。

她生產那天，他一個人坐在堂屋裡喝酒，七兩白乾，就半包去殼花生，吃得嘴上沾滿紅衣（注一），也不講話，只怕會從喉嚨裡噴出一記嗚咽。

孰料杜亮一記將門撞開，說請來的穩婆因還不出兒子的賭債，被困在路上，被五、六個混混圍著。他當即跳起來，跑到魚塘街，順手操起小販橫在路邊的一根扁擔，往混混頭上身上劈頭蓋臉的打，那一腔怨氣竟就這樣出掉了。

穩婆從黃家後院出來的時候，已是半夜，見他鬼一般坐在臺階上，腦袋埋在兩個膝蓋間，於是笑道：「長凳，你在這裡做什麼？」

「生了嗎？」他抬起頭，兩眼充血。

「生……生了，是個男孩兒。」那穩婆滿臉驚訝，又直覺若不報這個平安，他會跟她拚命。

「嗯。」

他站起身，不緊不慢的走掉，背影被月光拉成了線。

穩婆突然意識到，今後斷不能再叫他「長凳」了。

…※…　…※…　…※…

「紙人」一直在張豔萍腦殼裡飄動，忽東忽西。為了讓它消停下來，她自己也只得盡量不動彈，就這樣假裝石頭，最好也不要被其他人看見。飯菜送上來時，她聞到油氣便想要吐。

「她這樣多久了？」

「十多天了，白小姐說是失心瘋，受了驚嚇的緣故，要靜養才會好。」

李常登問的是黃慕雲，眼睛卻盯著張豔萍，她也拿兩隻墨黑的眼圈回應他，唇上的口脂已盡數剝落，曾經曬得緋紅健康的頭頸只要略一彎曲，便露出醒目的算盤骨。她對他笑了一下，彷彿是……他怕自己看錯，便更仔細的望住她，半晌之後，她揚起右嘴角，又笑了一下，這回他看真切了，鼻頭也跟著酸澀起來。

「查案嘛，還是要瞭解些情況的，問幾個問題應該不要緊吧？」

他其實不敢看黃慕雲，因他身上有她的骨血，下巴輪廓也與她如出一轍，他對那樣的相似有些恐懼，彷彿在提醒過往歲月裡那些甜蜜，都從這副同樣精緻的骨骼上流失了。

黃慕雲點頭，亦像是下定決心要為母親洗冤，說道：「我娘平常看見蟑螂都嚇得不敢讓腳沾地，又怎會下這樣的狠手殺人？還請李隊長查明真相，還我娘一個清白。」

聽到這樣天真的辯白，李常登內心的痛楚竟更深了，她的親兒自然只見過母親金枝玉葉的模樣，哪裡知道她少女時代的嬌憨與勇猛？盤踞在他記憶裡的張豔萍，是能把水蛇握在手裡把玩的；只是待她諳透愛慕虛榮的訣竅後，便學會假裝懦弱，將鋒芒與純潔都包藏起來，方才走到她想要的那一步。

「三太太？」他心裡叫的是「豔萍」，轉到嘴上，吐出的卻是一個陌生的稱呼。

她又微微笑了一下。

「三太太……」他竭力壓抑住傷感，問道：「妳能不能把那天在藏書樓裡的事兒再說一遍？記得什麼就說什麼，不記得了就不用講，好不好？」

她張了張嘴，像是要講，卻又嚶嚶的哭了。

他張口結舌的怔在那裡，倒是黃慕雲安慰他：「她今天的狀態還是好的，父親說若她還是這樣，就送去上海的大醫院治療。」

李常登點點頭，繼續問：「那妳說說，妳在那兒看到了什麼？」

「紙……紙人……嗚嗚嗚……」

「什麼紙人？長什麼樣兒？」

張豔萍滿面淚痕的伸出手，往坐著的李常登頭頂比了一下：「就……就這麼點兒高……慢慢兒的……朝我飄過來……我……我……」

「紙人衝妳飄過來，然後呢？然後怎麼樣？」李常登逼問。

她睜大濕濕的雙眼，雙手曲成爪狀，舉在胸前，喃喃道：「然後……然後我就想撕碎它……」

這個姿勢，張豔萍保持了整整一個鐘頭，像是玩具發條突然卡殼，竟又一動不動了。

李常登此刻莫名的記起喬副隊長之前講的話……

「薛醉馳藏在樓內的動機怎麼看都不太對，就算樓裡長年無人清掃，所以一直保守秘密，可他是怎麼養活自己的呢？這鹹菜饅頭像是從街邊的攤子上買的，如果他要出去找吃的，勢必要經過庭院，從後門走，而且最起碼每隔三天就得出來準備一次食物、清倒馬桶。可是你看他胸前的鑰匙，生滿了鏽，一看就是沒用過的，而且，驗屍的時候還發現了一些有趣的細節，充分說明薛醉馳根本就沒外出活動的可能！」

的確，李常登對那間不足十尺的暗室也充滿懷疑，薛醉馳的屍體被發現時，身上的衣服已破得不能看，而且室內再無其他的換洗衣服，他又是面目全非，這樣一個人走到街上去置備食物，必定會引起注意。難道是……

李常登心裡咯登一下，像是開了竅，同時，一股越發沉重的情緒將他的心一下扯入深淵。

離開黃宅後，李常登直奔回保警隊，找喬副隊長再次分析。

「沒錯，我也認為薛醉馳不是躲在藏書樓內，而是被人囚禁的。」喬副隊長對李常登的假設表示贊同，「必定是有一個人，定期給他送飯，粗粗整理暗室。而且這個人，應該是黃家內部的。」

「是誰？黃天鳴？」李常登將菸斗吸得滋滋響。

「不對。」喬副隊長連連搖頭，「如果是黃天鳴的話，他不會要求杜亮把三太太關進藏書樓裡的，肯定是有人瞞著他，把那座樓當成囚室。」

「你認為會是誰？」

喬副隊長乾笑了一聲，喝了一大口酒，咂了咂嘴，說道：「很簡單，誰在張豔萍被下令關進藏書樓的時候悄悄跟去查看情況，誰就是那個囚禁薛醉馳的人。」

「那就只有白子楓了……」

李常登想起他們將屍體抬下樓以後，在門口看到杜春曉與白子楓站在假山旁聊天。

「好吧，我們這就去白小姐的診所跑一趟。」他心急如焚的放下酒杯，便往門外走，喬副隊長急忙跟上。

白子楓那日果然乖乖待在診所，不，確切的講，是待在診所的閣樓裡，直挺挺的躺在床鋪上，已斷了氣。

…※…　…※…　…※…

診所中瀰漫一股營養針的清苦氣味，白子楓臉部肌肉像是斷裂一般的扭曲，嘴部歪斜，雙目圓睜，兩顆眼球像隨時要從眼眶裡蹦出來；蒼白的唇瓣與耳輪上沉澱的黑紫，透露她已撒手人寰的消息；腦後流出的一灘濃血，實是流在地板上的，滲過那木頭縫滴滴答答落到下面的飯桌面、針盒蓋以及墨綠色的石磚地。

李常登與喬副隊長便是在診所裡等了許久，不見人出來，倒是喬副隊長臉上沾了一滴紅雨，下意識用手抹下來一看，竟是鮮血，抬頭望去，竟又灑下好幾顆來，一時間整個診所「落英繽紛」。

二人登登登跑到樓上，見白子楓腦袋血糊糊的倒在床上，血水一半在地上，另一半則被吸進枕頭，半張床都呈赤豔。

「被人用鈍物連擊好幾下，當場斃命。」喬副隊長面部已緊繃得刀劈不進，這是他生氣的表情。

李常登也是心情複雜，一方面是難得案情有了線索，竟被人先行一步將它掐斷了；可另一方面又有些竊喜，因覺得凶手這麼樣犯案，終會露出馬腳來。

喬副隊長此時已蹲下身子，將床邊那高高的一疊舊書一本本翻開，多半都是《上海畫報》一類的雜誌，床底下甚至還堆了幾捆過期的《申報》。他抽出其中一本畫報說道：「看來行凶之後，這個人倒沒急著走，還逗留了好一會兒呢。」

那是夾在中間的一冊，封面上染有褐色的血跡。

「沒錯。」李常登點頭，「要不然堆在中間的書上不會沾血，而且將人打死之後，還抬到床上去放著，可見是因地方太小，屍體躺在地板上妨礙凶手行動，所以才……」

「可是，凶手在找什麼東西呢？」

對話就此中斷，兩人均陷入沉默，彷彿誰若開口，真相也會隨之消失。

……※……　……※……　……※……

凶手要在白子楓的住處找什麼東西，杜春曉大抵已猜到幾分，只是她嫌夏冰腦筋太死，轉不過彎來，所以那些見不得光的小動作，寧肯自己去做。

孟卓瑤的屋子比其他兩房要小一些，古董字畫之類的擺設也幾乎是沒有，與她平素金玉滿身的穿戴，竟是兩個天地。

杜春曉揣著塔羅牌，拖著夏冰，剛踏進大太太的外房客廳，便覺得熱，房子主人卻是氣定神閒，看不出一絲躁鬱，臉上皮膚也是乾巴巴的，粉藍色刻金絲鑲白邊月牙袖旗袍令整個人都

如坐在冰洞裡，完全與暑氣隔絕。

「哎呀，到底是年輕人，火氣大，不像咱們老人兒，已覺不出熱來，所以冰塊都不置的，夜裡睡覺還要蓋毯子。」雖抹了口脂掩飾，孟卓瑤脣上發青的傷疤還是顯而易見。

「大太太，今朝是夏冰要過來再問些情況的，我跟了來，給您算算命。」杜春曉先行將責任都推給夏冰，自己再做打算。

孟卓瑤當下便用帕子遮口竊笑，回道：「杜小姐，這些騙人的把戲還是留給孩子玩兒吧，我就免了。」

杜春曉搖頭道：「如今青雲鎮上橫死的人太多，大半還是死在黃家的，所以府上的人都找我占吉凶，說是比外頭請的道士要強一些，大太太也給我個機會吧。」

孟卓瑤怔了一下，笑而不答。

夏冰終於忍不住，問道：「大太太，白子楓死了，妳知道嗎？」

「唉……」孟卓瑤剛剛還拿來掩笑的帕子，此時已移到眼角處，按了按子虛烏有的淚，嘆道：「不曉得是什麼人，這麼狠心，連白小姐都要害。可見女人啊，還是要和男人一起過的，安全得多。否則她一個人，遇上什麼危險，怕是連叫個救命都來不及。」

「難道您就不想算算是誰害死她的？」杜春曉趁機把牌拿出來，放到桌上。

孟卓瑤冷笑：「杜小姐，倘若什麼事都能讓妳那牌算準了，還要保警隊做什麼？都去妳那裡問卜不就得了？」

杜春曉一臉正色的回道：「我也覺得他們傻，明明都是可以從我這裡得到答案的，偏偏還要勞心費神請一幫人來查，折騰到現在都沒個結果。」

夏冰神情尷尬的瞪了她一眼，繼續問話：「大太太，前天晚上……哦不，是昨天凌晨兩點妳在哪裡？」

「在睡覺啊，我一個婦道人家，三更半夜還能去哪裡？」

「有誰能作證嗎？」

「有啊，屋子裡的下人都在，都能作證。」

「比如？」

「桂姐。」

杜春曉突然桌子一拍，高聲道：「我早說了，這麼問是問不出什麼來的，不如算一卦來得痛快！」

「我說妳這姑娘家的，怎麼就一點兒都不矜持呢？坐沒坐相。」孟卓瑤果然忍不住要訓她，「既然這麼愛玩牌，我就讓妳算一算。哼！聽說，妳靠這個西洋牌，在下人中間賺了不少

零花，不過我這裡可沒那麼傻，得讓妳先算，看靈不靈，靈才給錢。否則，非但沒錢，小心我叫人把妳打出去。」

杜春曉忙把牌推到孟卓瑤跟前，請她來洗，對方將牌草草擼了幾下，便放回來，只說「好了」。

「要算什麼？」

「還能算什麼？自然是算白小姐怎麼死的。」

杜春曉興奮的掀開了過去牌，正位的隱士。

「白小姐過去掌握了太多秘密，只能低調行事，這大概是她給自己埋的禍根。」杜春曉瞬間已「神婆附體」，開始進入角色。

現在牌：逆位的審判，正位的女皇。

她突然抬頭盯住孟卓瑤，對方還是一臉鄙夷的坐在那裡，只拿眼角餘光看牌。

「大太太，白小姐的死，是因為身上的秘密太多，這些秘密關係到一個掌權的女人，就像大太太您這樣的。那四個丫頭的死，也跟那女人有關係，而且……」

「哈！」孟卓瑤爆出一聲冷笑，「杜小姐，妳這麼個演算法，誰都會掰呀，來點新鮮的東西吧。」

「新鮮的東西在後頭，別急。」

杜春曉皺著眉頭翻開未來牌，正位的惡魔。

「大太太，惡魔牌若被男人抽到，意味著他會惹上殺身之禍或暴病而亡；女人抽到可就奇了，說的可是墮胎。」

孟卓瑤果然面容一緊，眼珠子已僵在半空，怎麼都轉不順暢了，那沉默似乎是催促杜春曉快些解牌。

「這可奇怪了，白小姐難道是因為墮胎而被害？她是個醫生，為做生意，也少不得背地裡會做這樣的事。可是……她是給誰墮胎呢？給自己，還是給其他人？倘若是給別人墮胎，必定會有診療病歷記錄。夏冰，你們查過記錄沒有？」

夏冰迅速接口道：「正在查，東西太多，幾個人一起在看。」

杜春曉點頭，笑道：「可見白小姐是被墮胎這個東西害死的。咦？大太太，府上死的那幾個丫頭，都是被切去肚子的吧。這孩子可都是懷在肚子裡的……」

「胡說什麼！」孟卓瑤已站起來，額上破天荒的沁出一層汗珠，「杜小姐，我可不想再聽妳胡說八道！我們這裡的丫頭，個個都是選過才進來的，但凡有一些不檢點，早就被攆出去了，還能留在這兒等人來殺？荒唐！」

說畢，她也不管兩位客人，徑直往裡屋去了，桂姐只得站在角落裡不敢動，也不知要不要送客。

「白小姐每三個月要給黃家的人做一次體檢的吧？」夏冰冷不丁冒出一句話來，如射出的暗箭，將孟卓瑤釘在半路上。

「是又如何？」

「聽說給黃家的人定期體檢是大太太妳出的主意。」

「對。」孟卓瑤無奈的轉身，對夏冰點點頭，「那是夢清的意思，她說家裡人多，來來去去，保不齊會有什麼怪病傳染，所以還是請個大夫定期來檢查一下好，洋人就是這麼保健的。」

「那三個月前的那次體檢，四名死去的下人也都參加了吧？所有人當時的體檢記錄，可有在大太太那裡備份？能否拿出來瞧瞧？」夏冰突然一改靦腆的模樣，變得冷酷嚴肅起來。

「我哪有那些東西？無非是問一下白小姐有沒有人得了要緊的病，若她說沒有，我也就不再追問了，誰有空看那些體檢記錄？」孟卓瑤苦笑道。

「可如果白小姐告訴您說，府上有四個下人查出懷有身孕，那可就是醜聞，更何況她們是和哪些男人搞出來的，那些男人也都要受牽連，對黃家來說，不是什麼臉面上過得去的事兒。」杜春曉慢條斯理的把玩那張惡魔牌。

孟卓瑤語氣裡又有了怒意：「杜小姐，妳這樣沒在大戶人家待過的人，自然是不懂的。下人中間出這樣的醜事，我們倒不一定要去管，反正他們唸的書少，成日裡男盜女娼，也是防不勝防，做了不乾淨的事兒被查到，攆出去就是了。哪裡還有保密的道理？」

「可如果讓她們懷孕的是黃家的少爺，情況可就不一樣了……」杜春曉不動聲色的折斷了孟卓瑤所有的防備，對方霎時面容慘白，嘴是張著的，話卻都堵在胸口出不來。

「田雪兒是幾個丫頭裡生得最漂亮的，生前是妳女兒房裡的，妳可知道她與哪個男人有交往？」夏冰還是步步緊逼。

孟卓瑤手裡的帕子已落了地，來不及去撿，只是頭顱不住打顫，過了好一陣才擠出幾句話來：「兩位，飯可以亂吃，話不能亂講，雖然黃家兩位少爺都不是我親生的，但也是我看著長大的，都是體面人，也沒被虧待過，怎麼可能受那些烏七八糟的下人蠱惑？你們查案便查案，但不能隨便汙蔑誰。有些事情，不是你們想的那麼簡單。」

「有些事情，不是我們想的那麼簡單，那又是怎麼個複雜法？大太太可有指教？」夏冰不依不撓，盡顯警察之威儀。

茹冰已俯身將孟卓瑤的帕子拾起，交到她手上，她便再也不看夏冰與杜春曉，嘴裡說了句

「送客」，便撩起珠簾子進去了。

「我發現，妳每次給人家算命，算到後來，對方都會拍案怒起，直接走人！」夏冰不知何時又回復一臉純真，衝著杜春曉傻笑。

杜春曉只狠狠剮了夏冰一眼作為回敬，遂又愁眉緊鎖，喃喃道：「也許，我們真是想的太簡單了……」

……※……　……※……　……※……

蘇巧梅近來對雞湯情有獨鍾，蓮子湯和米仁粥已吃到要吐，未出閣的時候，她就不是什麼「藏房小姐」，喜歡溜出去吃路邊攤的東西，對油汪汪、香噴噴的東西不曾有過抗拒。嫁入黃家之前，母親逼迫她轉換口味，要吃得清湯寡水，才能顯示富貴的品味，否則就得遺人笑柄，這幾乎成了教條的一部分。

於是她只得壓抑住胃口，在飯桌上都是盡量往豆腐青菜盤裡落筷，好不容易見到油炸琵琶這樣的美食，亦竭力不碰。

母親總是告誡她，口味越是挑剔，食量越是精少，便越顯底子的矜貴。

受了這樣的騙，蘇巧梅便只得想著法兒換些要吃的東西。她告訴廚房要喝雞湯，廚子回說怕天氣熱，喝了中暑，氣得她罵說是哪個混帳東西講的，請他過來親自跟她講。廚房這才用荷葉邊盆子煲了湯端過來，竟只是集了燉煮時凝在沙鍋蓋上的露水，湯色一眼見底，喝起來更好比白開水。

她是多懷念娘家門前擺的臭豆腐攤子，每到晌午都飄出陣陣焦香，她樂得拿手裡僅有的幾個銅板去買一份，吃得滿嘴油氣，被母親打手心。

她就是這麼樣半順從、半反抗的被調養長大，城府不深，倒愛逞強，一直認為美色不是女人最緊要的財寶，要腦瓜子靈才好。她之所以看不起張豔萍，也正是這個道理。

從少女到少婦，於蘇巧梅來講，並無特別值得留念的事情發生，無非是洞房花燭時承受那一次被撕裂的痛楚，因母親早早便傳授過經驗，她也沒有驚慌失措，只是身體硬得跟死人一般。

那時孟卓瑤成天抱上黃夢清過來找她閒聊，她面上裝得熱情周到，心底其實也有些鄙夷，因原配夫人生的是女孩，且那女孩的面容又不討喜。她的野心，是被郎中告知有了孩子之後產生的，並與腹中骨肉一同孕育生長，日漸膨脹，等生下莫如與菲菲，野心也便隨之落地。

她頭一次是嫌孟卓瑤叫來的奶娘面目不乾淨，要重新找，孟卓瑤自然不高興，她就是要她

的這個不高興，於是自己託人尋了一個，把奶娘換掉；第二次又說菜譜常年不換，已倒了胃口，孟卓瑤說那二妹有什麼好法子，她便笑吟吟的拿出一張菜單來，遞到黃天鳴跟前，黃天鳴自然是點頭說好；此後，又生出好幾樣事情來，孟卓瑤的大權漸漸脫手。

上位以後，蘇巧梅才發現黃家雜事太多，雖有女人無法管著的地方，但要管的地方卻也都是勞神得緊。起初她還是雄心萬丈，力求面面俱到，縱碰上難題，亦不肯放下身段去向孟卓瑤討教，孟卓瑤倒是不計較，偶爾也提點幾句，她假裝不屑，卻偷偷按那些法子去做了，果真還是見效的。

她的得意背後，其實塞滿了緊張與疲累，後來連行房事都覺得勉強，因念想都不在那上頭。

原先蘇巧梅自以為只要向黃家傾注心血，就等於占領了地盤，這種天真的思維直至黃天鳴娶了三房才完全破滅。

張豔萍服侍黃天鳴，實是她的主意，覺得那丫頭終日羞答答的，一句囫圇話都講不好，放在老爺身邊最放心。可惜張豔萍升了貼身侍婢後，卻一改往常的木訥呆憨，手腳勤快不講，嘴皮子也變得極伶俐，呆憨轉眼就化成嬌憨，防不勝防。

張豔萍進門的時候，她面上還是欣喜的，忙進忙出張羅婚禮，從紅蓋頭到酒宴上擺的果盆，都由她親自挑選，一絲不許出錯。孟卓瑤當時便走過來，摟住她的肩笑道：「妹妹竟比自己嫁過來的時候還勞心呢。」

一句話，講得她差點掉下淚來，方意識到整個宅子裡就屬她心機最淺，卻還當自己是員「猛將」，怎奈有勇無謀。

紅珠把那根甲套交到她手裡的時候，她其實也有想過秘而不宣，私下裡去問張豔萍，可惜對方先前便早早跟她撕破了臉，又如何能主動去獻這個媚？想來想去，她索性直接告訴老爺去。

只是這樣做的後果，她料不到會嚴重到驚心動魄的地步，不但將張豔萍逼瘋，還揭出家裡的一個大秘密。

聽黃莫如講，這宅子的舊主居然長年隱居在此，從不曾離開，她便心裡有了猜測，只是無論如何都不肯挑明，生怕講出來就會成真。更何況上過藥的頭皮還在隱隱刺痛，害她失眠了幾夜，憶起自己那一對親骨肉竟聯合起來落井下石，心裡的氣便無論如何都平不下去，因此決意不再同他們講話。

「娘，頭上的傷好些沒？要不要再找大夫來瞧瞧？」

這樣的話，黃莫如每日要問三遍，蘇巧梅都是偏過頭去不理。被問得煩了，她便眼淚汪汪

的道：「怎麼，你眼裡還有我這個娘嗎？你當張豔萍跟我鬧的時候，我不知道你們背地裡動的手腳啊？胳膊肘外往扭也就罷了，還在大家面前給我難堪，還當我是你們的娘不是？」

黃莫如低下頭，任她罵，黃菲菲倒在一旁笑起來。

這一笑，把蘇巧梅的委屈暫時壓了回去，她望住女兒，問笑什麼。

黃菲菲揉著肚子站起來，說道：「娘，妳要強一世，卻連個三姨太都收服不了，還在這裡怨我們？依我看，大娘吃出釘子的事，必定還有別的蹊蹺，保不齊有人從中挑撥。只有娘這麼心地單純，人家怎麼說妳就怎麼信，也不揪著紅珠先打一頓，讓她講出些實話來。」

一語驚醒夢中人。

蘇巧梅又羞又氣，當下便把紅珠叫過來，翻出首飾盒裡的尖嘴髮夾，便往她嘴皮上戳，邊戳邊罵：「小蹄子，吃了熊心豹子膽，居然敢調戲起主子來了！快說！那甲套到底是哪裡弄來的？」

紅珠邊哭邊躲，已嚇得泣不成聲，尖叫道：「是在陳大廚的衣服裡找出來的！二太太饒命！」

想是被主子的暴怒弄糊塗了，她向蘇巧梅高聲討饒，身子卻撲到黃莫如的腳下，死死抱住他的雙腿，被他勉強掙脫，往胸口狠狠踹了一腳，當下便仰面倒地，不再哭鬧了，只捂著被髮夾扎破的唇皮發怔。

蘇巧梅趕緊上來，往她腰間又是一腳，高跟鞋尖刺進她鼓鼓的肉裡，逼出一記慘叫。

「快說！要不然等一下還要再吃苦頭的！」黃菲菲也惡聲惡氣的在一旁煽動。

紅珠涕淚交織，那張俏麗的瓜子臉已支離破碎，找不到一處齊整的地方來，只嘴上還不停重複：「是……真是從陳大廚的衣服裡找出來的！我沒有說謊，真沒有呀……」

黃莫如蹲下身子，抓起紅珠一根綁了紅綢帶的辮子，她痛得整個人都在痙攣，只好跟著仰臉坐起身來，與他面對面。

他一對素來習慣於含情的星眸，此時鋒利如椎，欲在對方身上刺出幾個窟窿來：「紅珠啊，自妳進來至今，我娘待妳不薄吧？前年妳爹去逝，也是二太太拿錢出來給妳爹下葬，妳說說看，這樣的恩情怎麼能不報呢？所以，說實話，這甲套是誰給的？」

紅珠睜大眼睛看著黃莫如，彷彿已失去知覺，任憑他暗示、切割、操縱。

「是……是大太太！就是大太太！」她彷彿突然「鬼上身」，雙目暴睜，跪在蘇巧梅跟前，面目也跟著猙獰起來，「大太太」三個字咬在嘴裡，好似抓住了一根救命稻草。

「誰？」蘇巧梅捧住紅珠的臉，將它擠成一團，問道：「再說一遍！」

「大太太！是大太太！」紅珠的眼睛都是紅的，「她給了我十個大洋，讓我做的！二太太

饒命，二太太饒命啊……」

蘇巧梅頓時百感交集，腦中浮現孟卓瑤端秀的眉宇、稀淡的皺紋、蒼白的假笑，絲絲縷縷都流出了惡意。

好！孟卓瑤，妳等著！

胸中憤怒的火舌，已快要舔光她的理智。

翌日清晨，孟卓瑤發現門檻上擺了一隻金絲雀的屍體，牠原先應該在門廊上掛的其中一座鳥籠子裡蹦躂，如今卻已僵化，爪子緊縮在腹下，繃成一塊堅硬的鎮紙。

她嘆一口氣，命茹冰將雀屍清理掉。

「也不知是誰做的，缺德死了！」茹冰心直口快，把金絲雀屍體掃進簸箕，與蟬衣碎葉堆在一處。

天雖熱，卻已不似先前那般如狼似虎，陽光變得溫和許多，靜靜的在屋簷邊、芍藥枝上、綠蘿葉尖劃過。

孟卓瑤深吸一口氣，欲將惶恐與憋悶統統逼將出來，她有一搭沒一搭的想像蘇巧梅著一雙供睡房裡穿的繡花拖鞋，無聲踏過焦灼的月色潛到她的門前，挑中毛色頂絢麗的那隻鳥雀，打開籠子，小心的把牠拿出來，牠豐腴光潔的脖子正抵在她的虎口上，於是她猛地握緊……

孟卓瑤不知道，蘇巧梅與張豔萍的屋前門檻上，也各自擺著一隻死雀，像某種神秘淒美的哀悼。

……※……　……※……　……※……

黃慕雲將魂瓶擺入白子楓的棺材裡，分別放在頭顱兩側，這兩只清釉魏瓶是三國時期傳下的古董，黃天鳴花巨資從紹興一個落魄皇族手裡買回來的。原先放在黃天鳴睡房裡當擺設，後來說每天半夜都能聽見鬼魂吵架，便再也不敢擺在房裡了，拿布裹了丟在雜物倉裡，有一次下人清理倉庫的時候翻了出來，被他看到，喜歡得不得了，便向父親討了它去。

據說魂瓶是收集死人魂魄用的，黃慕雲如今急須收集白子楓的魂魄，然後把瓶子放在枕邊，試圖藉此聆聽她生前虧欠於他的那些傾訴。

整整七天，他米水不沾，還強迫桂姐保密。

聽聞白子楓被害的消息時，他兩隻耳朵彷彿剎那間被刺穿了，只看得到眼前人的嘴巴在不斷開合，卻再聽不見任何動靜，時間彷彿凍住，所有一切的運轉都停止了。

他站在原地，愣了十多分鐘，只吐出一句話來：「我要去看看。」講完便往前走，像是天地間的人盡數消失，唯他還留在荒漠裡遊走，於是眼前看不到任何人，只是往診所方向去，那裡掛了一個木牌，並一盞清白的燈，正在召喚他。

看到屍首，他不由得鬆一口氣，因眼前躺在門板上的那個女人，看起來一點都不像她，雖然也有大波浪捲的長髮，五官卻怎麼都與記憶裡的她搭不攏；那件領子與袖口俱繡了金黃色雛菊的真絲洋裝，他確實見她穿過一樣的，然而都不是穿得這麼醜、這麼彆扭，像是粗粗套在一根木樁上，一點迷人的曲線都沒有。所以這個人，怎麼可能是她？

他抬頭看了一下周圍，覺得包括杜春曉在內的幾位看客都面如死灰，隨後便面無表情的將那屍首翻轉過來，撩開頭髮看那布滿蜿蜒流水形態的乾硬血跡的後頸，雖已慘不忍睹，可朱砂痣的印跡還是依稀可辨，比血漿略淡一些，卻很容易就看出是自肌膚裡長出來的東西。

「不是她！絕不是她！」

他拚命這樣說服自己，卻察覺體內的最深處有個人在提醒——那就是她。

自此，他將魂靈幽閉進地獄裡去，以便與她相會。

帶著兩只魂瓶出門的時候，黃慕雲想到要去看看母親，便臨時折到張豔萍的屋子，腳剛要跨過門檻，卻又停住，從那上頭撿起一隻死雀，抬頭看了一下廊沿上的一串鳥籠，才發現原本關著嬌鳳的籠子空了。

「阿鳳！阿鳳！」他邊喊邊踏進屋裡來。

阿鳳穿著睡覺時的短褂，肚兜的繫繩還來不及塞到領子裡去，便趿著拖鞋匆匆跑了過來。

黃慕雲將死雀摔到她臉上，她尖叫一聲，眼淚都嚇出來了。

「是誰要這麼樣嚇我娘？」

阿鳳搖了搖頭，哭得全身一抽一抽的，想來心裡必定在怨恨自己時運不佳，竟要服侍一個瘋了的三太太，還得哄好傷心欲絕的少爺。

他抬起頭，想抽阿鳳幾個耳光，卻又將臂膀垂下了，因覺得累，發青的下巴與深陷的臉頰早已出賣他瀕臨崩潰的狀態。

「我娘呢？」

「還……還在睡……」阿鳳戰戰兢兢的移向地上的死雀，卻遲遲不敢動手去撿。

他當下有些不忍，便吩咐道：「把這東西收拾掉，別讓我娘看見。還有，等她醒了，告訴她，我來過了。」說完便轉身要走，卻迎頭撞上月痕。

月痕大概也不曾料到大清早會碰上黃慕雲，窘得不曉得該怎麼辦好，只得低著頭縮在一邊。

「妳來做什麼？」黃慕雲皺著眉問她。

月痕只得搖搖頭，紅著臉回道：「也沒什麼事，想找阿鳳姐姐教針線活兒。」

黃慕雲像是要贖罪，未拆穿月痕的謊話，徑直走出去了。

月痕這才拍著胸口鬆一口氣，笑嘻嘻走進來，將一塊帕子放在手掌上攤開，給阿鳳看一隻已死得硬邦邦的黃腹鸚鵡：「妳看看這個，一大早不知誰放在門檻上的。」

阿鳳登時面色煞白，渾身不停哆嗦。

……※……　……※……　……※……

桃枝把甜酒釀端到黃慕雲手邊，他沒有碰，可也在她意料之中，只得伏在他身邊，拿團扇替他送風，他還是愣愣的，彷彿與周遭脫節。

她從前並不愛他，如今心底裡卻生出了一些異樣，想截斷它，然而已經來不及。所以只能不說一個字，就這樣拿扇沿輕輕撫過他豐饒的背骨，這是他為她築起的唯一的山脈，可短時間的在裡頭隱居、幻想，織她的鴛鴦蝴蝶夢。

「二少爺，好不容易來了，也不疼我一疼？」她鬆開他的褲繩，伸手便往裡探，摸索半日不見成效，只得作罷。

「我總覺得妳像一個人，可又想不起是誰。」他翻過身看著她，眼裡的愁苦閃閃發亮。

「知道。」她刻意將那兩個字拖長，在裡面灌滿了蜜，「不就是你那個心上人嗎？」

黃慕雲沒有回應，將否認放在心裡，反正桃枝就是像極了某個他從前經常會碰面的人，側面的鼻線、唇角微扁的弧度，還有那雙不美卻假裝勾魂的丹鳳眼……他隱約覺得自己已接近真相邊緣，卻又甩了甩頭，將視為多餘的思緒暫時拋卻了，心裡依舊裝著滿滿的「白子楓」，對他笑、對他蹙眉、捲起他背部的衣裳聽音時那一臉的猶疑，如今都成了痛，烙在一個叫「永久」的角落裡，然後靜靜的看它腐爛。

「你今天必須把這個吃下去再走，不收你錢。」桃枝破天荒的犯倔，又將那碗甜酒釀捧起，舀了淺淺一勺，伸到黃慕雲嘴邊，碗裡的甜酒已漲乾，在面上結出一層軟痂，飯粒顆顆漲得如半粒赤豆大小。

他想斷然拒絕，可還是敷衍的吃了一口，酒味像是突然開啟了身上的某個機關，在胸口翻滾了上千次的悲愴，一股腦兒湧了出來，連同淚水，將委屈和遺憾一併都澆濕了。

這是純粹男人式的號啕，響亮乾脆，是不拖泥帶水的絕望，讓女人只得旁觀，同聲悲鳴，卻幫不上一點忙。

於是桃枝坐在一旁，欲等他哭完，猶如黃梅天裡斜倚窗臺，等待雨住。

翠枝的葬禮，桃枝沒有去，因怕爹娘嫌棄，只當沒這個女兒。其實她心裡也是有恨的，恨他們怎麼不把她賣得遠一些，竟在同個鎮上，價錢也不高，受姿色所限。

她原想這樣也好，將自己磨滅的夢託付在妹妹身上，孰料就在她於風月樓度過的第三個年頭，卻聽聞翠枝依然是被當作商品換錢的命，只比她略好一些，在黃家做丫鬟，這令她糾結不已，直覺爹娘辜負了她。

即便如此，她每每作賊一般溜到家宅後門送錢，娘都要強調一下：「翠枝如今可是在大戶人家做事的，吃穿都和主子一樣，命可是好得很！」

言下之意，這次總算賣出門道來了。

所以翠枝暴斃的噩耗，一丁點都沒把桃枝擊垮，她甚至淚也不擠一滴，反正不必去哭喪，何必費那個事?她不是察覺不到自己的冷淡，甚至還有些惶恐，怕從此沒有真感情。然而看到黃慕雲肝腸寸斷的模樣，心又疼起來，這知覺讓她多少感到安全，起碼自己不是真的沒有七情六欲。

而翠枝的死因，還是要搞清楚的。

「聽說荒唐書鋪的杜老闆如今在你們府上？」她腦中冒出的念頭，總是藏不牢，順嘴就漏出來了，見他收住了悲慟，便即刻轉移話題。

「嗯，一住下就賴著不肯走了。」

提起杜春曉，他便沒來由的煩，又覺得有些好奇。

「她有副什麼西洋牌，算命很準，你叫她算過沒？」

「不過以訛傳訛罷了，讓她算過一回，哪裡準？」他拿薄毯拭了拭淚，回道。

可惜黃慕雲終究不太懂女人，有些事情，尤其是神秘的占卜問卦，越是詆毀，女人便越是上心。

因此翌日，桃枝便出現在荒唐書鋪門口，只可惜杜春曉不在，守店的是夏冰。

「她什麼時候回來？」她有些怨自己笨，明知杜春曉現今在黃家，卻還巴巴兒跑來書鋪找人。

「不曉得。」夏冰看出她煙花女的身分，便有些緊張，說話舌頭打結，「好像近期是回不來了。」

「小哥兒，那總有回來的時候咯？」桃枝笑了一下，故意將胸脯挺近他，「你說說，到底是什麼時候呀？」

夏冰窘得滿面通紅的，聲音越發的顫：「不……真不知道！等案子破了吧！」

「什麼案子？」桃枝心裡咯登一下，想起翠枝生前那張與自己極其相似的側臉。

「我說，妳關心這個幹嘛？她要回來，自然會回來，問我有什麼用？妳買書不買？不買就走！」他終於急了，試圖用粗魯掩蓋虛弱。

桃枝越發的開心，扭著腰慢騰騰的在書鋪轉了兩圈，轉頭道：「也沒什麼好書，走了。」

「等等。」

他突然叫住她，她一臉驚訝的回過身來。

「你……和黃家的丫鬟孫翠枝是什麼關係？」

這次輪到她窘迫了，因想不到這陌生的後生有如此非凡的洞察力，能一眼認清她的相貌特徵，當下便決意託付一些事情。

「我是她的親姐姐。」她答得理直氣壯。

……※……　……※……　……※……

杜春曉賴以耍花槍的塔羅牌，在桃枝跟前是絲毫不頂用的，反正二人在尋找一個共同的答案，這是牌無法給出的。所以杜春曉只給桃枝玩了一副小阿爾克那，說出來的自然也不會好聽到哪裡去，無非是斷定她坎坷不斷，老無所依，只拿著微薄的體己度日。

這大抵是多數娼妓的命運，彷彿前半世便將情欲揮霍盡了，換得後半世的寥落。

當然，桃枝生得普通亦是主因。

總體來講，依杜春曉簡單粗暴的理論，總認為美皮囊才會讓人生占些便宜，至於雪兒之流的薄命紅顏，就只能怪她們時運差。

「唉喲，杜小姐講話真是一針見血。」桃枝聽完她那一通「詛咒」，倒也沒有生氣，反而捂嘴笑起來，「不過呀，我下半輩子要受的苦，是早有準備了的，不必勞煩妳提醒了。還是想問問我那苦命的妹妹吧。」

「這個，還得要妳先告訴我們一些事情，卦錢都可以不要。」夏冰忙插嘴道，腳背已被杜春曉的鞋底狠狠踩住，還碾壓了好幾下。他轉頭望去，正撞上她一張凶神惡煞的面孔，於是只得補話：「卦錢我來出！我來出！」

桃枝說到這個妹妹，眼裡就泛出淚光。

她被賣進窯子的那一天，天寒地凍，雪水透過薄鞋底滲上來，浸濕了腳心板。翠枝掛了一抹鼻涕，跟在她後頭，手裡捏著半塊蘿蔔絲餅。爹牽著她的手，走得很急，還不住回頭趕翠

枝：「去！去！回家去！」

翠枝站住，舉著餅大哭起來。

桃枝扭頭衝她吐了口唾沫，罵道：「哭什麼？醜！」然後把自己手裡的蘿蔔絲餅一口塞進嘴裡。

翠枝果然忘了哭泣，只怔怔看著姐姐。爹很習慣的舉起右掌，欲照著桃枝的臉蛋打下來，卻硬生生停在半空，只板著臉，拉住她往前走。

「姐姐！姐姐！」翠枝突然歇斯底里的大喊，「我會去看妳的！一定會去看妳的！」

她果然沒有食言。

桃枝接客前的那兩年，姐妹倆確實見不到面。桃枝從前幹的活都堆到翠枝身上來了，而桃枝自己又是每日被老鴇打罵，沒個消停，直至她開始掛牌做生意，翠枝進了黃家，日子才過得平順一些。

兩年後的聚首，是在七月蠶花節上，按習俗要選「蠶花娘子」，她們自認都選不上，卻到底有些眼熱，於是去看。

每個男人手裡都捏著一粒晶瑩雪白的蠶繭，看中哪一位，便將繭子投進其中一個寫了名字的桑葉籮裡。記得當時出來的結果有些出人意料，田雪兒只選為「銀花娘子」，「金花娘子」

居然是得意酒家老闆的女兒，五官身段均不及前者，卻勝在風騷媚骨、眼神勾魂，當選後沒多久，便嫁給北平的一個富商，遠離青雲鎮了。

雪兒畢竟年紀小，到底有氣性也藏不住，突然狠狠將手裡的銀花片子摔在地上，踩了幾腳，引起一片譁然。

桃枝與翠枝便是在這大呼小叫中碰到一起，兩人一言不發，卻像是已交換了萬語千言，各自的甘苦，都能從氣質表情與穿戴裡瞧出八、九分來。

於是她們每月都偷偷碰兩次面，傾訴些平常不能講的話。

翠枝被害前那一晚，二人找了家隱秘的小店吃生煎包。翠枝食量變大，如今一頓要吃十五個，桃枝是過來人，隱隱嗅出妹妹身上散發的少婦氣，便少不得旁敲側擊，勸她說女人青春短暫，招子一定要放亮，找個值得依託的男人才好。

諸如此類的話講得多了，翠枝嘴巴一翹，嗔道：「姐姐這話說得消極了，難不成妳如今這個樣子，將來還是這樣不成?保不齊找到個懂疼人的，把妳娶回去。」

「我這個事體，犯不著妳操心，還是想想自己，到底怎麼個出路。」桃枝的兩道目光直射在翠枝微微隆起的肚皮上。

翠枝面上突地浮起一片桃紅，像放進竹籠蒸過一般，暖融融的，相較在蠶花節上遇到她的

那辰光，姿色竟添了好幾分。只見她細聲細氣道：「妳放一百個心，他不敢不要我，到時候，我把妳也贖出去，一起享福。」

這份天真的誠意，令桃枝又氣又好笑，便追問她是遇上什麼樣的貴人，有這等威力。

翠枝偏著頭想了半日，笑道：「還是不要講吧，到時候妳自會知道。」

孰料那個「到時候」卻遲遲不到，只盼來一個死訊。

「她可有多少透露一點兒，那位與她珠胎暗結的情郎是誰？」杜春曉因肚子有些餓，且趕不上黃家的晚飯，追問的語氣也有些凶悍。

桃枝默然的搖了搖頭，說道：「這丫頭口風緊得很，怎麼問都不肯說。」

「那從她身上可看到什麼可疑的貴重東西？比如……金頂針之類的？」夏冰問道。

「頂針？」桃枝一臉茫然的望住他，「怎麼會問到這個？」

「因我們從死了的一個丫頭那裡查過一枚金頂針，貴重物嘛。」

「哪裡得來的？」

「二少爺房裡的人那兒。」

「我有些糊塗了，好像不曾見。」她抿嘴一笑，似乎有略鬆一口氣。

桃枝走後，杜春曉忙拉著夏冰直奔對街的「老湯樓」，叫了兩碗爆魚麵，她一氣便吞下半碗，這才鬆弛了一下神經，說道：「其實這個線索，既有用又沒用。」

夏冰喝了一口麵湯，眼鏡上糊滿了水霧，卻顧不上擦一擦，也是餓極了：「是啊，這說明田雪兒與孫翠枝極有可能是愛上同一個男人，他令她們懷孕，然後又殺人滅口。」

「當然是同一個人幹的，男女不論，但未必就是滅口。你看她們收的東西，都是貴重但不扎眼的，說明此人心機極重，討好女人都是不動聲色，拿頂針這種小玩意兒，還虧他想得出來。」杜春曉心滿意足的放下碗，菸癮適時爬上來了，卻因是公共場合，不便拿「黃慧如」出來，只得忍著。

「不過，既然那個男人如此風流，出手也闊綽，肯定是有錢人，這一想，範圍也就縮小到三個男人身上。」

「錯了，是四個，妳叔這幾年也在悶聲大發財，只是不講罷了。」夏冰扶了一下眼鏡，笑得頗為得意。

杜春曉沒有理會，只怔怔盯著麵碗，突然抬頭問道：「夏冰，你說有沒有可能，其實真是我叔幹的呢？」

夏冰一口麵嗆在喉嚨裡，一時間竟吐不出來。

……※…… ……※…… ……※……

黃天鳴怕自己的孩子，怕得要死。

在夢裡，他們都變成了渾身流毒的蟾蜍，趴在藏書樓每一層的入口，發出古怪的呻吟。他想抱起這些蟾蜍，移到好的地方去，卻見薛醉馳走過來，把這些「毒物」並排放在腳邊，然後一隻隻踩死，每踩一下，蟾蜍肥美的肚皮都會「噗」的一聲破裂，擠出灰紅的泥腸，兩隻渾圓的眼卻還是死死盯著他的。

「你要有報應的。」薛醉馳說完，便伸出巨形腳掌，踏向他的頭頂……

他駭然尖叫，隨之醒來，涼席上浸滿了汗液。

他其實是懷念三十年前的，雖然窮，但身上每一塊肌肉都是鼓脹的，吃什麼都香，不像現在，每次坐進浴池裡洗澡，那幾層垂掛在腹部的皺皮令他相當洩氣，吃到一點油膩就飽。

剛認得薛醉馳的時候，黃天鳴因拋頂宮（注二）不慎被捉，上海法租界的巡捕將他扒得一分不剩，只得偷渡回了青雲鎮，蹲在薛家門口討飯。薛醉馳抱著兒子出來，兒子手裡拿了個糖餅，他也顧不得，上去搶了糖餅便逃，卻不甚與張屠夫迎頭撞上，摔了個仰面朝天，糖餅瞬間在地上碎成齏粉。

待他睜開眼，上方一個黑影已遮雲蔽日，只見那黑影伸出手來，罵道：「一個大男人，幹什麼不好？要去做這些事！」

那人嘴上雖凶，手卻是暖的，將黃天鳴一把拉起，還帶他回宅，給他一碗飯，兩件乾淨的舊衣服。他也知道要感激，卻怎麼都講不出口。他離開的時候見庭院右角上一座高高聳立的古塔，每層塔角上都掛了獸嘴銅鈴，便問一個下人：「那是哪裡？」

「是哪裡都跟你沒關係，那是讀書人才能進的地方，走吧！」

黃天鳴頓時百感交集，那間氣派老宅、華麗繁茂的庭院，竟在他心裡種了根，那是洋樓林立的上海灘鮮見的奢華，尤其那座藏書樓散發出的傲慢與端嚴，更教他難以釋懷。

人之貪欲，便是隨經歷與眼界而一擴再擴，才養成了一隻陰暗的猛獸。

此後，他像是突然換了個人似的，搭上香菸店老闆的女兒孟卓瑤，成親後便將她的嫁妝盡數拿出來做本，高價收購了一批繭子，於是一傳十、十傳百，周邊的養蠶戶都將繭子送到他這裡來，搞得外省紡織廠來的買辦只得來找他談判。

他倒好，微微一笑，往鎮東一指，說道：「我如今是跟薛家合作，把繭子送他那裡加工的，要談也找他去。」

次日，他搶先一步去找薛醉馳，將繭子送上，二人聯手，狠狠敲了那外省買辦一筆。

黃天鳴與薛醉馳就這麼合作了幾筆買賣，每次都是黃天鳴去收繭，薛醉馳支付一半的本金，並負責與外省買辦談判，簽合同。

某一天，外省來了大戶，開口便要收一噸繭子，但要得很急。薛醉馳當下也不敢允諾，去找黃天鳴商量，他胸脯一拍，說包在身上，這筆錢怎麼也要賺下來。於是薛醉馳簽了契約，上頭寫明若十天內交不出貨，便要交十倍罰金，數目龐大，他只得抵了自己的宅子。

於是那幾天裡，黃天鳴拚了命的收繭，薛醉馳亦加派人手，忙於將貨入倉，這樣幹了八天八夜，到第九天，一噸繭子已七端八正，只等那買辦來收。結果當晚，繭倉突然火光沖天，將兩人的心血與本錢統統燒了個精光。

繭子入庫前早已曬得精乾，一點便著，何況忙了那幾夜，管倉庫的自然已累得找不著北，只顧趴在庫房的繭袋上睡著，次日待滅了火，將人拖出來，已成一塊焦炭。

薛醉馳那天如被五雷轟頂，只在燒成狼籍的繭倉前站了有大半日，待回過神來，黃天鳴已站在他身後，只講了一句：「這個罰金，我來出，但宅子要給我。」

薛醉馳幡然醒悟，自知著了道，伸出手緊緊掐住黃天鳴那粗壯的脖子，他自知已失去一切，也就顧不得自己的命，只圖一時之快。眾人撲上來，將他的指頭一根根掰開的時候，他隱約看見黃天鳴布滿血絲的眼睛裡流露一絲獰笑。

「你要有報應的！有報應的！」

這詛咒，如今果真穿越時空阻礙，釘在了黃天鳴的背心上，深入、精準。

……※……　……※……　……※……

田雪兒的墓地，買在西山頭最不起眼的角落，且不講風水，就連一塊用來擺供燒紙的平整地方都沒有，所以秦氏只將兩顆粽子，並一串荔枝擺在石碑底下靠著。因身邊荒墳林立，紙錢燒成灰片後被風一吹便四散而去，也不知地府裡的女兒拿不拿得到，不會還是被野鬼搶去了吧？

她這樣想著，神色也變得木然。

黃莫如遠遠站在後頭，半步都不靠近，像是怕紙灰玷汙了他的薄綢對襟短褂。她沒有怪他，只是偷偷苦笑，更將他視作平常而嬌貴的少年。

「走吧，我帶了雲樂坊的點心，到妳家去吃一些？」

他手上果真提了一個奶黃的紙包，滲出斑駁的油印。她只得嘆一口氣，便先他一步走下山

去，在家裡等著。

紙包打開，裡頭並了兩個小紙包，一個放著花生酥，另一個裝的是核桃餅。她坐在櫃檯後頭，聞著點心油汪汪的香氣，半點都吃不下。

「吃一點？」

趁四下無人，他拈起一塊花生酥，送到她嘴邊，那油氣也跟著逼近，她登時胃部翻江倒海，「哇」的吐了一地清水。

「怎麼了？」他忍不住上前撫她的背，越是撫，她越是嘔得厲害，便急著將他推開，臉色煞白的瞪了他一眼。

「自己在我身上作的孽，還問我怎麼了？」她突然眼淚汪汪起來，像是滿腹滿腔的委屈，盯著指甲蓋上蒼白的細月牙，就再也沒有理他。

他定定站在那裡，說不出一句話來，像被木樁子從腳心板縱穿到頭頂，每一寸都動彈不了。

兩人就這麼樣對峙了好一陣，起初只是被尷尬與驚訝弄得無法回神，後來卻漸漸演變成了賭氣，都刻意要用冷戰來逼對方退步，結果卻陷入了更深一層的焦慮。

「按理講，我也未必一定要這個孩子，不過你也知道，如今白小姐去了，要再找個靠得住的人來處理也挺難，我可不想讓古郎中來做！」

「古郎中」是指青雲鎮一家藥房裡雇的一個叫古瑞生的江湖郎中，成日裡酒壺不離手，每次出診都滿身酒氣，誰都厭他。

尤其女人家要看個婦科病，自然都是選白子楓，她人清爽，醫術高明得多，口風也緊得不得了。如今她這一死，像是把青雲鎮女人中間某個隱私而又關鍵的環節切斷了，她們表面如常，卻心如油煎。

「哈！哈哈！」

他仰面大笑，像是要將從前的抵死纏綿悉數毀滅。她在那笑意裡嗅出了一絲憤怒，遂覺得毛骨悚然，面部肌肉卻紋絲不動，以扭曲的平靜應對他的癲狂。

他好不容易停住笑，將兩隻紅彤彤的眼球對住她，啞著嗓子道：「妳何不去問問房裡那位的想法？我們不是當著他的面做過嗎？所以他也應該有份！」

她想也不想，便摑了他一掌，他如釋重負的轉身走了，像專為候著她的耳光，好藉此走掉。她氣得怔怔的，兩隻手不住發抖，想把檯面上的兩包點心捧起，那些花生酥、核桃餅卻在黃紙裡不住蹦跳。

點心捧到裡屋，放在桌上時，已碎了好幾塊，她覺得不怎麼嘔了，便拿起一塊，捏碎，再拿起一塊……

「這可是給我吃的？」田貴從床上坐起來，眉梢劃過一道殘忍的弧線。

她不由得站起來，後退了幾步，指尖的餅屑落在石磚地上，彷彿已預知生命也即將出現如此破碎的隕落。

……※……　……※……　……※……

面對這樣的豔屍，李常登連呼吸都有些滯塞。

唯有死了的秦氏，才會面容坦然的躺在李常登眼前，一絲不掛，每寸每縷都肥瘦得當，乳房微微外擴，均勻的攤在兩側，中下方一條細細的勾線將皮肉繃得極為緊密，唯小腹那道淺淺的妊娠紋出賣了她有過生育的秘密。

他竭力將視線避過屍體有稀疏體毛的私處，那是他和喬副隊長，及鎮上幾位閒男子在茶館千萬次意淫調侃的部位，如今卻以近乎荒謬的形式償其所願。

秦氏的皮膚呈淡藍色，喉嚨上有個小洞，那裡曾流出許多的血，滋潤了地磚縫裡的青苔。

李常登不明白，這樣的女人怎麼會死？

人們每次路過油鹽鋪，往裡張望的辰光，都像是在朝拜一尊玉雕觀音，時光彷彿是繞著她走的，所以他們恍惚以為，秦氏是青雲鎮的一個永恆。這「永恆」現在竟被交到了他的手裡，讓他給她一個說法、一個明確，他茫然失措，灌了半瓶燒酒，這種失控的情形，唯多年前張豔萍出嫁那一天才有過。

而更讓他難以釋懷的是，即便是死了的、正在腐爛的境況下，她依然是一具值得男人覬覦的肉體，生前拿長衣厚袍裹住的美，在此刻肆意綻放，變成氣勢洶洶的姿色。

秦氏的死，令青雲鎮所有成年男子都陷入某種微妙的恐慌，他們努力維持往常的作息，與自己的妻子親熱，心卻已偷偷碎了一個角，再也彌補不上。而女人們則長吁短嘆了許久，生怕會有「嫉妒之嫌」，更有甚者還會抹淚，戲做得過了，便也假了，只是旁人無暇拆穿。

根據現場的情況來看，秦氏像是死於自殺。

一個婆娘進鋪來，要買兩包鹽，卻見裡頭空無一人，以為是老闆娘去如廁了，便站在那裡等，孰料等了半晌都沒人出來，只她養的花斑貓從裡屋慢吞吞的走出來，嘴裡叼著一根細棍子。婆娘以為這畜生又是偷了筷子之類的東西，便上去將牠捉住，終於看清楚這分明是女人挑頭路用的象牙簪子，上頭纏了幾道紅絲。

她當下便發覺事情不對，於是邊喊秦氏的名字邊摸進屋子裡去，只見人已倒在血泊裡，兩

隻眼睛直勾勾瞪著天花板。

婆娘下意識的想暈，突然想到身邊也沒有人救，忙強打精神，軟著腿跑出來叫人，等隔壁正蹲在家門口給魚刮鱗的男人上來詢問了，她這才往油鹽鋪一指，說聲「出人命了！」，隨後不省人事。

更蹊蹺的是，長年癱瘓在床的田貴不見了！

謊言是謊言，但流言卻多少帶有一些真實性，雖然摻假的成分也極高。

青雲鎮居民自黃家丫鬟和白子楓被害之後，又掀起新的一撥流言潮，說的是田貴家中必定遭了附近的水匪打劫，秦氏為保清白，才用簪子自盡，而田貴則是水匪為掩蓋罪行，將他擄去沉湖了。

這種說法源於桂姐丈夫的事情，所以強匪從來都是鎮民幻想中的陰霾，聞風便喪膽，卻誰也沒有見過。

夏冰將這一噩耗告知杜春曉的時候，聲音都是哽咽的，原已打算好要受她幾句奚落，孰料她眉頭鎖得比他還緊，脫口道：「都怪我那牌解得不好……」

「妳又替她解過牌了？什麼時候？怎麼說的？」他即刻來了精神。

杜春曉最後一次見秦氏，天陰著一張臉，烏雲擠擠挨挨的隨風而動，欲哭無淚的模樣。她一面擔心這雨勢，一面卻還是硬著頭皮往油鹽鋪趕。因是傍晚，裡屋飄出米飯的香氣，與醬油味混在一道，有股溫吞吞的暖意。她不由得放鬆情緒，站在店堂裡等，過不久，秦氏果然從裡頭走出來，手裡還握著一柄湯勺。

秦氏看到鋪子裡有人，先怔了一下，遂笑起來，說聲：「杜小姐，妳等一下。」便回轉身去，待二次出來迎客，已摘了燒飯用的圍兜，湯勺也不見了。

「杜小姐，大老遠跑來，不會只是買瓶醋吧？」

杜春曉能從她的語氣裡嗅出秘密的幸福，這幸福令她百感交集，一時也不知如何反應，只得愣在那兒。

夕陽餘暉從雲縫裡鑽出，透過油鹽鋪大門，落在秦氏腳下，光芒暗淡得教人沮喪，卻讓杜春曉鬆一口氣，起碼一時半刻是不會下雨了。

秦氏將一張傾城的臉隱在暗處，聲音像是從地獄的某個花園傳來，只問：「來給我算命的嗎？」

「是，上一次沒讓妳算成，所以特地趕來再算，免費。」杜春曉周遭的空氣已變得清甜，有夏去秋來時特有的舒爽，可她體內的神經卻一刻沒有鬆懈，生怕漏過一點關鍵的東西，至於

那東西是什麼，她自己都還沒底。

「她要算什麼？」夏冰啞著嗓子追問。

「算她幾時會死。」

那副小阿爾克那裡的每張牌，杜春曉都刻骨銘心。

過去牌：正位的命運之輪。意指她生命力旺盛，原是可以長壽的。

現狀牌：逆位的節制，正位的倒吊男。情欲放縱，內心矛盾，加速了她的死亡進程。

未來牌：正位的死神。死神已悄然貼近，正在不遠處對她微笑，手中執一把明晃晃的鐮刀……

她想起在英倫唸書的時候，與幾位同樣好奇心過盛的同學一道加入所謂的「邪教」，親見膜拜死神的族群，清一色黑斗篷蒙住全身，面孔彷彿都藏在夜幕下，只露出一對發亮的眼球。兩名祭司用長柄鐮刀刺穿烏鴉的一對翅膀，將牠釘在教徽上，那烏鴉發出歇斯底里的慘叫，像一個瘋子拿十根手指狂按管風琴的白鍵。

那是杜春曉頭一次如此真實的觸摸到死亡的輪廓，後來它停在秦氏的眉宇間，便再也沒有消退。

「妳是怎麼推斷出她要死的？是自殺還是他殺？」

杜春曉默然，她不想告訴夏冰，並非所有的推理都是憑她思維敏捷，有一些無法解釋的靈感會與手中的牌心有靈犀，冥冥中已給出了真相。只是她清楚，但凡精確的預感，必定是有原因的。

……※……　……※……　……※……

「可惜了，鎮上又少一位美人兒。」

黃夢清掰著指頭算給杜春曉聽，邊說還邊笑幾聲，表情毛骨悚然的。

所幸杜春曉已習慣她的「冷酷」，也不大計較，只抱怨黃家的早餐沒有鹹鴨蛋，威脅說若再不供應，便要搬出去。

「哼！快別說這個話。」黃夢清冷笑一聲，戳穿她的「西洋鏡」，「也不想想妳是怎麼又回到我家的？我娘那件事算妳掩飾得好，能糊弄過去。可妳也得在別的地方出點力，比如現在家裡鬧鬼，妳可想到法子捉了？」

黃夢清提及「鬧鬼」一事，說大不大，說小不小，只不知從幾時開始，三位太太屋子的門檻上都會發現一隻死雀，像是有人從門廊上掛的鳥籠子裡掏出來活活扼死，再放上去的。起初

幾個丫鬟以為是誰惡作劇，也就沒有跟各屋的主子說明，後來連少爺小姐的門檻上都出現，甚至大老爺也沒被放過。於是傭人私底下傳開，說是死去的原屋主薛醉馳陰魂不散，才做出這些事來。

因那些鳥籠子也出自他的手，後來人被趕出去，做工精美的籠子倒是全留下了，只換了些合新主子口味的珍禽，所以黃家豢養的鳥雀接連被害，有人便臆測可能是薛醉馳用這法子控訴，隱喻黃天鳴拿卑鄙手段鳩占鵲巢一事。

這些話自然也是從鎮上一些略微知情的老人嘴裡聽來的，經過整合加工，竟也傳得像那麼回事。

所以黃家因那些鳥雀的死，所有人都變得有些惶惶然，說話走路都是端著心的，生怕做錯一點兒，挨心浮氣躁的主子一頓打。

張豔萍瘋得越發厲害，老爺已叫人跟上海的大醫院聯繫，下個月就要將她送過去治療。而黃慕雲則瘦得脫了形，可以幾天不講一句話，飯量小得同餵鳥無異。黃莫如雖還做些常規的事，卻顯然心不在焉，有一回竟把未熄滅的菸蒂摁在一個丫鬟的肩上，過後只說是不小心。

雖然沒有人挑明，但這個家的確正瀕臨崩潰邊緣。

唯大太太孟卓瑤，還仗著原配夫人的身分主持大局，製造天下太平的假象，以安撫人心。

最不可測的人，反而是蘇巧梅，突然講要信佛，從此吃齋守戒，惹來眾人稱奇。

這些不正常的人裡頭，除孟卓瑤之外，其實還有一個正常人，便是素來不受關注的黃菲菲。倒並非她低調，而是她的身分地位都不如其他三個，反而樂得自由。

「其實這個鬼，要捉住還是不難的。」杜春曉每次壞笑，便是「胸有成竹」的表現。

「那可好了，不如妳現在就算一算，找出那個『鬼』的來路。」黃夢清趁機用上「激將法」。

無奈杜春曉卻一口回絕：「現在不能說。」

「為什麼？」

「妳又不是不知道，在弄清這個『鬼』的目的之前，我會一直把秘密壓在肚子裡。」她一面將扁平的肚皮拍得啪啪響，一面從桌上拈起一張隱者牌，放進黃夢清手裡。

…※…　…※…　…※…

夏冰找到黃家二小姐的時候，她正一個人站在庭院裡玩射擊，手裡握一把不知從哪裡弄來的長桿獵槍，把幾個玻璃空瓶依次列在蓋井的石板上，然後挨個兒打，每打一槍便震天響，竟

也沒人過來管，反而逃得一個不剩，可見傭人已經習慣了，也怕了。

按黃夢清的說法，菲菲是性壓抑，將槍當那話兒來疼。話講得雖粗鄙，卻不無道理，只當事人還自以為特立獨行，神氣得很。

「講過幾百次了，我晚上只要一睡下，電閃雷鳴都轟不醒我，哪裡還會出來亂逛？你問了那麼多，無非是懷疑我。」二小姐瞇著一隻眼，把槍口往夏冰臉上一指，嚇得他當即退後兩步，「我若要殺人，就用這個，方便省事。」

「二小姐，若殺了人還不想吃官司，可不能用這個。」夏冰假裝哆哆嗦嗦的移開槍管，他已從杜春曉那裡知道對付黃菲菲的秘訣，那便是假裝弱勢，滿足她自高自大的心理。

黃菲菲一臉委屈，將拿槍的手臂放下，低聲道：「怎麼你總是問這個問題呢？」

「也沒什麼，只是有下人在案發當晚和案發以後，都看到妳半夜出現在那兒，所以照例我都要問問。妳放心，我們保警隊查案都一視同仁……」夏冰不想出賣桂姐和小月，少不得打了馬虎眼。

她點了點頭，突然把槍往地上一摔，罵道：「這可奇了！既然有下人半夜看見我在院子裡亂轉悠，那敢問他們出來又是幹什麼呢？難道你不查查？」

他覺出她的異樣，憤怒裡流露出的那一點沒底氣，便回說：「妳放心，我都問了。大家講的話，我們都要進行核對，不針對二小姐妳一個人。」

「睡覺！」她擦一把額上亮晶晶的汗珠，怒氣沖沖道：「那幾天，我都在房裡睡覺！」

「若真的是在睡覺，也沒什麼。不過……」他決定將上一軍，「家裡一下死了好幾個人，晚上還能睡得熟，倒也難得。」

她果然急了，撿起槍抵住他的下巴，因動作來得突然，他毫無防備，但心裡竟真有些隱隱的怕。

「你這話講得有趣，不曉得咱們家裡的人個個都生了鐵膽的嗎？若不是做什麼都心安理得，當初就不該住這兒！」

這番話倒帶了幾分出人意料的血性，他不禁懷疑起自己的判斷來。

女性之複雜程度，是夏冰怎麼也上不完的一堂課。

「我再給二小姐一句忠告。」他硬著頭皮訓民，假裝不曾嚇倒，以表現一點所謂男子氣概，「槍是男人玩的，女人最好不要碰。不是懷疑二小姐會動殺心，只是一時走了火，殃及無辜，也是有的。」

「你們懂什麼叫無辜嗎？死的那幾個人，就一定無辜？」她脫口而出，顯然是有些壓抑太久，不得不爆發的感觸。

「二小姐從何說起？難不成妳知道那些死人有什麼不清白的地方？」

「有沒有，你把案子破了不就真相大白了？興許不是哪一個人不清白，卻有那些髒人兒把她們玷汙了呢。」她露一半、藏一半，說得很慢，措辭都是字字斟酌過的，意思是只拋出一個線頭，接下來還得夏冰他們自己往裡探索。

另一邊，李常登與黃慕雲面對面坐著，問的也只有一樁事情：「田雪兒死後不久，聽說你娘和二太太大吵過一架，你娘當下還放出話來，說要把見不得人的事情捅出去。你可知道是什麼事？」

黃慕雲保持苦笑，兩隻眸子也已深深陷進去，若把臉皮剝了，便成不折不扣的骷髏：「我也不知是什麼事，我娘從沒跟我講起過。」

李常登直覺他有所隱瞞，口吻便有些不客氣：「二少爺，如今什麼陣勢，你不會不清楚吧？人死了那麼多，凶手還逍遙法外，每一點線索對我們來講都是好的，有用沒用另當別論……」

「真不知道什麼事，可能是下人嚼了什麼舌根，被我娘聽見了，信以為真吧。」黃慕雲擺擺手，似乎已筋疲力盡。

「那麼，二少爺，你有沒有見過丫鬟做針線活時，用的純金頂針呢？」

「頂針？」黃慕雲怔了一下，遂垂下頭，露出茫然的表情，「有倒是有，我從前見碧仙用過，當時就猜她被外頭什麼扮闊的男人給騙了，還問過一句，她說只是死去的外婆傳下來的。我覺得她騙人的，家裡窮成這樣，能賣的、不能賣的都典出去了，哪裡還會剩這樣的貴重物。」

「那除了碧仙，還有誰用過？」

黃慕雲搖頭，皺眉道：「想不起來，碧仙是我娘房裡的，我去得多，自然看到。其他幾房的丫頭我哪裡能成天盯著？」

「不過……」李常登決意要玩個花樣，「好像有些下人不是這麼講的，說你二少爺去其他幾個房裡也挺勤快。」

「胡說！我哪裡有這樣的閒工夫去跟丫頭嬉鬧？又不是我……」那後半截話，他硬生生吞回去了。

李常登假裝沒聽出味兒來，繼續道：「下人中間有人講，說黃家幾個丫頭中，就屬田雪兒長得最標緻，男人看了沒有不動心的。所以二少爺想必也……」

黃慕雲又氣又急，一時憋不住，便脫口而出：「雪兒明明是跟我哥好上了，怎麼還賴在我

頭上？」

「多謝二少爺。」李常登站起來，向臉色蒼白的黃慕雲拱了拱手，這是他接這案子以來心情最為愉快的一天。

原本他就把重點懷疑對象鎖定在黃家兩位少爺身上，除他們之外，沒有人能讓幾個丫鬟都如此確信自己能飛上枝頭變鳳凰。

但打開突破口卻又是難的，他們誰都不像是沉不住氣的人，所幸白子楓的死與張豔萍瘋病發作兩件事，顯然將黃慕雲變脆弱了，何況他對白子楓的深情，那天去認屍時的表現，已等於昭告天下；而黃莫如那裡卻還似銅牆鐵壁，掘不出一個小窟窿來。

如今，漏洞終於有了，由那洞內透出一絲曙光，令李常登欣慰無比。

⋯⋯※⋯⋯　⋯⋯※⋯⋯　⋯⋯※⋯⋯

蘇巧梅胃裡空得難受，自從齋戒以來，她便總是處於空腹狀態，胃袋都是冷的，酷暑竟也蒸不倒她了。但飢餓也讓她暴躁，偶爾會想要把觀音像摔出窗外去，更教她不安的是門檻上的死雀，儘管後來各房到了晚上便將鳥籠子都統一收進一間通氣的空屋裡，早上杜亮再讓下人挨個兒掛出來，可陰影到底還是有的。

她對養鳥不算熱衷，起碼不像張豔萍，每次路過那裡，便看到她仰著脖子逗她的鸚哥兒，手裡握一把細黃米。

這樣的多事之秋，本該是蘇巧梅發揮「長處」的時刻，卻忽然選擇了退隱，這其中自有她的道理。正如黃夢清私下和杜春曉分析的那樣，如今怪狀況有些多，太冒頭了也不好，何況她心裡還在為某件事心生愧疚，要奪權也得風聲過了再說，現在要以逸待勞，靜觀其變，一切複雜的意外都讓孟卓瑤去承擔便是。

至於是什麼愧疚，要逼得她吃齋唸佛，其實她自己也竭力不往那個地方去想，某些念頭就像潛伏的野獸，是摸不得的，一碰就抓得你遍體鱗傷。

所以李常登渾身冒著菸味走進來的時候，她的心都抽緊了，尤其是對方的問題，簡單乾脆，卻讓她啞口無言。

「二太太，聽說前不久……哦，就是田雪兒剛死沒幾天，妳跟三太太吵過一架？」

她只得寒下臉來，表示默認，實則心臟已提到喉嚨口。

「聽說吵得夠凶啊，三太太硬說妳做了什麼見不得人的虧心事兒，妳可知道她指的是什麼？」

果然要問這個！她死抓住蘭花椅的扶手，怕一鬆手整個人都要滑脫出去。

「不瞞李隊長說，三妹的瘋病肯定不是一時發作，因是潛伏好久了吧。所以您說我們吵的那天，她也是突然便衝起來了，指著我鼻子罵了好些難聽話，也不只說我做虧心事兒之類的，還有許多呢。我當時便覺得奇怪，也想叫她說清楚，可她激動得很，語無倫次的，哪裡還有句像樣的話？後來也就沒再計較。您如今倒來問我這個事兒，叫我可怎麼回答好呢？」

雖是肚腸裡的油水均被齋菜刮乾淨了，她倒還保持冷靜，講話滴水不漏，只一個勁兒暗示張豔萍是早有癥結。

「聽說，大公子和死去的丫鬟還有些秘密來往，妳可知道一些？」

蘇巧梅「噗嗤」一下笑起來：「這話說得可是沒譜兒了，你說黃家兩位少爺都正當壯年，心裡沒點兒想頭才奇怪呢！莫如縱真的跟下人有什麼，我們也只當不知道，心裡有數就好。」

「如此說來，二太太倒也不排斥自家公子和下人來往咯？不知三太太是不是也有這個念頭？」

「她怎麼想我可不知道，若是為了莫如和丫鬟的事兒就雞飛狗跳的，那可就錯了主意！也不想一想自己是怎麼混上來的！」她說完便吃了一口涼茶，將先前的慌亂統統壓下去了。

在李常登眼裡，蘇巧梅只是個外強中乾的潑婦，與張豔萍的直爽潑辣有雲泥之別，然而如今看她掩飾秘密的功力，又不得不服，果然是見過世面的女人，到底講心機的。於是，他便打起十二分精神，誓要從她嘴裡套出關鍵的東西來。

「呵呵，那還是二太太開明，默許大公子和丫頭的事兒，原本可有想好要怎麼和老爺挑明，把姑娘娶過門呢？」

「這話說得稀奇，莫如是什麼身分？田雪兒又是什麼身分？哪裡配進這個家？」

「那田雪兒若是懷孕了呢？」

「那誰又知道是不是莫如的孩子？」

「田雪兒」三個字一出口，蘇巧梅便意識到自己敗了，只好絕望的看著李常登臉上堆起的菊花紋，手指不停打顫。

「多謝二太太了。今天得請大公子跟我到保警隊去一趟，沒什麼事兒，只是聊聊天，套套情況，請放心！」

李常登臨出門前拋下這一句，算是為張豔萍報了「一箭之仇」。

依喬副隊長的經驗，審訊黃莫如最多一天就能有突破。

首先，對方雖是個後生，卻是細胳膊細腿，一看便是吃不住苦頭，至於是否禁得住嚇就難

講了，只能走一步看一步。但黃莫如在保警隊的一舉一動，尚屬於「沉著鎮定」的範圍。

審訊間設在臨時牢房東側最裡一間，通風不好，悶熱無比，這是李常登刻意為之，就是要讓疑犯難受。當然，在審訊黃莫如之前，喬副隊長與夏冰私下商量過，認為在沒有確切證據的情況下，便開堂私審實在不妥，即便從旁得知黃莫如與田雪兒有過什麼，也不代表殺人的就是他。無奈隊長堅持，說死的人實在太多，拖不起了，還是來點硬的，只要看著不像屈打成招就行。

言下之意，就是要用陰招逼供。

所以進審訊室那天開始，黃莫如每天的食譜都是固定的：梅乾菜扣肉、爆魚、醬油皮蛋，外加一碗白飯。表面看也沒什麼不妥，但倘若不給水喝，卻是要人命的。他開始也不大明白，吃完東西，喬副隊長便和他聊天，反覆強調的只有一句：「你和田雪兒到底是什麼關係？」

他自然是不認的，堅持說沒有關係，說到後來嗓子有些乾，想要涼茶，結果只換來嗯嗯啊啊的敷衍，追問越發緊迫，茶水遲遲不來。

撐到傍晚，又是那幾個菜擺上來，他已沒了力氣，含一口乾巴巴的米飯在嘴裡，連忙吐了，其餘的更不敢吃，只拿一雙噴火的眼睛瞪著喬副隊長。

「嘿嘿，大少爺，辛苦的話就躺一會兒，不過辰光不能太長，我要回去吃飯了，接下來是李隊長。好好保重。早日交代，早日澄清，也好早日出去。」

才躺倒一刻鐘，果然李常登便打著飽嗝來了，嘴邊還咬一根牙籤，看到黃莫如身邊那頓晚飯還紋絲未動，便笑道：「大少爺，嫌菜不合胃口啊？」

他沒有理會，翻了個身，拿背對住李常登，卻突然肩上一緊，整個身子已被兩名警察拎在半空，就這樣拖到桌子跟前，一盞白熾燈吊下來，在眼前不住打晃。他閉著眼，不敢叫一聲，怕蒸發了體內的水分。

其實他也不曉得自己能撐多久，累和餓是次要的，要緊的是能不能從這裡出去，他心中已開始隱約怨恨起爹娘來，原來預計自己當天就能出去，可待得越久，就越茫然，當初滿滿的信心已被飢渴交加的現狀漸漸削平。

氣勢明顯變弱的黃莫如，在酒足飯飽的李常登面前，全無招架之力，他的舌頭像枯紙一般苦澀，每動一下，身上每個毛孔都會疼痛。所幸心裡的絕望多少也有一些化成作了悲憤，所以他嘴風更嚴，乾脆問什麼都不開口，只是將額頭抵在桌沿上，後頸被白熾燈照得熱烘烘的，蚊子不斷攻擊他裸露的皮膚，背上的汗液結成乾鬆的鹽粒，然後被新沁出的汗液融化。他盡可能不動，保持體力，明知這麼做也撐不了多久，卻彷彿要跟誰賭一口氣。

「大少爺，這樣可不行啊。若想早些回去，就把知道的都講出來。咱們還是從老問題開始，你跟田雪兒，到底是什麼關係？她是不是你的情人？她肚子裡有了你知道嗎？那是不是你的種？」

李常登說出的每個字，都對他造成很深的刺痛，但他繼續選擇默然，不承認也不否認。

「大少爺，聽清楚了沒有？沒聽清楚，我就再問一遍。」

他聞到很濃的酒氣，耳邊也多了一些熱量，明白是李常登正俯下身貼著他的太陽穴追問時，便乾脆閉上了眼。此時，嘴唇已像燒焦一樣難受，彷彿與空氣摩擦便會著火，身體正歇斯底里的呼喚水源，幻覺自己已回到家中庭院裡的那口井邊，縱身跳下，讓陰涼墨黑的井水將他吞沒……

這樣想著，繃緊的靈魂也稍稍有些解脫，可酒臭又將他醺回現實裡，還是那間方正的審訊房，一盞燈，一個面目可憎的保警隊隊長。

這一夜，對黃莫如來講，抵得過十年苦役，他其實一直醒著，卻假裝已經睡著。中途的確有一段時間失去過知覺，他猜想其實只是暈厥，但李常登拿了一杯水，他拿了一杯水！

那杯水放在離他不到一尺的地方。

人渴到一定程度的時候，原來與駱駝無異，連水的味道都聞得出來。他舔了舔舌頭，乾裂的唇皮快要刺破舌尖，半個身子已撲在桌面上。此時卻感覺背後的椅子被移向桌沿，將他的胸膛牢牢貼在桌沿動彈不得，若想再退回去，恢復剛剛的臥姿，已是不可能了。

如今識破這個陰謀，早已來不及了，只能眼睜睜看李常登拿起杯子，一口將水喝盡。他盯住他的喉嚨，看金子一般珍貴的東西白白流進敵人的體內，卻連恨的力氣都沒有，只能沮喪的趴在桌上，擺出一個乞討的姿勢。

「求……求求你……」他終於開了腔，頭一句就踐踏了之前辛苦累積起來的自尊。

李常登笑了：「大少爺，不就是水嘛，何必要用求呢？直說就行了。不過，你跟田雪兒到底是什麼關係呀？」

他突然發現，眼前這個人，其實只是打著審訊的幌子逼供，儘管無任何憑據，直覺卻告訴他，這個人是在報復。至於報復些什麼，是他完全想不到的。

…※…　…※…　…※…

黃夢清已三天沒有跟杜春曉說話，連步行繞一大圈去飯廳的路上都互不搭理。其實杜春曉是想和解的，無奈對方怎麼都不肯，一張冷若冰霜的臉把什麼都擋在外頭了。

二人冷淡的原因不言自明，黃莫如被保警隊帶走以後，黃天鳴走了許多門路，想把兒子保

出來，孰料李常登硬得很，只說死了太多人，所以點滴線索都要挖掘乾淨，若再發生命案，罪責擔不起，所以無論如何不肯放人，連見都不許。

除了老爺和二太太正竭力奔走之外，最急的便是這個姐姐，提議要杜春曉透過夏冰，讓弟弟回來。

誰知杜春曉非但沒點頭，還講了一句無情話：「其實我也覺得大少爺可疑，讓他在裡頭待幾天也好，沒準兒還能招出些什麼來。」

金蘭交就這麼樣決裂，杜春曉卻依舊厚著臉皮，每日在黃家吃喝，連夏冰都覺得不好意思，勸她回書鋪去。

她兩眼一瞪，罵道：「所以說你這書呆子就是呆！我留在黃家自有我的道理，夢清那臭脾氣過幾日也就好了，你著什麼急？」

夏冰果真是「皇帝不急急太監」，怕她們真的從此生分了，也是可惜。與此同時，他也是惦記著黃莫如的事，要求參加審訊，卻被喬副隊長擋了回去，只說大少爺嘴硬得很，什麼都不招，只能拖著。

他一聽便來了氣，直覺不能把一個人拖死在保警隊裡，喬副隊長冷笑回他：「傻小子，這個事兒你莫再操心，黃家大少爺現在好得很，既沒缺胳膊少腿，身上也沒掉塊肉下來。只是死的人有點太多，縣裡都驚動了，給我們的時間不多。」

「那……讓我去跟他聊聊，說不定能套出話來？」他大著膽子提議，頭頂當即挨了喬副隊長一下。

「你小子犯渾犯到什麼程度啦？李隊長都問不出來，你比咱們還能些？趕緊回去查查別的線索，不要放過一個男下人，懂了沒？」

倒不是挨了這一下讓他不服，但多少還有些關心黃莫如的情況。進保警隊兩年半，從未見過兩個隊長正兒八經審訊嫌犯，都是公然踢上幾腳，嘴裡凶一些，那些扒手就什麼都招了。所以單單那份好奇心就很重，饞得他無論如何都想探個究竟。

因臨時牢房是由兩名警察輪班看管的，值夜班的顧阿申恰好是他從小玩到大的赤膊小弟兄，有了這條門路，他便提了一包豬頭肉和一斤黃酒，大搖大擺跑去跟人家攀交情。

顧阿申弄明白他的來意，笑道：「看不看都是那麼回事兒，每天都不虧待他的。誰都曉得他什麼來歷不是？」

雖說那些囚室從前未關過半個人，石灰牆卻還是黃的，裂縫裡刺出一些稻草，夏冰可以想像顧阿申每天無所事事坐在椅子上，將椅背往後仰靠於牆，然後一根根拔出那裡的稻草，動作悠閒得一如等死。如今有個活人可關，於他來講多少倒還有些興奮。所以他夜裡真的捨不得打

吨，期待與那疑犯一同呼吸。

顧阿申也試圖要跟黃大公子聊天，可李隊長下令不得供水，所以他便斷了浪費對方疑犯口水的念頭。其實他從來不相信他是凶手，尤其他剛跨進牢房的瞬間還被隆起的泥塊絆倒，這樣手無縛雞之力的人，絕對下不了狠手。

顧阿申的爺爺從前在縣裡當民兵，親手拿刺刀捅死過幾個共產黨，回來後，眼神都不對了，看什麼都有種哀傷的淡漠，讓他直起雞皮疙瘩。但黃莫如沒有那樣的眼神，像竭力在掩飾恐懼，來這兒不到一個鐘頭，便差不多要把鋪上的稻草都扯光了，那種焦慮裡隱含著憤怒。

所以他跟夏冰講：「看起來挺可憐，幾天來只喝過兩口水，用來吊著他性命的，若真是他幹的倒也罷了，若不是他……」

夏冰已聽不見顧阿申後頭說的話，只怔怔的望住黃莫如那張灰暗的臉，他整個人縮成一隻老鼠的樣子，一動不動，不曉得有無呼吸。

「大少爺？」

他叫了他一聲，聲音怯怯的，很快便融化在空氣裡。

「大少爺？」

他又叫，未得到半點回應。

「人都這樣了，還要再審嗎！」

夏冰明顯把氣出在顧阿申身上，那是唯一能讓他甩臉子的人。

「別跟我急呀，上頭的命令，又不能不聽。」顧阿申逕自折回，將那包豬頭肉打開，拈起一塊放進嘴裡。

杜春曉對夏冰的傾訴無動於衷，繼續玩她手裡的幾張牌，排了一副中阿爾克那，再對著它沉思良久。

貴人牌：愚者。

敵對牌：皇帝。

她歪著頭，慢慢把牌收好，掏了一下耳朵眼，神色卻半點也不悠閒。按牌理來講，能助她一臂之力的是最不受人關注的一個人，礙事的卻大權在握，極難應付。

她從不信牌，卻會在裡頭找尋靈感。而這一次，靈感似乎離她遠去，解出的答案全都狗屁不通。

「妳說他都半死不活了，寧願挨一刀也要喝口水，到這節骨眼上還堅持自己是清白的，那應該沒有問題了吧？」他賊心不死的盯著她的牌。

她瞥了他一眼，笑道：「你果然對黃家人的脾氣不瞭解。」

「那妳又瞭解多少呢？」他不服。

「首先……」她索性將牌打亂，一副欲提點他的模樣，「你最好查一下這些屍體是在哪裡被切去腹部的，陳屍地點都不是案發現場，那麼凶手又是在哪裡作案？」

「妳錯了，屍體沒有做過大的移動，除了田雪兒死的當晚下雨，痕跡被沖刷掉之外，其餘三個人，痕跡都不明顯。」夏冰扶了扶鏡架，正色道。

杜春曉聲音極響的拍死一隻停在她左臂上的蚊子，說道：「你還記不記得，不止一個下人講，半夜看到黃菲菲站在案發地點，也不曉得做什麼？」

「記得，可就是問不出什麼來。」夏冰腦中又浮現出那把抵在他下巴上的獵槍。

「其實我現在心裡一直有三個疙瘩，一是如果四個死者裡有三個已經懷孕，那麼她們的孩子到底是誰的？都是黃莫如的？二是黃菲菲的奇怪舉動究竟意義何在？既然看到她的人不止一個，說明事情是真的，可這姑娘看起來又不像個有心眼兒的人，所以事情也就複雜了。三就是……」

杜春曉頓了一下，突然直勾勾盯住夏冰，吐出幾個字來：「田貴究竟到哪兒去了？」

「妳是說，秦氏的死，跟黃家的幾宗命案有關係？」夏冰擦去鼻尖的油汗，又長嘆一聲道：「其實我也早就懷疑……」

「懷疑你個大頭鬼！」杜春曉硬是將他的話堵回肚子裡去，徑直道：「其實倒不為別的，只有一點牽著我的心，她肚子裡也有個孩子。」

「這我都沒告訴過妳，妳怎麼知道的？」夏冰瞪大眼睛叫道，「可別告訴我說拿牌算的！」

「還真是拿牌算的！」她忍不住嘴硬起來，其實是不敢告訴他，自己經常私下翻閱他那個查案記錄用的小本子。

夏冰小心翼翼的將本子放在隨身帶的灰藍色小布袋裡，那袋子卻經常落在杜春曉的書鋪。

已至夏末，天氣似乎一點都不想放過誰，雖然青雲鎮今年又熱死了兩位八旬老人，但魔爪還在繼續延伸，日頭不烈，卻照樣毒，魚塘街上曬燙的青石板踩在腳下，那熱氣灼得人路都行不穩。

夏冰與杜春曉在保警隊附近的水果攤前挑西瓜，一過七月，瓜便怎麼都不甜了，紅瓤沙到泛黑，咬起來一股黴味。他們吃了兩塊便撐不下了，將瓜皮用來抹臉抹手，眼睛卻是盯著保警隊那間平房的大門，專等李常登與喬副隊長出來。

傍晚時分，是李常登先回了，直到夜色深濃，喬副隊長才滿面倦容的出現。因那水果攤早已回家歇去了，夏冰只好花錢請杜春曉去旁邊的茶樓待著，雖然更加隱蔽，觀察動靜卻也越發吃力。

尤其杜春曉看到喬副隊長這麼晚才回家，已猜到這二人在對黃莫如輪番審訊，心便沉了下去，後悔當初不聽黃夢清的話，早該想法子把她兄弟從裡頭弄出來的。

見到黃莫如的時候，他已形同鬼魅，眼神都是發直的，臉上布滿蚊子塊，嘴唇縮成魚口的形狀，頭髮了無生氣的貼在額上。即便是這樣狼狽的模樣，他還是保持曾經養尊處優過的標記，舉止裡有乾澀的傲慢。

夏冰將切成片的西瓜一塊塊隔著鐵欄杆遞進去，他卻一動不動，只是看著，顯然已經對周遭情況失去辨別的能力。

「吃啊！吃。」夏冰拿起一塊瓜，放在嘴裡咬一口。

他這才爬下稻草鋪，身後飛起幾隻巨大的蚊子。

可他才吃了兩口，便扶住牆，全身痙攣，在角落裡嘔了一陣，這才蒼白著臉，又吃了兩塊瓜，汁水順著手指流下來，滴在結塊的綢衫上。

「大少爺，我們不是來審你的，你什麼都不用講，只要坐著聽就可以了。」

杜春曉笑嘻嘻的將塔羅牌舉到表情木然的黃莫如眼前，他盯著那牌，剛剛被浸潤過的嘴唇緩緩舒展、上揚……

他看到正對著他的那張牌上，尖長耳朵後頭生有一對捲曲羊角的惡魔正在獰笑。

注一：紅衣，指花生上的紅色外皮，南方人稱之為「紅衣」。

注二：抛頂宮，上海灘流氓一種普遍的偷帽子手法，他們走在人堆裡，將前面一路人的帽子摘去，拋給後面的同伴。

第三章

皇后疑雲

黃莫如的抗拒，在杜春曉面前似乎沒什麼用，他只能坐下洗耳恭聽，腳底板沾滿了西瓜籽。

「大少爺，其實事情應該沒有咱們想像的那麼難，對不對？」

杜春曉坐在牢房外的小板凳上，將塔羅放在膝蓋上，均勻的分成兩疊；空氣依舊灼熱，月亮的殘光經由小氣窗投射進來，彷彿在窺探她牌中的秘密。

她舉起的第一張牌——戀人。

「雖說都是含金鑰匙出身的，可人和人到底還是不一樣，有些是天生痴情種，比如你弟弟；另有一些則是脂粉堆裡打個滾便出來了，最是有情卻無情，大少爺你如今可是被保警隊疑成這樣的人呢。」

杜春曉似乎有些樂滋滋的，讓夏冰渾身不自在。

第二張牌——魔術師。

她喜得拍了好幾下手，「啪啪」的爆響嚇得顧阿申連忙跑過來，手裡還端著一杯梅子酒。

「好牌啊，好牌！」

她仰面向天，一臉的感激，遂又轉向黃莫如，笑道：「這張牌，可是替你妹妹洗冤了。有下人說令妹曾深夜在陳屍地點徘徊，是誤會吧？其實是大少爺你穿著女裝，出現在那裡吧？大

少爺是要做什麼事？」

她終於點中他的要穴，兩根手指夾起魔術師牌，戲蝶一般在空氣裡舞動。夏冰則激動得不停推整眼鏡架子，生怕看漏了她裝神弄鬼的動作。

月光不知何時已悄悄抽走，將黃莫如整個身子隱在夜色裡，宛若牆上一塊深濃的黑影。看不清他的表情，可從肩部細微的起伏揣摩出他是平靜的，甚至還能從這靜默裡嗅出一絲的感傷。

杜春曉卻是未知未覺的樣子，像正從野獸身上剝皮，是絕無可能替手中獵物喊痛的。

「還有，陷害三太太和陳大廚有一腿的，其實正是少爺你吧？雖說甲套是二太太拿去給老爺的，可發現它的丫鬟也是二太太外屋的人……哦，不對。該不會是用這法子繞著圈兒陷害大太太呢？不逼供紅珠也罷了，一旦逼供，她招出的幕後元凶必定是大太太，不用猜都知道，你必定允諾了她什麼終身大事了。」

「大少爺，你心裡打的算盤倒也奇怪，不過我知道兩位隊長折磨你那麼多天，都沒把你的嘴撬開，我是斷不會再費這個勁的，無非是把這副牌告訴你，跟你知會一聲，免得到時你真上了刑場，都還喊冤。」

「其實呢，你扮成女人模樣，可能是有什麼見不得人的癖好，這個我就不追究了。但田雪兒與你私通該是事實吧？三太太不知從哪裡得知你和這丫鬟的事兒，於是拿她作要脅，讓你娘不敢動她的主意。可惜這姑娘死了，嫌疑早晚要落到你頭上，所以你才變著法兒陷害栽贓三太太，原本是想讓你娘在老爺跟前吹點風，把三太太給逼走，沒料到事情發展出乎意料，藏書樓命案一出，保警隊反而來得更勤，嚇出你一身冷汗吧？」

「事後，甚至你娘自己都有些擔心是冤枉了三太太，可你倒好，又私下買通紅珠，把大太太都咬出來了。至於要害大太太的緣故，自然是因為田雪兒懷了你的種，被白子楓查出來了，她頭一個必須向大太太彙報，所以黃家上下就只大太太與你知道那丫鬟珠胎暗結的事，你這才利用你娘去跟大太太結梁子。是不是這樣？」

「可他又怎麼能騙大太太吃飯咬到釘子呢？」夏冰像是在替黃莫如辯解，同時消除自己的疑慮。

「那是大太太自己糊塗的，我原也以為她是自編自演的戲，但後來想到一件事，蛋羹裡的確埋不下釘子，但米飯裡卻可以。」

她翻開第三張牌——審判。

「當日負責盛飯端菜的又是紅珠，她可以選擇讓哪個人咬到釘子。大太太吃蛋羹有個習慣，要攪著米飯一起吃，這才在咬傷的時候誤以為釘子是從蛋羹裡吃出來的，無意之中反而被

疑作賊喊捉賊。」

「你這樣害大太太的起因，是怕她把田雪兒懷孕的事情講出來，因大太太從前是小店鋪老闆的女兒，沒唸過幾年書，大字不識幾個，所以不可能把知道的事情寫出來，只會不小心講漏嘴。所以要她封口，這法子是最有效的，順便還能離間三位太太的感情。」

「呵呵，其實她們原本就不講姐妹情分，連表面功夫都做得極一般，只是這一來，矛盾更深，你坐山觀虎鬥，倒是能加速掃除障礙。可是這個道理？」

聽到這一聲質問，黃莫如總算抬起頭來，雖已槁顏枯爪，兩隻眼睛卻是犀利的：「杜春曉，不要以為單憑妳的胡亂推測就能破了這案子，事情有妳想到的一層，還有妳想不到的另一層呢！」

「那就勞煩大少爺把我想不到的那一層講出來聽聽呢？」

杜春曉藉機追問，對方卻沒入圈套，只冷笑道：「不是說我只要聽妳講，可以不回答問題嗎？」

語畢，他復又折回草鋪，縮成一團睡下，宛若幽靈暫時安歇。

…※…　…※…　…※…

黃莫如被送回黃家的那天，蘇巧梅哭得死去活來，緊緊握著手中一串玉佛珠，邊抹眼淚邊唸《金剛經》，飯也不吃。

的確，寶貝兒子那副受苦受難的模樣，誰看了都心疼。

黃夢清也忍住哽咽，親自拿了兩顆蜜瓜過去，還罵道：「爹也真是，竟把井給封了，否則定能放在井水裡鎮一鎮呢！」

洗過澡，換過衣裳，坐在冰桶旁喝了兩碗蓮子湯，黃莫如才緩過勁來，多少將之前在保警隊經歷的噩夢從體內逼出來一些，只要回到家裡頭，那蟬鳴聽起來竟也不覺煩躁了。蘇巧梅命月痕將她的東西搬到兒子房裡，說要好好照顧幾天，實則只是在外房擺一尊觀音，嘴裡不停的唸「阿彌陀佛」。

臨近傍晚，他突然起身，繞過這無數個「阿彌陀佛」走出去，小月忙追上來問大少爺要去哪裡，他頭也不回，只壓著嗓子道：「囉嗦什麼？」口吻之凶，令小月再不敢多吭半聲。

他沿著生滿綠蘿的院牆走到黃清夢屋前，玉蓮剛擦了席子，端著水走到門口，見是他來了，行過禮便要轉回去告訴大小姐，卻被他止住：「妳做自己的事，我馬上就走的。」

黃夢清見他進來，笑容尤為明豔，那雙細眼都變得嫵媚了，雖是同父異母的兄弟，然而有

些感情仍是無法遏制的，會由顰笑間暴露極微妙的絲絲縷縷。

「還有臉來這裡？被人疑成這樣了，回來也不訴個苦，可叫下人怎麼看得起你？」她嘴是硬的，心卻已柔成一片湖泊。

他不回應，逕自坐下，因領子是敞著的，從脖頸到胳膊肘處因外皮剝落，已呈晶亮的粉色，她疼得坐立不安，當下便捧出那梨花木盒子打開，拿出護脂膏給他。他倒沒有拒絕，接過來放在桌上，只說拿在手裡不方便，等明早玉蓮送過去好了。

她奇怪他的反應，卻講不出口，於是訕訕笑著，問他身體怎樣，那蜜瓜喜不喜歡之類的，看他答得心不在焉，便不再多話，只等他透露真實來意。

孰料這一沉默，時辰竟比兩人預料的都長，她隱約察覺他是想她先開口的，可又不知道他要什麼，所以只好乾等。

一時間，空氣中漲滿透明的疑問，雙方一個猜、一個藏，場面雖冷清，內裡卻是熱鬧的。

「我想跟姐姐借一樣東西。」還是他沉不住氣，像是下了決心要打破神秘。

「什麼？」

「就是小時候我們經常拿來玩的那個東西。」

她登時有些辨不清狀況，甚至有些想念杜春曉的牌，這個古怪的女人肯定能用它做出一番合理解釋。只可惜此時此地，她是茫然的，甚至這個茫然能經由他深棕色的瞳孔裡折射出來。

於是她便不想問，也不敢問了，只默默從木盒子底層挖出他要的東西，握在手心板裡，再將手摁進他掌中，他的手掌薄而寬長，不像是有福的。她模糊的猜想黃慕雲的手掌會是怎樣的境況，她從前都沒有注意過，因本就不信摸骨算命那一套。

可現在，她卻急於想知道自己兄弟的禍福，可恨無從下手，就只得等事態發展，發展到她能看明白的時候。

蘇巧梅已很久沒睡得那麼沉了，整整一個時辰都沒有翻身，腕上的佛珠串在黑暗裡發出幽冷的光。

黃莫如蹲在床邊，仔細觀察她的表情，接著抬起她一隻手，放開，手臂重重落在鋪席上，珠子隔著竹篾與木板碰撞，發出單調的「咚」一聲，她依舊呼吸均勻，暢遊太虛。隨後他移至鋪尾，捉起她的右腳踝，再鬆手，腳趾骨在板上擦過，該是很疼的，卻不曾換來半點反應，她雙目微闔，面部神經都鬆弛得很。

他這才放下心來，走出屋子，因怕被巡夜的下人撞到，連牛皮燈都不帶，只憑月色及對庭院的熟悉程度摸索前進。

這一次，賭的是運氣與勇氣。

這次，他可謂「輕裝上陣」，再不扮成妹妹的模樣，只穿黑色的寬鬆綢衫，為方便行動，還將下襬紮進腰間，似欲將自己融進黑暗裡去。

通道內還是那股令人窒息的腥臭，他知道它的來源，卻竭力不去想，只舉著一個火摺子往前探。雖然酷熱被結結實實的擋在外頭，然而他第一次在這裡探索，都寧願早些逃出去，承受烈陽曝曬。

裡面的牆壁乾燥而陰涼，火光劃過的瞬間能看到大片的褐色汙跡，腳下偶爾會踩到一些細鵝卵石般大小的顆粒，發出「嗑嗑」的尖叫，所以每走一步，都將他體內的神經繃緊一環，足音的空響，與顆粒在腳下爆裂的聲音，讓他恨不得尖叫。

火苗一直往後逼壓，幾度欲舔到手背，他不由得停了下來，因直覺風力漸強，表示快要找到出口。他的手再不敢離開通道頂部和周壁，一寸寸摸索，每塊凸起的磚頭都會讓他猶疑半天，直到完全確認沒有異狀，才繼續前進。

很快，他的腳趾便踢到硬物，火摺子上的苗頭越來越低，快要燒盡，他吹滅它，又拿出一根來，磷硝與空氣摩擦後發出刺鼻的氣味，這氣味幾天都洗不掉，只能拿薔薇粉來掩蓋。他緊張得快要嘔吐，遠比在保警隊裡受缺水的折磨要深，心臟在胸腔裡發出震耳欲聾的脈動。

火摺子灼熱的光照在硬物上，原來是一級臺階，往上還有許多的臺階，一層層往上，彷彿直通天界。

他踏上第一步時，臺階回以沉悶的呻吟，是木板，他拾級而上，已顧不得火摺子舔到指尖的疼痛，也未曾想過自己如何回去，只考慮眼前的光明……

……※……　……※……　……※……

簡爺原名簡政良，之所以被稱為「爺」，兼因年長，資歷豐厚，是青雲鎮最早一批跟黃天鳴做生意的養蠶戶。他從不販濕蠶，均是自行烘乾之後拿出來的，絲質飽滿滑潤，一看便知蠶寶寶必是經過精心養護的。

所以鎮上的人都曉得，簡爺掙的是「良心錢」，他手頭寬裕，誰也不會講半句閒話，哪怕這些錢多半都在風月樓花銷掉了，都是理直氣壯的。

他到老都是單身，偶爾在外頭找個野草閒花也算正常。

所以簡爺每逢月頭月尾，都會去荒唐書鋪背面的殺豬弄轉悠，雖年齡六十有九，他依然頭髮烏黑，眼明心亮，身材健碩，挑一擔水能臉不紅氣不喘的走上十里地。

也因此，作為男人最基本的欲求也沒在他身上斷過檔，他還是會大搖大擺的走近弄裡那些神秘兮兮的小窗，往那木格子上敲兩下，通常會有個老婆子將窗支起，皺著一張臉笑道：「簡爺，今朝有新貨，來試試看哇？」

他對暗娼其實也挑剔得緊，花五塊錢，非要耍出五十塊的效果。

但光顧殺豬弄亦只是權宜之計，心裡惦記的自然還是風月樓這個「銷金窟」，那裡的姑娘就算姿色平平，卻都懂煙視媚行，房術也要高明許多，急緩有致，很會吊人胃口；不像殺豬弄的下等貨，拿了錢就只求速戰速決，稍微拖一點時間便甩臉子。

雖然好色，簡爺卻還是個有計畫、有節制的人，每個月的用度一分一毫都是打算好的，從不亂花，這是註定要孤獨終老的男人必要的準備。

杜春曉曾給簡爺算過命，講他是老而彌堅，有享不盡的後福。他從此便識破這姑娘的假把戲，再不理了。

有些人的過往宛若蓮子，都是積在心裡的苦，天真稚嫩的後輩又怎麼看得出來？無非人云亦云罷了。

所以簡爺不信命，只命自己。

而這份自信，是被一個叫桃枝的妓女打碎的。

原本，簡爺到風月樓快活，老鴇都是又敬又嫌，敬的是他「德高望重」，嫌的是他為人吝嗇。所以酒菜都不敢多備，只收行價，雖覺得腥氣，好歹他從不賒帳，倒也清爽。

某天，簡爺在風月樓的相好珍珠突然有一天和客人打起來，拿碎酒盅子刺了人家的臉，被老鴇關在柴房裡反省，所以他只得換人。

老鴇叫了幾個姑娘過來，他看了一圈都不滿意，只說還要再挑。老鴇有些不樂意，當下冒出幾句刁話來，意思是這點錢就只能選這些貨色，難不成還要黃花閨女或者紅牌呀？

這下觸了簡爺的心筋，他當即拿出一疊鈔票往桌上一摔，吼道：「把你們最紅的姑娘叫來！」

說到底，他還是個不知行情的主，連過夜費都說不出準數，這把錢摔出去自然要遭恥笑，所幸老鴇還算口下留情，便命人去把桃枝叫出來。

誰知桃枝早被黃慕雲寵壞了，哪裡肯去，老鴇少不得私下勸她，說不過是個老人，那玩意兒還不知有沒有用場，不過順著他的意假做一番就糊弄過去了。桃枝這才勉強同意，口脂都不補一層便下來招呼了。

簡爺冷冷朝桃枝看了一眼，便對老鴇發難：「就這種貨色也敢給我？」

桃枝厚著臉皮坐下，只是笑，怕稍露一點兒不滿又得挨頓打。

老鴇這才尖聲道：「簡爺，也不過才看了人家一層外皮兒，又沒驗過裡頭，怎就知道是什麼貨色？」

他皺著眉頭又打量桃枝一番，還是半信半疑。

老鴇忙將嘴貼到他耳根上，悄悄道：「知道這是誰嗎？黃家二少爺的心頭肉！抽這會兒空子留給您的一口好菜，您還擺譜不吃？」

「黃家」二字灌進耳朵裡，他頓時百感交集，精神也來了，身子不由得顫了一下，眼睛都發出綠光。

老鴇只當他是中意了，便讓桃枝扶他入房。

簡政良坐在桃枝床上，讓她一件件脫得精光，邊看邊不住冷笑：「哼！哈哈！沒想到我一把年紀，還能玩黃天鳴兒子的女人！」

桃枝將身體打開，接納他衝撞的辰光，方知上了老鴇的當，壓在上頭的男子雖然面頰上生了老人斑，還散出一股典型的老人臭，做那種事卻勇猛如壯年，竟比黃慕雲還弄得舒服一些。

雖說「婊子無情」，卻多少還是有點念及快感，所以桃枝當晚便主動邀簡爺留宿，沒加一個子，倒是簡爺覺得過意不去，翌日晌午還是多塞她三十塊。這一來二去，桃枝便多了一個老主顧。

幹這行的，腳踏幾隻船非但沒有羞恥，還值得拿出來炫耀。於是很快，風月樓幾個姐妹都笑她「老少通吃」，靈動得很。

自白子楓死了之後，黃慕雲找桃枝的次數便多了起來，如今又來一位簡爺，在她房間出入頻繁的境況下，她亦是竭盡全力周旋，哪裡都不得罪。只那老的似乎有些狡猾，有時像是刻意挑黃二少來的辰光點她，老鴇應付話說得少了些便不痛快，還拍桌摔凳的。

某一回，他臉膛黑紅的走進來，顯然有些喝高，沒坐穩便扯著嗓子叫「心肝」，老鴇只得表情尷尬的將他扯到裡面一個喝花酒的私間，叫他坐一下。他自然知道是怎麼回事，偏要賭氣，牙關一挫，偏大步流星走回外邊大堂等著，也不要姑娘陪酒，便自斟自飲起來。

大約一個鐘頭以後，桃枝滿面潮紅的將黃慕雲送下樓，走到一半便被兩三步竄上樓梯的簡爺拉住，徑直便往樓上拖去。

黃慕雲一時反應不過來，便怔了一下，倒沒說什麼，欲繼續往下走。

簡爺卻得便宜賣乖，回頭笑道：「二少爺玩夠了？下次麻煩再快一些，下邊還有人等。你可莫要欺老！」話畢，還當他面在桃枝屁股上掐了一把。

孰料對方也不氣惱，雙眼冷冷盯住他，話卻是對老鴇說的：「李媽媽，這可不對了，桃枝有了新相好也不說一聲。妳知道我平日最忌諱玩這些不乾淨的，得，下次有了鮮貨，記得報個

信兒，我頭一個來挑，價錢不計。」

一番話說得桃枝臉上白一陣、紅一陣的，她斷想不到黃慕雲會就此將她拋棄，心中自然懊惱，可又不敢表現出來，怕再有閃失，連老頭子都保不住了，只得咬牙切齒的緘默。

然而最不服氣的卻是簡爺，只見他高聲大氣的對老鴇吩咐道：「李媽媽可聽清楚了？下次有鮮貨，派人給我報個信兒，價錢不計！」

空氣瞬間冰結，眾姑娘與嫖客都安靜下來，圍觀好戲，看黃家二少爺和簡爺到最後哪個占先兒。

這是氣勢的問題，說得再透一點兒，就是錢的問題。所以梁子結到後頭，吃虧的必定是簡爺，為了與黃慕雲爭風頭，那些苦苦恪守四十年的計畫與節制瞬間化作煙雲，居然也學著紈褲子弟玩起一擲千金的把戲。

黃慕雲到風月樓自然來得更勤了，只是一次都不叫桃枝。他不要，簡爺肯定也不要，雙方都把紅牌給晾起來，專挑乾淨的下手，十五歲雛妓的開苞費抬到一千元了，還僵持不下。最後簡爺滿頭大汗的叫出了「一千二」的價錢，然後繃緊神經看黃慕雲的反應，孰料對方竟悠悠然吃了一口茶，笑道：「那今晚我就叫桃枝了。」

於是當天，簡爺生平頭一次賒了帳，眾人都看明白了，知是黃慕雲變著法兒耍他，卻不敢點破，忍著笑給那小姑娘做開苞的準備。黃慕雲卻理直氣壯的摟著桃枝進房去了，順便還替樓下的嫖客付了一輪酒資，反而換來眾人一片叫好。

不久，簡爺欠債的事風傳整個青雲鎮，老鴇叫人去收了幾次都沒收回來，便親自登門來討，他氣哼哼坐在門檻上，扒著手裡的半碗鹹肉豌豆飯，半眼都不看那討債的。老鴇一急，便翻了臉，揚言若三天之內不還，就別指望平安過這個年了。

簡爺冷笑道：「反正我一把年紀，也早活得不耐煩了，你們要怎樣就怎樣，難不成還怕你們？」

老鴇也不甘示弱，回道：「簡爺言重，倒不敢要你的命，只是我開這窯子，手裡姑娘是經過不少，想逃的也不是沒有，個個都要弄死，豈不虧煞老本？我自然是有那教人生不如死的法子！」

那最後一句，勾起了簡爺要逃命的欲望，往後的三天果然是不見蹤影，家裡但凡值錢的早就搬走，不知去了哪裡，氣得那老鴇回去掐了桃枝好幾下出氣，嘴裡罵：「小賤人！性子浪，花樣兒還多！跟這老頭子睡了那幾天，也沒探出他底細來，害我白白虧了個黃花閨女，妳可賠得起我？」

稀奇的是到了第五天，簡政良又抬頭挺胸走進風月樓，一千兩百元票子甩得嘩嘩響，老鴇忙接過去，嬌聲抱怨他怎麼失蹤那麼多日，怪招人想的。

「李媽媽，今後不用再想了，我天天來。」簡爺又回復那一副「爺」的派頭。

「喲！你可是哪裡發了財了？」

「何止發財？我是找到棵搖錢樹啊！」他興奮的語氣裡隱約雜帶著一縷悲涼，接著喃喃道：「其實早該去找他的……」

簡爺突然發達的事又成青雲鎮奇談，大抵此時，唯黃家某個大人物才知道真相。他把那兩千元的票子交到簡爺手裡時，心裡恨不得殺人。

……※……　……※……　……※……

因分不出白天黑夜，黃莫如已不知躺了幾天，只覺渾身骨頭都是斷的，動一根手指都要用盡全力，且還痛到椎心。尤其後腦勺，一直處於麻木狀態，微微抬動下巴，便能清醒的認知到頭髮從木地板上拉扯起來的刺痛，他曉得那是血水在髮梢凝固，將頭皮黏在地上的緣故，竟稍稍有些放心，至少血是自動止了。

一開始，他總是想爬起來，剛坐直，便天旋地轉，復又倒下，額頭一次次與木階梯相撞，遂又昏死過去。因此他不敢再試，只保持一動不動的姿勢，整張背都壓在階梯上，因辰光太久，梯沿已深嵌進皮肉裡，所以每每想要翻身，都要傷筋錯骨，力道用得不對，後腦好不容易被血凝合住的傷口還會崩裂，再讓他失一次元氣。

他是想過死的，百般掙扎之後，終於耗盡了性命，在伸手不見五指的地方慢慢腐爛，直到立秋那天祭祖，要清掃整個宅子的時候才會被發現，那時他已變成乾屍，眼球被老鼠啃了個乾淨……

老鼠……

他突然想到自己竟沒聽見過半聲「吱吱」的鼠叫，這說明什麼？難不成他落難的地方已荒蕪到連這小東西都養不活了？

絕望此時才緩緩擒上來，他像初生嬰兒一般，試圖把自己蜷縮起來，再找一根營養管含進嘴裡，吮吸生命賴以延續的汁液，無奈什麼都沒有，除了後腦殼上凝結了又脫落、再凝結起來的血痂。

他只好費力的抬起手，撫了一下後腦，背上的筋即刻繃緊，幸虧手已經摸到乾硬的血塊，他把血塊放進嘴裡，閉上眼，口腔旋即充滿鐵鏽的味道，但還是要強逼自己不吐，奢望能再熬一熬。

又不知睡了多久，他以為自己已恢復一些力氣，便顫巍巍的往臺階下方移動，眼睛適應黑暗之後，勉強能看到一些東西的輪廓，譬如階梯底下約十尺遠的地方，有個門，上邊吐環的銅獅頭正對他怒視。

他奮力將自己摔離那階梯，身上每塊肉都已不是自己的了，它們落在地上，灰塵很快撲來，捂住他的口鼻。他咳了兩聲，胸腹劇痛無比，想是肋骨斷了，至於斷了幾根已無從猜測，此時要緊的是能讓手摸上那兩個銅環，那是他唯一的救命稻草。

在塵埃裡匍匐前進，最麻煩的地方是皮膚上都是棉絮狀的髒物，即便是軟的，那些細小的顆粒還是會鑽進毛孔，讓人渾身不自在。

他並不畏髒，事實上，記憶裡他一直是個抗得住髒的人。

呼吸已變得艱難，灰塵在鼻孔裡舞蹈，將原本便閉塞的空間堵得更狹窄，他生怕自己爬的方向錯了，舌頭已緊張到麻痺，可唯有十根手指摳住地板裂縫的觸感是真實的，藉著那微弱的真實，他不斷往前移動，直至摸到那堵厚厚的門。他欣喜若狂，將整個身體趴在門上，右臂伸長，摸到一個浮凸光滑的硬物，遂從指縫間發出「匡噹」一聲。

「救……救命！」

他撕扯著嗓子，卻只聽見一個出奇喑啞的悶聲在自己耳中迴響，根本傳不到外頭去。他當下心冷了，對自己破音的喉嚨沮喪不已。於是只得拍門，也不知力道輕重，只知門在不停抖震，但很微弱。

銅環及閘壁不斷碰撞，他的肩膀亦一次次靠在門上，這已是最積極的突破姿勢，斷不可能做得再多。

「救命——」

他有些急了，後腦殼的傷疤再次崩裂，一股溫熱的液體已滲過頭皮，流到後頸，再直達背心……宛若生命也隨之殞滅。他只得拚命撞門、拍門，將自己託付給門外那些渺茫的過路客。

突然間，他全身撲了出去，抬頭時，一大片白花花的光線刺穿了眼球，他發出一聲慘叫，俯在地上，如此嚮往光明，待它真的來了，他卻幾乎要被它弄瞎，只得這麼樣迴避著。

「莫如！莫如！你怎麼了？」

一個女人的聲音在他頭頂飄蕩，他不敢再抬起臉來，烈陽燒灼著他流血的腦殼和滿是汙塵的背脊。

「趕緊叫人把他抬回去，他頭上有傷。」另一個粗聲大氣的女聲響起。

他慢慢睜開眼，用雙手護著，轉過頭來，透過指縫看到兩張錯愕的面孔，都是女人，一個梳著油光光的短捲髮，妝化得很端正，只是並不漂亮；另一個只胡亂紮了兩根粗辮，垂在胸

前，土藍色的旗袍上發出濃濃的菸味。

「莫如！你這是怎麼了？」短捲髮的年輕女子雙眼含淚，想將他的頭顱支起，又怕觸到傷口，只得在一旁束手無策。

那綁長辮的倒也鎮定，將一隻手放在他頸下，用手絹包住受傷的後腦殼，還順便翻了他的衣袋，從裡面拿出一根火摺子。

「妳們是誰？」

黃莫如怔怔的望著那兩個女人。

短捲髮的登時睜大眼睛，泣道：「我是你姐姐，夢清啊！你不記得了？」

他對這個答案回以困惑的表情。

綁辮子的女人卻皺眉道：「可能是在裡面摔糊塗，一時腦子空了，先送回去再說。」

他這才有些惶然，開始努力回憶一些逃生之外的東西。譬如他是誰？現今在何處？眼前這兩位姑娘與他又是什麼關係？

頭顱瞬間像炸裂一般痛楚，他忍不住捂住雙耳尖叫，可聲音卻如鋸子挫過樹幹一般沉悶，嘴裡的鐵鏽味甚至還在不斷提醒他剛剛經歷過的地獄之旅。

黃家大少爺竟在由外鎖住的藏書樓裡找到，可謂「奇蹟」，郎中診斷講他是從高處墜落，不小心磕了後腦，傷得有些重了，這才摔得失憶。

杜春曉冷眼旁觀，也不說話，只將手中一張男祭司牌放在臉上蹭來蹭去。蘇巧梅哭得眼睛跟核桃一般，想不通自己都供奉佛祖了，佛祖為何反而不保佑自己的兒子，讓他三番兩次的遭橫禍？

「杜小姐，聽說妳的牌準，可否給莫如算一算？」

這是唸完經以後，二太太說的頭一句話。

「二太太的意思是，我在妳家白吃白住這幾天，卻沒將害大太太吃釘子的元凶找出來，所以這次得還妳兒子一個公道？」杜春曉竟不依不撓，口氣衝得像吃了幾斤火藥。

蘇巧梅沒料到會碰上這樣的硬釘子，當下張口結舌，講不出半個字來。

黃夢清忙上來勸道：「折騰了一天，大家都累了，還是回去歇著，這裡有小月和紅珠輪流陪夜，都散去吧。」

大家這才陸續散了，唯蘇巧梅還抓著兒子的手不肯放，黃夢清便將隨行來的月痕拉到一旁，講等一下讓廚房送些點心過來給幾個下人墊飢，可一定要把人看好，有什麼要幫忙的只管過來開口。她交代完之後，才與杜春曉回屋去了。

杜春曉似乎還在氣頭上，玉蓮服侍二人擦洗之後，她便將牌往睡席上一摔，嗔道：「這麼大的事，為什麼不告訴我！」

黃夢清假裝吃驚，強笑道：「什麼事我沒告訴妳了？要衝我發那麼大脾氣？」

「妳還瞞！」杜春曉到底憋不住，竟走到背對著她摘耳墜子的黃夢清跟前，狠掐了一把對方的肩膀，並將手裡的一件東西拍在梳妝臺上，質問道：「這是什麼？」

是從黃莫如袋裡翻出的火摺子。

黃夢清怔了一下，這才長嘆一聲，說道：「難道弟弟出了事，我這個做姐姐的不會擔心？妳又憑什麼氣我？」

「這種火摺子，鎮上是沒有的，縱有也都是黃紙做起來的。不像這個，用了磷硝，完全就是我跟妳在英倫唸書的時候，專門去叢林裡玩探險遊戲時備的東西，妳當時間久了我就認不出來？他跟妳要這樣的東西，必定是用在冒險的地方，妳倒好，竟就這麼讓他去了！」她渾身冒著火氣，卻還是盡量壓低聲線。

「妳以為我真想讓他去嗎？妳以為我不想問嗎？」

黃夢清抬起頭來，兩隻眼圈都是紅的，「他的脾氣妳不清楚，我可是知道得很，越是逼他，他越不會講，但做什麼事都自有他的道理在。妳若這次因他不講原因，便不肯幫，下一次他就要走更極端的路子，到時我後悔那才叫來不及！」說畢，已止不住的哽咽。

「那他落得現在的下場就是來得及了？算妳救他一命了？」杜春曉怒氣漸消，口吻也溫柔起來，想再多辯兩句，見黃夢清已哭成淚人，到底還是不忍，便反過來哄她。

那一夜，杜春曉竟失眠了，千言萬語想吐個痛快，卻又硬生生堵回心裡去。同時，她亦悄悄做了個決定，那便是還要想辦法在黃家待更長的時間。

……※……　……※……　……※……

夏冰用鉛筆在小本子上寫了幾行字：黃莫如在藏書樓內墜樓受傷——火摺子——藏書樓的門由外鎖住——失憶。

諸多不明之處，幾乎要將他的腦袋撐爆，他只得抬頭做了個深呼吸，將身體嵌進書鋪櫃檯後面的那張籐椅裡去。杜春曉不在，他的思路似乎也不通了，但很明顯，黃家大少爺的這次「意外」太過蹊蹺，既然發現他的時候，門是由外反鎖的，他又是怎麼進到樓裡來的？還有，後腦的傷口形狀根本不像是在木樓梯上磕的，分明就是受硬物擊打所致。

如此說來，黃莫如必定是透過什麼方式潛入樓中，隨後受到襲擊，從樓上滾落，醒來之後

摸到了門，拚命敲打，想引起別人注意。他在黃家無故失蹤了兩天，眾人都是掘地三尺的找，所幸黃夢清與杜春曉運氣甚好，剛巧在藏書樓邊轉悠，聽見微弱的拍門聲，這才將他救出。

可是……他總覺得哪個地方有些彆扭，講不出來，直覺卻是在的。

他深信杜春曉與他一樣，有神秘的東西潛伏於體內，令二人變得敏感、尖銳，聰慧卻又有些不可理喻。

下午悶熱，人易疲睡，他手中捏著本《李自成傳》，卻怎麼都看不下去，不消一刻的工夫，那書便從手中滑落。

可能是書的原因，夢裡都在血戰沙場，他披著大盔甲，騎汗血寶馬，耳邊殺聲震天，只覺底下的兵如螻蟻一般渺小，卻怎麼都撚不死。才戰了一會兒，卻聞戰鼓聲換成了女人的叫罵聲，他有些不信，定下神來細聽，這一聽便醒過來了，叫罵聲仍沒有停，原是後頭殺豬弄傳過來的。

他打了個哈欠，對暗娼與嫖客為那幾塊錢吵吵鬧鬧也見怪不怪，便埋頭又要睡去。孰料弄堂裡又拔起一聲尖叫：「殺人啦！」

他猶豫了一下，當下還是走出書鋪，拜託旁邊賣香燭的替他看著會兒鋪子，自己便拐去殺豬弄看熱鬧了。

夏冰轉了一個彎，遠遠的便看見頂著一頭亂髮，身穿水紅短衫的齊秋寶整個人趴在地上，死死將簡政良的左腳抱在懷裡。旁邊接生意的老婆子已是束手無策，站在旁邊瞧著，也不知該勸誰。

見夏冰來了，老婆子忙上前求助：「哎呀，小哥兒呀，快勸一勸，要出事情了呀！」

「出什麼事了？」夏冰硬著頭皮上來調解，朝簡爺眼睛一瞪，喝道：「兩個人拉拉扯扯做什麼？很光明正大啊？」

簡爺藉機一腳把齊秋寶蹬開，整了整簇新的長衫，手裡那把摺扇搖得呼呼響。見來人是從小看到大的夏冰，他即刻抖起來了，回道：「什麼事，你問這婊子！哪有強拉客的道理？」

「呸！」齊秋寶忽地爬起來，手指頭點到簡爺的鼻頭上，「簡爺你自己說說，到我這裡來光顧了幾年？我秋寶可是個強買強賣、摳客人小錢兒的主？分明是他如今有了新歡，把這裡幾個舊相好都丟脖子後頭去了。丟就丟了，也沒什麼，還巴巴兒過來逛，我自然以為是要服侍的，結果不過是來戲弄我幾句，叫我別做了，還把先前不知哪裡弄來的髒病賴在我頭上。我是要做生意的呀，哪禁得起熟客這麼誹謗？今兒你不把話講清楚，就休想走了！」

夏冰倒是不討厭齊秋寶，她今年四十三歲，年輕時是有名的「繡坊西施」，風姿曼妙得很。其丈夫亦是富足的蠶農，卻不料某一日突然失了蹤，她傷心過度，導致小產。從此她變得

自暴自棄起來，繡坊也不開了，倒是搬到殺豬弄做起皮肉買賣，不出幾年，人便老了二、三十歲，額上阡陌縱橫，眼角眉梢盡是蒼涼。

雖是幹這下九流營生，她卻是個脾氣坦率的人，去菜市場買東西都理直氣壯的跟販子討價還價，有一回張屠夫嬉皮笑臉道：「叫我給妳便宜些，那妳怎麼沒給我算便宜過呀？」說完便挨了她火辣辣的一掌。

所以，齊秋寶的潑辣強悍是出了名的，偏偏男人骨子裡都有些賤，就愛夜半無人時揣著銀洋錢摸來弄堂裡孝敬這「胭脂虎」。所以這樣的女人被簡爺調戲說有髒病，一口氣哪裡忍得下，自然要衝上來跟他拚命。

簡爺如今財大氣粗，心想我隨便取笑一下婊子又如何，於是更不服氣，只回罵說她淫病發作，身上早就生滿梅瘡，不信就脫光了讓大夥兒驗證一下。

因動靜太大，此時弄堂裡已擠滿了人，連王二狗都丟下燒餅攤來這裡湊熱鬧。

「好了好了！這事兒沒什麼好吵的，一個大男人，跟女人計較什麼？還是回去喝口老酒，等夜了去茶樓聽戲。」夏冰同情的雖是齊秋寶，話卻是哄著簡爺說的。

圍觀的卻不肯了，不知哪個好事的丟過來一句話：「有病沒病，真脫下來看看啊，不然今後可怎麼讓人放心呢？」

說畢，人群裡發出一陣哄笑，紛紛迎合叫「脫」。

齊秋寶冷笑一聲，劈腿扠腰對著那些人，道：「好！今天老娘讓你們開開眼，若我身上沒病，姓簡的你就跪下來給我磕三個響頭！」

夏冰欲上前阻止已來不及，她嗖嗖將身上的短衫領釦一解，直接從頭將它扯出來，同時還騰出一隻手來扯下肚兜，速度之快，嘆為觀止。眾人一時反應不過來，吵鬧聲瞬間停歇，都望住眼前一絲不掛的人，連原本想要嘴皮子的都忘記開口。

她便這麼樣在太陽底下轉了三個圈，因長期在屋內的關係，皮膚蒼黃如紙，肚皮上的皺紋也怵目驚心，這些瑕疵平常在燈光昏暗的房子裡是看不到的。簡爺這才開始驚訝於齊秋寶的老，暗暗感慨當年的「繡坊西施」如今已成了不折不扣的半老徐娘，然而她竟一點也不羞於被歲月折磨，仍是傲慢的，要自尊的。

「如何？看清楚了沒？還不給我磕頭？」齊秋寶彎腰拾起衣衫，並不急著穿，只搭在右肩上，拿眼斜睨簡爺。

「磕頭！快磕頭！」

人群裡又爆出一記吆喝，大家像是登時回過神來，紛紛倒戈，要簡爺磕頭。

簡爺紅著脖子罵道：「起什麼鬨呀！我說了要磕頭了嗎？是這娘兒們自己講出來的，我可

沒答應！」

一句話引得無數噓聲。夏冰還要再打圓場，卻怎麼都張不開口。

齊秋寶聽到這耍賴的話，眉毛一豎，衝上來便要抓簡爺的衣領子，他反應夠快，一把將她推倒在地，她也不示弱，沒再抱住對方的腿腳哭鬧，反而坐在地上大笑：「虧得鎮上的人叫了你十幾年的爺，不過就是個欺負女人的軟蛋，比長舌婦還不如！」

簡爺當下無話，只鐵青著臉轉身走了，出弄堂的間中，背後仍迴響一片喝倒彩的掌聲。此後幾天，簡政良走在街上，但凡迎頭碰上他叫「簡爺」的，口氣都微妙得很，彷彿含了千萬個諷刺在裡頭，讓他如芒在背。

「逼爛的賤貨，早晚收拾她！」這是他給自己發的毒誓。

簡爺一離開，好戲便也散了場，齊秋寶拍落膝上的灰土後，突然往夏冰身上一靠，壓聲道：「晚上老地方等。」

夏冰轉頭看了眼瞬間變得空蕩蕩的弄堂，沒有作聲。

殺豬弄就是這樣，平日似乎人煙稀少，像塊荒土，然這裡的暗妓衣食還是有著落的，可見光顧這裡的嫖客均是不可見天日的幽靈。上風月樓的才算得光明正大，簡爺就是這麼樣「死而復生」，擺脫了「幽靈」的嫌疑。

齊秋寶所謂的「老地方」，實則是鎮河西口原先她開過的繡坊旁邊那條巷子，如今繡坊已被一個寡婦頂下開了間胭脂鋪，並帶出售各色梳子，極受女子青睞。她剛到鋪子門口，身後便有人叫住她，回頭一看，竟是桃枝。

雖說同是粉頭，卻多少還有些差異，桃枝看起來要比秋寶略「尊貴」一些，客氣也都是口頭上的，實則不過聽說白天她脫光身子鬧過一齣，於是想從事主那裡再套些談資。只可惜齊秋寶顯然有些心不在焉，聊了沒幾句便說有事要走，桃枝哪裡肯放，笑道：「妳這是急著去會哪個情郎呀？可別是簡爺吧。」

齊秋寶立刻往地上啐了一口，道：「妳哪隻狗眼看到我去會情郎啦？別以為妳是風月樓的就了不起，還不是跟我伺候一樣的男人！」說畢，也不管桃枝臉上掛不掛得住，轉身便要拐進巷子裡去。

桃枝也不動氣，只望住那急匆匆的背影，笑道：「若是去會情郎，另選個時辰也介紹給我，可別吃獨食！」

齊秋寶聽見，轉過頭冷笑道：「稀奇了，誰規定殺豬弄的婊子就不能吃『獨食』了？老娘偏要吃！」

那是桃枝最後一次看見齊秋寶，之後她便憑空不見了，殺豬弄的小窗格子上只繫了一塊她攬客用的綢帕，繡著彩蝶戲牡丹的圖案，手工細巧，色澤豔麗，栩栩如生。

老婆子急得滿頭汗，說秋寶不可能突然離開鎮子，找了兩天未果，只得去求夏冰幫忙。夏冰心裡隱約知道這件事該先疑到誰頭上去，便滿口答應下來。

因青雲鎮的娼妓也不分在哪裡做的，有個三長兩短，保警隊都不會過問，只當是活該，這已成了暗規；誰若要幫著去查，是要挨板子的，所以夏冰對老婆子千叮嚀萬囑咐，莫要讓隊裡的人知道，甚至秋寶不見了的事也不可四處張揚，否則誰都不討好。老婆子自然是懂的，當下塞給他兩包菸、十塊錢，便匆匆離開了。

要找簡政良，只投準三處地方即可：鎮西頭的茶館，風月樓，他自己家。

夏冰大致估摸了一下時辰，這個時候簡政良應該在窯子裡樂著，於是去了那裡，可遠遠看見風月樓的招牌便停下了。他一個後生，進這樣的地方，即便是來找人的，也在眾人眼皮子底下，難聽不說，事情也不一定辦得成。因此牙一咬，他去找了杜春曉，女人進去總惹不出閒話來吧。

誰知杜春曉聽完後，當場給他後腦拍了一掌，罵道：「你還真是缺心眼兒！這種時候，簡爺怎麼還會去風月樓？前不久剛被一個婊子弄得下不來臺，如今還去會婊子，可不是觸自己痛處嗎？茶館那種人多嘴雜的地方他也斷不會去，討人取笑不成？這幾天若還是個正常人，保准在家裡待著清靜幾天，待風頭過了再出門的。虧你還是個警察，腦子沒一天靈光的！」

夏冰這才像「開了天眼」，拉著杜春曉便往簡爺家裡趕，敲了半日的門，裡面也沒個動靜，只得問他的鄰居。鄰居講也是幾日沒見到人了，跟從前躲妓院的債一樣，所以見怪不怪了，都覺得他不定哪天就突然又冒出來，所以無人在意。

杜春曉卻還是覺得不對勁，慫恿夏冰硬闖，他到底還是不敢，只站在門前發愣。她狠狠瞪他一眼，拿出一張牌來，插進門縫裡，撥弄半日，只聽「卡噠」一聲，門槓落地。

「你進去，我在外頭放風。」

杜春曉下了命令，夏冰只得乖乖照辦。

可不消一刻鐘，夏冰便出來了，面色煞白，神情緊張。

「怎麼樣？」杜春曉不知什麼時候在路邊買了枝蓮蓬，正剝裡面的蓮子來吃，腳邊落了一地白白綠綠的殼。

「人在，不過死了。」

簡政良的腦袋埋在半顆西瓜裡，頭頂圍了一圈蒼蠅，已臭得讓人屏息。

杜春曉卻還在挖蓮子，嘴巴不停嚼動，像是對屍體已經習慣的樣子。夏冰一臉稀奇的看著她，問道：「妳居然還能吃得下東西？」

她對他翻了個親切的白眼，遂四處轉悠起來，像在找什麼特別的東西。

簡政良的家宅不大，只有一個外間並一個裡間睡屋，左邊耳房專用來開灶燒飯，簡政良便坐在外間的飯桌上，一張臉埋在西瓜裡，後腦勺插了一柄利斧。

屋子裡收拾得相當齊整，打開衣櫃，裡頭掛著幾件乾淨的長衫、冬天穿的長大衣和棉襖，抽屜裡擺著十幾雙雪白襪子，還有一些短褲汗衣。旁邊一張大床上，蓋著油光光的竹篾席子，摸上去滑膩膩的，那衣櫥上長綠鏽的銅環片亦一樣碰不得。

待杜春曉出來，夏冰已粗粗檢查過屍體，正色道：「妳可記得黃家一個叫吟香的丫頭，偷了三太太的東西逃去縣城，後來被發現死在鎮西河灘邊上，也是頭頂挨了一斧死的。」

「沒錯。」杜春曉點頭道，「手法差不多，只一點不同。」

「哪一點？」

「那凶手必定是與吟香很親近的人，所以她才會深夜在那裡等那個人，並且對其也不防備，才被正面劈中。但凶手對簡政良來說可能本來就不認識，或者其不受簡爺歡迎，所以才帶著斧子從背後襲擊他。」

她手中的蓮蓬已變癟變輕，蓮子吃得精光，肚子卻一點都不覺得飽。有些更奇特的東西吸引住她，只是一時半會兒，還不能讓夏冰知道。

簡爺的死，在保警隊的李常登他們看來，與壽終正寢無異，無論男女，「老孤身」對青雲鎮的人來講，都像是多餘的，反正也不具備傳宗接代的條件，換言之就是個「廢物」。尤其像簡爺那樣的，終日吃喝樂玩，過得有些太過逍遙，且誰都好奇他的錢從哪兒來，但都不去問。

所以李常登到簡政良家中進行第二輪搜索的時候，講白了便是找錢。

他和喬副隊長敲遍了每一塊地磚，摸索了每一塊家具的木板，最後在後院的牆根下邊踩到一個銀洋，順勢挖下去，竟掘出兩個黃瓷罐，一罐裡裝了滿滿的銀洋，另一罐卻是用橡皮筋綁著一紮紮的鈔票，共有一百紮，也就是一萬元整。

這筆鉅款讓保警隊隊長瞠目結舌，都說就算養幾輩子的蠶也斷不可能掙出那麼多來。

更蹊蹺的是，齊秋寶此時卻出現了，就漂浮在鎮河上，與浮萍和菱草纏在一起，穩穩的托著她隨波逐流，依舊像那日要證明自己的乾淨一樣，是赤身裸體的，腿踝上圈著一根粗紅線。幾個蹲在河邊臺階上洗衣裳的婆娘遠遠看到一隻白色水鳥停在綠萍上，還當好玩，撿石頭打了幾下，水鳥驚飛之後，屍首緩緩漂近，肚皮已被啄開，翻出粉色的肉。

青雲鎮即刻沸騰起來，李常登此時卻正忙於和喬副隊長瓜分簡政良的私房錢，連驗屍都有

些懶，但還是罵罵咧咧的去了。草草看過之後，從脖頸上一圈黑紫的印跡，喬副隊長斷定齊秋寶是被勒斃。

夏冰則在一旁自言自語道：「那不是和黃家那幾個丫鬟的死法一樣……」

李常登聽見這話，兩眼一瞪，惡聲惡氣道：「哪裡一樣？她的肚子又沒被切掉！」

……※……　……※……　……※……

桂姐將藥吹涼之後，端到黃慕雲手邊，他淡淡一笑，拿起來喝了，因從小灌到大的苦水，已經習慣，連眉頭都不皺一皺。所以他不愛與家人一道吃飯，嫌飯菜味同嚼蠟，往後十年間，均是桂姐偷偷囑咐廚子特意做了重口味的東西來滿足他，只是越這麼樣的吃法，越是傷身。她本是想勸的，可一想到真正能讓他聽勸的那位白子楓都已死了，三太太又得了失心瘋，如今他還能聽信誰呢？她自認沒這個資格來管束，只能由著他去。

剛想到這一層，二小姐房裡的素芸走進來，手裡提著一個黑底漆金的食籃。

桂姐端起空了的藥碗，跑出來迎她，笑道：「怎麼這會子想到要過來了？」

素芸將食籃遞給桂姐，脆生生答道：「這個是二小姐從大少爺房裡拿來的，因這幾日來探望大少爺的人太多，送來的東西都快放不下了，只能勻一些出來給其他房的少爺小姐。如今二少爺遇上這些個事，日子過得艱難，房裡也只桂姐一個人派得上用場，哪裡抽得出空過來拿東西？別看二小姐平素粗枝大葉的，這會子倒也想得周全，讓我到那大少爺房裡挑一樣好的送過來。」

桂姐聽罷，心中無比的感激，要素芸進來坐一會兒聊聊天，對方推說天色晚了，便急急的走進裡屋，向黃慕雲請了安，說明來意。他當下便命桂姐塞了一塊錢給她，她也不推託，拿了錢便告辭了。

素芸一回屋，便見廊簷下站著一個人，走近了才發現是黃菲菲，急吼吼的樣子。見素芸回來了，黃菲菲便一把拉住她，拖進裡屋，遂啞著嗓子問道：「可看清楚了？」

「看清楚了。」素芸點頭。

「有沒有？」

素芸輕輕的搖了搖頭，彷彿將黃菲菲的希望都搖空了。她只得呆呆的坐回椅子上，喃喃道：「難道我猜錯了？」

黃菲菲與黃夢清的關係有些高深莫測，她們平素不大往來，甚至往往是其中一個人出現的

場合，另一個就盡量不出現，除非一家人用餐，抑或參加祭祖一類的活動，否則兩人是絕不碰面的。

下人們起初有些詫異，辰光一長便也見怪不怪了，她們的地位身分確實有些差別，只是無人願意點破，都假裝不知道。

因此黃夢清主動來找黃菲菲，確實把素芸嚇得不輕，以為自己看錯，於是「大小姐」三個字也叫得很響，像是在跟自己確認。

大小姐來得突然，二小姐卻一點都不意外，反而過來挽住她的手，姐妹倆親親熱熱的進到裡屋，還讓素芸切了些西瓜進來吃。

黃夢清果然好久沒來妹妹這裡，跨進她的睡房便四下打量一番，牆上沒半幅字畫，倒是掛了兩桿雕花包銀手柄的西洋獵槍，法蘭西鐵架床上紗圍幔繞的，看著便覺得熱。更衣用的陶瓷屏風上畫著偌大的荷花圖，上頭搭著件日式和服，櫻花如血噴濺。

她忍不住笑道：「妳這裡確是見不得人，不倫不類的。」

「走出去見得人就好了，至於裡頭怎麼樣，都是看不到的。」

黃菲菲大剌剌的往地上一坐，黃清夢這才看到原來竹席是鋪在地上了，方想到原來妹妹早已不睡床，酷暑天氣都在地上納涼過夜的。她即刻也有些興起，便一屁股坐到地上，兩人相視而笑。

「聽說妳今天去看妳哥哥了？」黃清夢開門見山的問。

黃菲菲點頭，補充道：「還讓素芸去慕雲那裡走了一遭。」

「難得見妳走動得那麼勤快，必是有什麼緣故吧。」她團扇輕搖，竭力裝作問得很不經意。

孰料黃菲菲將頭一歪，回道：「看哥哥在藏書樓裡摔成那樣，自然是想知道個究竟。又聽大夫說哥哥什麼都記不得了，生怕他連我這個妹妹也不認得，就去看他。還問他怎麼會去藏書樓裡，妳猜他怎麼回的？」

黃夢清不搭腔，只以眼神示意她往下說。

「他說他知道我是妹妹，還說去藏書樓的原因也記得。」

「什麼原因？」

「他說……」她頓了一下，繼續道：「是有人叫他幫忙去樓裡找本古書，他才去的。」

「是誰叫他去的？」

「說是慕雲。」

「所以妳才讓素芸去看慕雲了？」

「不止做了那些。」黃菲菲咧嘴一笑，露出一排森然的白齒。

黃夢清的心不由得抽緊，她早就曉得這個妹妹有些隱秘的「長處」，是黃家多數人都不知道的。

她十歲那年，黃菲菲八歲，兩個人一道在井邊玩耍，後頭跟了個腿腳已不太利索的老媽子。原本她們只是站在那裡挑花線絆（注三），挑到一半，黃菲菲突然指著坐在井沿上打盹的老媽子道：「姐姐，咱們把她推下去可好？」

黃夢清知道這樣做不對，便搖頭不肯。

黃菲菲又道：「那姐姐，這次挑花線絆我若贏了妳，妳替我做件事好不好？」

她當即答應，因妹妹玩這個從未贏過她。結果不知怎的，紅線偏就這次在黃夢清手裡散開了，她只得無奈的看著妹妹，妹妹卻仰起天真的面孔，不時望望井臺，再看看她，意思很明顯。

她瞬間有些氣惱，要再來一盤決勝負，於是又挑了一次，線依舊鬆脫在她手裡。妹妹像是突然被附了什麼魔法，心靈手巧的程度突然超出了她的想像。

玩過三盤之後，她只得認輸，於是躡手躡腳的靠近那老媽子，老媽子絲毫不曾察覺，甚至發出有節奏的鼻鼾，身子隨甜蜜的呼吸緩緩起伏。黃夢清卻越來越緊張，人雖已走到井邊，腿還是抖的，可心裡也有些莫名的興奮，想像老媽子撲通一聲掉到井裡的模樣，必定是滑稽可笑的，當下竟悄悄期待起來。

老媽子當時還不知厄運臨頭，睡得死死的，黃夢清的手已觸到她的腰際還渾然不覺。黃夢清心裡盤算著要怎麼出力，往哪一側用力推，老媽子才能準確無誤的掉進井裡呢？她突然發現計畫都有問題，動作不由得也遲疑起來。

就在這時，黃菲菲突然發出一聲歇斯底里的大叫：「小心！」

老媽子登時被驚醒，口水都還來不及擦，整個人驚跳起來。由於井沿過窄，她甦醒的動作幅度又過大，兩腳隨之揚起，人已失去平衡，不偏不倚朝後翻入井口。

黃夢清還不曉得怎麼回事，她夢寐以求的「撲通」聲已然在耳邊響起。接著便是黃菲菲撕心裂肺的尖叫哭喊，沒完沒了，似乎要把空氣都扯破。

眾人應聲趕來，見她邊哭邊指著井口，即刻明白出了什麼事，七手八腳忙亂了一通，總算把濕淋淋的老媽子拉了出來。

當黃天鳴問及老媽子是怎麼落井的時候，黃夢清看到妹妹的手哆哆嗦嗦的指向了自己。

……※……　……※……　……※……

食盒最底層，放著幾顆壓扁泛黃的蠶繭。

黃慕雲面容麻木的將蠶繭拿出來，放進衣裳側袋裡，回頭對桂姐道：「我去看看哥哥。」

蠶繭於是又落到黃莫如手上，非常乾癟，透過裂縫可窺見裡頭嫩褐色的蛹，輕搖一搖，會發出「嚓嚓」的響動。他茫然的看著弟弟，似乎在希冀他能透過這些繭給出某個答案，無奈弟弟卻以類似的眼神看他。

「可記起什麼來了？比如我是誰？」黃慕雲觀察哥哥的神色，眼睛睜得極大，生怕錯過一絲異樣的反應。

黃莫如卻還是淡淡的，突然將繭子丟在地上，抬腳踩上去，用力拈了幾下，繭殼在布鞋底下發出輕微的「噗噗」聲。它鑽進他的腦子裡，伸出一隻透明的手，努力拉扯他陷入黑洞的記憶……

「家人和幾個下人，都已經認得了，只是受傷那日究竟發生過什麼，我這裡還是一筆糊塗帳。」他指指自己用紗布繞過一圈的頭顱，苦笑道。

「哥哥是真想不起，還是假想不起？好似你跟人家說的可不一樣。」黃慕雲單刀直入，透露了自己興師問罪的來意。

這一句，將黃莫如徹底逼進迷霧，他竭力回想，卻怎麼都記不起自己跟誰講過什麼，但直覺那必然是很重要的話。可如今他非但認不得自己的親娘和兄弟姐妹，甚至連先前發生在黃家的幾件凶案都已忘得一乾二淨，偶爾有幾個名字會從他腦中跳出來，譬如「雪兒」、「春曉」、「夢清」，還有一個奇特的名字，只一想起來便心如刀絞，像鴉片劑一點點椎進脊髓裡去，冰冷、潮濕、甜蜜……

「曉滿……」

那說不得的名字，在喉間繞了一圈，終於吐出來了。他不由得站了起來，要追隨那稱呼而去。他不曉得這二字該放在誰的頭上，直覺該是個女人，更該是膚若凝脂、指若柔荑的，周身罩著白蘭花清爽羞澀的香氣，否則便配不起肝腸寸斷的渴盼。

「哥哥你剛剛在說什麼？」黃慕雲追問過來。

這一問，把剛剛勾起的記憶線頭硬生生扯斷了，他只得又坐下，低垂著頭，悵然若失。

黃慕雲卻絲毫未有放鬆，繼續質問：「哥哥可是跟菲菲講，說我要你去藏書樓找一本古書？怎麼我倒不記得這件事了？」

「我……有說過？」

「你我都知道這個妹妹平素十句裡有九句都是假的，但她如今這麼斬釘截鐵的賴我，我總

覺得必是有什麼緣故在裡頭，妹妹到你屋裡來的時候，可有說過些什麼？」他越問越急，似要強行將對方的記憶拉出來。

「曉滿……」

他喃喃自語，突然頭痛欲裂，像一根神經突然被揪起，拿剪刀戳絞一般。他只得號叫、翻滾，身上每個毛孔都是炸開的，恨不能將這層皮撕下來，讓自己透一透氣。空氣瞬間變成匕首，刺穿他的靈魂，接下來連呼吸都是僵硬的，感覺喉嚨已灌滿鹹腥的血漿，吐出來卻是稠白的黏液。隨後他將頭埋在地上，嚶嚶的哭起來。

小月撫著他的背脊，回頭對愣在一邊的黃慕雲道：「二少爺回去吧，大少爺已經累了。」

黃慕雲出去的時候，發現走動起來鞋底有異樣，於是翻過腳掌來看，一顆汙髒壓扁的繭子正牢牢貼在腳心。

曉滿……

黃莫如行走在夢林深處，一個叫曉滿的女人站在青雲鎮鎮河中央向他招手，手中執一把湖綠滾金邊的綢面傘，胸前一顆蜻蜓釦上掛著兩朵白蘭花。

他跟著她，踏過河邊每一寸茂盛的蘆草，天上飄落的雪珠打在他的頭頂和手背，卻是溫溫的，仔細一看，竟是晶瑩雪亮的蠶繭。他丟下繭子，仍隨著她的背影潛行，她的臉始終是一片模糊，被密降的蠶繭虛化了，可依稀看穿她半掩半張的嘴，下唇瓣正中那一道細微的咬痕，將它變成兜蜜的花瓣；他記得這樣的唇是嚐過的，令他願意豁出半條性命。

整個青雲鎮已是白茫茫一片，河中生嫩的菱角纏著幾絡白絲，他越追越快，她卻行得不緊不慢，指尖繫著一條白絲，像是與那河水連在一道的。他覓著那絲蹤跡，生怕它不小心斷了，便與她從此絕別。

「曉滿！」

他忍不住喚了她一聲，她似乎沒有聽見，仍踏水而行，波光在足下分出一道黑色弧線，他於是跟著那孤線行走，每一腳都踏在汙泥上，一步步深陷，拔得很是費力。

他越走越慢，總覺得兩條褲管都收緊了，往下一看，竟有七、八隻慘白的枯手正爭先恐後抓他的腳踝，他恐懼得嘴唇發乾，卻叫不出聲來，只得奮力邁開步子往前。那些手瘋狂的向他蠕動，爬行速度極快，不消一刻便又在撕扯他的小腿，他幾乎想索性就此跌倒，埋進那裂縫裡去，讓惡靈早點安歇……

「來，帶你去一個新地方。」

她總算停下來，那句話也似曾相識，他再低頭，那些手不知何時已縮回裂縫裡去了。他兩

條腿布滿碧青的指印，是剛剛那些惡靈留下的，它們灼傷了他的勇氣。

她依舊面目不清，眉眼如聚散不定的雲層，唯朱脣半咬，輪廓分明。他吃力的向她靠近，她卻將頭顱垂下了，長及腰尾的黑髮輕輕在半空飄浮，他能看清她背部右側的細痣，臀部中間那條深幽的溝縫，扁圓而微微下塌的曲線在分割處又變得順長起來……

他知道自己正在勃起，只得用力壓住那裡。

她卻像是洞穿了他的秘密，莞爾一笑，又道：「我們試試這個。」

鎮河不見了，眼前是一條被日光照得眼花的短街，空氣發出饞人的鹹味，很熟悉，卻又想不起出處。只知……只知那間鋪子是小的，滿是紋路的長木板架子上擺滿瓶罐，都發出各色鹹津津的氣息。

他躺在床上望住她，她的臉在那片鹹氣裡漸漸有了線條，眼角飛翹入鬢，兩條短厚的眼袋將眼睛襯得更大，金棕色瞳孔裡藏了兩汪春水。她俯下身，彷彿要吸走他的魂魄，他一動都不敢動，鹹腥氣塞滿了肺腔。她將披垂的長髮挽起，透薄的皮膚上到處鑲嵌有湛藍色的血管，肚臍上一道妊娠紋皺紋如織，像纏滿了亮晶晶的蠶絲。

她的嘴，在與空氣交纏舞蹈的蠶絲網裡微微張合，彷彿在問：「知道了嗎？」

「知道什麼？」

他想坐起來，腿腳卻好像已自動脫落，半分都挪移不得。越過她的肩膀，他看到黑黃相間的木方桌上那盞煤油燈，正發出鬼火般青綠的光。

「知道了嗎？」她又問。

「知道什麼？」他喉嚨癢得難受，卻又咳不出來，只得定定的看著她。

她將臉逼近，驀地兩隻眼都沒了瞳孔，剩下一對瓷白的珠子，正對住他冷笑。喉間一個血洞漸漸擴大，如綠豆，如鴿卵，如春桃，最後整個脖頸都血肉模糊，「卡」的一聲斷裂，頭顱滾進他懷裡。

「啊——啊啊——」

他狂叫，想把頭顱搧下去，手臂卻被人扯住。

「大少爺！大少爺！」

有人在不遠處喚他，他猛地睜眼，發現小月正拚命推他的右臂，不由得鬆一口氣。然而鹹氣卻依舊充塞鼻腔，於是爬起來四下張望，卻是床邊茶几上擺著一碗已冷凝成雪白晶亮的小米粥，並一顆浸在醬油裡的皮蛋。

小月見他坐起，便替他脫了睡衣，拿了件銀灰刻絲薄綢長衫出來，他懶懶的套上，拿起洗臉盆邊沾好牙粉的牙刷漱起口來。才漱到一半，只聽得外屋吵得很，次等丫鬟銀霜尖細似針的

嗓門不停扎著眾人耳膜。

黃莫如皺了一下眉，示意小月出去瞧瞧。小月走出外屋，大抵是壓低聲音講了些什麼，銀霜的聲音便弱下來，但還是隱約有幾個字眼飄進他耳朵裡，譬如「死」，再譬如「鬧鬼」。他終於忍不住，將牙刷一丟徑直走到外屋，見銀霜白著一張臉，小月亦是緊張兮兮的咬指甲，便問出了什麼事。

起先兩個丫頭都不敢講，他有些惱了，口氣也凶起來，小月這才強笑道：「又不知哪裡的孩子惡作劇，搞出一些事來，再這樣，這裡今後都不用……」

話未說完，黃莫如已走到門口，見一個男僕手提麻袋，表情半驚半恐，正將地上的死雀一隻隻拾起來。是各式各樣的鳥，畫眉、鸚鵡、嬌鳳、繡眼……曾經掛在各屋沿廊下的珍禽，幾乎全成了硬邦邦的條屍，擠堆在他那裡，宛若一座雀墳。那些鳥或半睜著眼，或雙目緊閉，漆黑色瞳孔黯然無光，有些淒怨的神色。

他腿腳當下有些打顫，想要折身回去，已來不及，在「雀墳」上哇的吐了一口黃水。被小月攙扶進去的時候，他看到那男僕有些怨恨的眼神，原本「收屍」的活已夠讓他懊惱的，如今再加上主子的穢物，可不是為他添堵？

黃莫如有些愧疚，叫小月拿兩個大洋出去賞了下人，並吩咐她向老爺通傳一聲。

當天下午，杜亮便將臨時做鳥屋的空房子檢查了一通，發現除少數幾隻極度珍稀的品種未遭毒手之外，其餘的都已沒了。他不由得擦了擦額上的冷汗，心想幸虧三太太瘋了，已不知世事，若是還清醒著，依她這樣鍾情花鳥的人，保不齊就得肝腸寸斷，要與那鬼魂拚命。

於是，薛醉馳生前精心製作的鳥籠子被堆在宅院裡，一把火燒了個乾淨。夏末的熾熱與火光融在一起，整個黃家都像被埋在蒸籠裡了。

杜春曉與眾人一道圍觀這樣氣氛詭秘沉重的「奇景」，一面將西瓜皮往臉上和頸上抹著。

黃夢清悄悄道：「妳說那鬼魂這一招可是想錯了？據說原是想報復咱們黃家鳩占鵲巢，未曾想我爹更狠，將他那些寶貝鳥籠子都燒掉了。這下可要把鬼急壞了，說不準會做更出格的事。」

杜春曉笑回：「不過關係也不大了，做得再出格，目前也只針對某一個人。」

黃夢清一聽，當即沉下臉來，道：「又在那裡放屁！莫如從小就是個氣性高的人兒，因此做事情光明磊落，如今被鬼纏上，也是沒道理的。今兒被纏的是他，明兒也不知道被纏的是誰。更何況世上本就沒有鬼的，妳也講說自己早知是怎麼回事，現在不揭穿，還等到什麼時候去？」

「等更適當的時候。」

杜春曉望著庭院空地上那一捧升起的黑煙，表情隨之竟也變得悽楚。

……※……　……※……　……※……

李常登總覺得事情有些不對頭，雖說查簡政良的案子讓他和喬副隊長發了筆橫財，卻怎麼算都覺得有矛盾。

一是簡政良生前曾因付不起風月樓那一千多元的開苞費而四處躲債，可是卻從他家天井裡挖出這麼多財產，絕對不像是手頭拮据到要賴帳的樣子；二是對他家裡那個只種有一株老槐樹的天井充滿興趣，搜查那日太過匆忙，又怕被夏冰他們看見，所以挖得不夠仔細徹底，食髓知味以後，心裡還癢癢的，想再去死者家裡摳一摳、刨一刨，沒準兒還能再找出些驚喜來。

想到這一層，他自然不得不去找喬副隊長，二人一拍即合，便趁夜半無人時又去了簡家。在槐樹下刨土的時候，喬副隊長說了一句：「我懷疑，天井裡有這些錢的事，連簡爺自己都不知道，若是知道，他早就拿出來擺闊了。」

李常登也附合道：「跟你想到一起去了。可我就更不明白了，誰能到他家院子裡藏東西呢？」

喬副隊長默然不語，只垂頭挖掘。他不是個健壯的人，每一鏟下去都要費不少力氣，因為赤膊的關係，動作幅度略大一點，細密的汗雨便濺到對面的李常登臉上。

鏟子撞到樹根的辰光，洋槐上的白花紛紛落下，宛若輕雪初降，這情致該是美的，卻籠罩了一層濃厚的欲望與凶險。

汗珠從李常登的眉頭震落，落進眼裡，遂湧上一股酸澀，他也顧不得，只拿掛在頸上的毛巾胡亂擦了一把，又繼續挖掘。

一記「喀」音，將兩人的神經擒住了，像賭場玩花牌時揭寶，幾家歡喜幾家愁的時刻看似快到了。

喬副隊長興奮的將鏟子丟在一邊，跪在地上用雙手迅速撥開鬆土，邊撥邊笑道：「開寶了！這下開寶了！」

李常登也跑過來，與他一道用手刨起來，果真是不折不扣的「膝下黃金」，讓他們自覺自願長跪於此。

是喬副隊長先行摸到了東西，可是手指觸及的時候，心已涼了半截，因為挖出的「寶」太輕、太硬，必定不是金銀，更非鈔票。待捧出來，藉那煤油燈的光一看，才知是一顆人的頭

骨。

喬副隊長當即滿面怒容，擦了一把汗，將那頭骨摔在一邊，罵道：「簡政良這個不好貨，原來還謀財害命！」

李常登卻貓著腰走過去，將頭骨撿起，翻來覆去看了個仔細，自言自語道：「看情形，是死了幾十年了，若真是這老小子幹的勾當，亦屬舊債。」

「長凳啊！」喬副隊長突然擠出一絲奸笑，說道：「你小子不會是早就知道簡政良這裡另有隱情，所以變著法兒哄我來替你查案的吧？」

「胡說！」李常登放下頭骨，回道：「若是哄你，分你的那些錢，還有現大洋，可是假的？」

喬副隊長當下也覺得自己不妥，忙賠笑道：「跟你開玩笑的，還當真了！我只是在想啊，倘若簡政良不知道天井裡埋的錢，那麼這屋子裡的某處，必定還藏了他的體己。我們要不再找一找？」

「早就想到了，還用你講？」李常登笑回，「你可覺得，一開始搜這屋子的時候，有什麼不對勁的？」

「哪裡不對勁？」

「簡政良是個單身漢，屋子卻收拾得過於整齊……確切的講，不是屋子收拾得整齊，而是屋子裡的某些地方太過乾淨，乾淨得讓人放鬆了警惕。」

喬副隊長點頭，道：「沒錯，爐灶間裡都是黑灰，窗紙也都是發黃，像幾年沒糊過新的，睡房裡的竹席很油，顯然也是長久不擦的緣故。只有……只有那大衣櫥裡，衣服都掛得整整齊齊，抽屜裡的褲襪也全是疊好的。為什麼？為什麼只有那裡是整齊的？其他地方都像只是匆匆用抹布之類的東西抹去一層浮灰，只有那裡乾淨過頭了……」

他還沒分析完全，李常登已丟下鐵鏟徑直進屋去了，他將菸頭一扔，也跟了進去。

當初因財迷心竅，二人將整個房子的地磚和木板都敲了一遍，連縫隙都不放過，但如今看來，還漏了一個地方——牆壁。

李常登將衣櫥打開，把裡頭的衣裳全部扯出來，騰空的櫥子如黑紅色的蠶繭，靜靜張開懷抱，彷彿在迎接貴客，散發著一股檀木特有的清氣。李常登敲了幾下內壁，那裡報以「篤篤」的單調回音。他再摸索了櫥內底部的四邊，摸到右側一個突起的方硬塊，像多出的角。

是木匠活做得不夠細緻？他很快打消了這個設想，在那方硬塊上亂按起來，當手指不小心將它往右推移的時候，木塊便略略有些鬆動。於是他強捺住欣喜，握住方木，往右用力旋轉……

只見那內壁發出刺耳的「卡啦」聲，像木頭之間用力摩擦的緣故，但在李、喬二人聽來卻尤其悅耳，猶如開啟寶山的福音。

內壁那兩塊原本拼合得天衣無縫的木塊像門一般洞開，露出一方神奇的黑洞，沒有塵埃隨之落下，甚至裡頭的空氣都是陰涼的，足以避暑。

喬副隊長努力撫平驚訝的表情，說道：「莫不是一個密室？簡爺也太有門道了吧！」

孰料李常登竟笑得一臉釋然，說道：「這下，總算找到要找的了！」

話畢，喬副隊長感到耳邊的空氣有了劇烈震動，一陣強風掃過耳畔，遂眼前一黑，便倒下了。意識昏迷之前，他知道自己額頭已受到重擊，只是覺不出痛來。

……※……　……※……　……※……

黃莫如打開箱子的時候，對著裡頭的東西，竟有些不知所措。

那是一個極不起眼的樟木箱，紅漆斑駁，像是很久不用。自從出事以後，他發現有諸多本該屬於自己的秘密，已成了徹頭徹尾的「秘密」，他若找不出答案，恐怕便永遠沒有謎底。譬如眼前這個樟木箱，興許便是他未曾失去記憶之前保有的一個重要東西，如今卻對它的來龍去脈毫無頭緒。

他心裡是憤的，想拿什麼東西來出氣，甚至還找下人的碴，刻意發洩，以至於幾個丫鬟都躲他老遠，寧願在外屋做針線、挑花線絆，斷不肯在他跟前多待半刻。因此他焦躁得像頭野獸，翻箱倒櫃，尋找失落的記憶，床底下放著的箱子這才顯形。

從箱子裡翻出一件繡著桃紅花邊的黑色女褂，一條綴紗邊的寬褶長裙，長裙裡落下一個黑長的東西，像是人頭，卻是扁的，輕飄飄蓋在他鞋面上，他登時嚇得冷汗直冒，再仔細一看，才知是個長髮的頭套。頭套內還兜著一管口脂、一盒蜜粉，因落在地上，已滾出老遠，撞到凳腳才停駐。

腦中突然閃過一絲雷電，將這些東西照得雪亮，他恍惚看見夢中的曉滿，身披銀白蠶絲，坐在那裡微笑。

「曉滿……」

那花瓣狀的朱脣，妖異的妊娠紋，玉白脊背上的細痣……在鎮西的茶樓後巷裡，她回過頭來，對他說：「今朝，我們玩個新鮮花樣可好？」

他坐在鏡前，看自己那張被失憶折磨的枯槁面容，還是俊俏的，額角至下巴的線條亦愈加犀利，雙眸埋在深黑的眼窩之中，似在隱藏一段前塵往事。

這樣一張臉上，該如何塗抹出魂牽夢繞的記憶來？

他將髮套戴上，遮住略顯粗獷的雙頰，突出尖細的鼻頭與端正的眉眼，那種美，竟有一絲駭人的猙獰蕩漾其中。

他直覺鏡中的「女子」還不夠柔和，順手拈起一塊蜜粉往臉上抹，黑眼窩被覆蓋住了，於是變得媚眼如絲，人中與下巴的灰暗處也變得白皙乾淨，只是蒼白得猶同鬼魅，教人看著揪心。

口脂點在脣上，著實費了他不少力氣，點得重了，會往豔俗裡靠，點輕了，又嫌暗淡，尤其是要在他那張細薄的脣形上畫出豐厚感。稀奇的是，他做起來竟是駕輕就熟的，不消一刻鐘，他面對的便是神色恍若夢遊的黃菲菲，只是要更削瘦一些，脖頸也粗一些，到底還是有男人氣，尤其那兩道劍眉，尚有待修整。

所幸他並不急，修眉的手勢極慢、極穩，其實這道工序有些多餘，因髮套上的齊劉海足以掩蓋眉宇的瑕疵，然而他還是力求完善，心平氣和的削拔。待鏡中人已有八、九分黃菲菲的模樣，他才露出滿意的表情，把脂粉收拾起來。

鏡中那張長髮飄垂的臉，突出的喉結，底下是一對怵目的鎖骨及平如荒原的胸膛，刻意修飾的面孔配上未加遮掩的裸身，竟釋放出古怪的、觸及靈魂的美感。

那件黑色女褂套上身也變得方便了，他較從前應是更纖細了些，胸部與腰腹都鬆垮垮的。絲綢滑過皮膚，如泉水流淌，抓不到一點方向，他再轉身看鏡中人，像剛卸了一半妝的戲子，慵懶，卻精緻。

「大少爺這身打扮，是要去哪兒？」

鏡中出現另一個人，紮著蓬鬆的辮子，個子高䠷，一副聰明相。

「去……」他原本已在心中反覆叨唸了百遍的答案，卻在出口的瞬間卡殼，好不容易才吐出三個字：「找曉滿。」

杜春曉舉起手中的塔羅，笑道：「大少爺慢些再去找，我先幫你算算那個曉滿如今在哪兒。」

四張塔羅已擺出稜形陣勢，杜春曉與男扮女裝的黃莫如面對面坐著，原本依這樣的境況，她必然是要藉機取笑的，可黃莫如周身散發的妖異之氣居然是那樣嚴肅、雅致，教人不由得心生敬意，又沉迷於這樣的美。

過去牌：正位的戀人。

她心知肚明，他有過甜蜜狂熱的性事、刻骨銘心的戀人，那只貴重的象牙挑子上百次的劃過她青白的頭皮，彷彿要為愛情分出一條經緯。

現狀牌：正位的死神，逆位的女祭司。

顯然，飛來橫禍令愛情無法實現，這禍裡，包含掙扎、背叛、仇恨，可謂凶機乍現。

未來牌，杜春曉沒有翻啟，卻用手蓋住，正色道：「最後一張牌，誰說了都不準，還請大少爺自己去找個正解出來。只是少不得要提醒一句，人心叵測、世事難料，一切小心為上，鎮西那家關掉的油鹽鋪消磨了你的錦年華時，只是你不找到秦曉滿，怕要抱憾終生，可是這個道理？」

他朦朦朧朧的聽這些半勸告半慫恿的說辭，腦中只鎖住了兩個詞——鎮西、油鹽鋪。

……※……　……※……　……※……

連續七天，張豔萍都在乾號，兩眼瞪著房梁，雙手握拳，披頭散髮的站在那裡。

阿鳳被嚇得哭出來，只得去找桂姐求助，說已按郎中開的方子吃過兩帖藥了，非但病情未減，還越發嚴重起來。起初只是白天叫幾聲，現如今已沒日沒夜，像極了某種鳥類，發出單調平板的長音，沒有感情，也無跌宕起伏，只是平直的從喉嚨裡抖震出來，聽得久了，正常人也要被逼瘋。

黃慕雲帶著桂姐到張豔萍屋子裡的時候，見幾個丫頭均捂著耳朵蹲在門口，裡頭斷斷續續傳出張豔萍的號叫。黃慕雲和桂姐二人當下竟嚇得不敢進去，黃慕雲拎住阿鳳的耳朵將她揪起，罵道：「妳們一個個是死人嗎？也不進去伺候著！」

阿鳳委委屈屈的辯道：「哪裡是死了的？就是因為伺候不好，才告訴桂姐。三太太這個樣子，大家心裡都不好過，我這幾天連覺都不敢睡，生怕出岔子呢！」

他走到裡屋，看見張豔萍坐在床上，素面朝天，大張著嘴，唇邊流下一道長長的唾液絲，黏在胸口。原本俏嬌風韻的一個婦人，此刻看起來竟老了十歲。

「娘？」黃慕雲叫了一聲。

「啊——啊啊——」

「三太太？」

桂姐上前，將手扶在她背上，欲止住叫聲，卻不料竟被她一掌推開，力氣出奇的大。桂姐往後一個踉蹌，結結實實的倒在一個人身上，她以為是二少爺，忙轉過身來，卻見孟卓瑤站在那裡。

屋子裡有一剎那的安靜，隨後被張豔萍打破，她像被剮去了心臟和腦漿一般，成了只會播放一張唱片的唱機。

不知為何，孟卓瑤看起來不似往日那般囂張，竟從骨子裡透出鎮定與強勢來，她眼是冷的，平日裡那些狹隘的腔調亦沒了蹤影。這樣脫胎換骨的大太太，走到張豔萍跟前，氣勢上已給人壓迫感，但瘋子是不懂的，她只會叫。

「三太太這樣有多久了？」

儘管張豔萍吵得震天，孟卓瑤講話依舊不曾提高聲音，反而教人竭力去聽她說了什麼。阿鳳已走到裡屋的門檻邊上，見大太太發問，忙進來答：「七天了。」

孟卓瑤也不言語，徑直走到張豔萍跟前，對準她臉孔便狠狠摑了一掌，拍肉聲又脆又響，足見用力之猛。

張豔萍奇蹟般的停住叫，茫然的盯著前方。

眾人都大氣不敢出，只等大太太發話。

孟卓瑤神情威嚴的掃了一圈屋子裡的人，怒道：「妳們這幫子缺心眼兒的，平常沒教過妳們看眼色行事的嗎？怎麼一連這麼多日被主子調戲著都不吭一聲？明知道三太太在這裡裝瘋賣傻，害全家為她一個操碎心！二太太成天吃齋唸佛替她祈福，我也頭疼了好幾天，因知道家裡發生的事情多，怕添亂，都不敢講出來。還有老爺，別看他面上還是安坦的樣子，其實最操勞的就是他了。妳們倒好，還四處宣揚說三太太病得有多重，要送去上海的大醫院療治，生怕咱們這兒丟人現眼的事情不夠多嗎？」

一番話令所有人都摸不著頭腦，卻又如醍醐灌頂。

黃慕雲到底忍不住，問道：「大娘這話說得可稀奇了，我娘在藏書樓受了驚嚇是大家都曉得的，這會子竟還汙蔑她裝瘋賣傻！」

「哼！」孟卓瑤看張豔萍的眼神已如狼一般銳利，笑道：「何止是裝瘋賣傻？簡直是裝神弄鬼！」

「孟卓瑤！飯可以亂吃，話不能亂講！妳說我娘裝瘋，可有憑據？」黃慕雲已氣得渾身發抖，似乎克制不住，竟直呼大太太全名。

孟卓瑤也不怕他，轉過頭來點住黃慕雲的鼻子，不緊不慢道：「她若沒有裝瘋，前些日子每個屋子門前那些死鳥又是誰造的孽？若要人不知，除非己莫為，幹出這樣的事來，也不怕被雷公劈了？」

「大太太是不是誤會什麼了？前陣子各房門前都被放了死雀，可是包括三太太的屋子在內……」桂姐怕黃慕雲衝動吃虧，忙替他辯了。

卻是話音未落，便也吃了孟卓瑤一記耳光。

她像是潛伏多時，已悄悄藏足了底氣，都要在今天噴發出來：「妳也是豬油脂蒙了心了，

連自己什麼身分，幹的什麼活兒都不知道了！黃家的工錢是三太太給妳的，還是二少爺給妳的？自己做『老孤身』也罷了，還厚臉皮在這裡替瘋婆子撐腰？」

「孟卓瑤，今天可一定要把話講清楚，要不然，一道去我爹那裡理論！」

黃慕雲滿面通紅，眼裡漲滿血絲，對於這樣的劇變，他大抵也是驚訝多過憤怒，竟氣得說話都帶了哽咽，惹來孟卓瑤幾聲嗤笑。

唯張豔萍對周遭置若罔聞，反而一臉恬靜的看著自己的親兒，見他有些哭意，甚至嘴角還微微上翹，做出滿心歡喜的模樣。

「唉喲，二少爺這可是真急啦？要到老爺跟前去講也可以，不過到時莫怪我不留情面把她拆穿。二少爺，你仔細想想，各屋門檻上放著的死鳥，都是廊上掛的一排裡頭最珍稀的那一隻，唯你娘門前放的，卻是便宜的嬌鳳。眾所周知，你娘除你之外，就只拿這些鳥雀當心頭肉一般養著，即便她要搞花樣出來，也不會碰自己屋子裡的那些寶貝。怎麼樣？三太太，我可有說錯妳？」孟卓瑤得意的仰著頭，直逼張豔萍而來。

屋內瞬間又回復寂靜，都像是在等著張豔萍現原形，連黃慕雲都忘了憤怒，竟呆呆的看著母親。

此時，張豔萍嘴角的笑意更深了，驀地抬起頭，與孟卓瑤對望，一雙眼燃起明亮的火焰，也不知是喜是悲。連孟卓瑤都被她這對眸子震住，一時竟顧不上「乘勝追擊」，愣在那裡也不發話。

直到張豔萍一聲怒吼，撲到孟卓瑤身上，兩隻手死死掐住她，眾人才反應過來，頓時亂作一團，想拉開不知真瘋還是裝瘋的三太太，卻都被她掙脫。

孟卓瑤面孔由白轉紫，額邊青筋隆起，十根尖長的指甲不斷抓撓張豔萍鎖在喉嚨上的「鐵鉗」，想讓對方因痛放手，孰料張豔萍像是已失去知覺，非但沒有鬆動，反而越摳越緊，齜牙咧嘴的一張臉幾乎已貼到她鼻子上。

孟卓瑤這才意識到，原來恨果然是火焰狀的，可以燒灼一切敵意。接著，原本周圍那些或高或低、或造作或真實的驚叫漸漸與她的耳膜隔了一層，漸飄漸遠。甚至依稀還有一片模糊的影子罩在頭頂，她聽見血液轟然作響，全身每一寸血肉都已麻木，感覺肺部擠作一團，正拚命尋找空氣……

「砰！」

震耳欲聾的巨響在屋內迴盪，孟卓瑤猝不及防，一大口空氣竄進胸膛，當即咳了好幾下，待回過神來，見騎在她身上的張豔萍雙手抱頭，肩膀不停哆嗦。於是她奮力抬了一下腿，坐直身子，將張豔萍推到一旁，再往身後看去。

黃夢清正站在裡屋正中央，懷裡抱一把雕花長柄獵槍，槍口冒出一縷青煙。旁邊站著杜春曉，雙手食指都插在耳洞裡，眼睛閉得緊緊的，半天才睜眼，環視一周後笑道：「大小姐，這回惹的禍可不輕了。」

鬧劇收場時，誰也沒占到便宜，孟卓瑤也是窘得恨不能找地洞鑽進去，而張豔萍依舊哭哭笑笑，不曉得是繼續裝瘋，還是久病不癒。

黃家宅院似乎又回復寧和，如此大事，眾人竟心照不宣的瞞著黃天鳴，沒再提起。唯杜春曉對黃夢清怨聲載道，怨她怎麼把自己疑張豔萍裝瘋的事透露給大太太了，黃夢清也是一臉委屈，回道：「妳何時見過我這麼多嘴多舌了？都是我娘自己猜出來的，妳可別以為她見識短，她聰明得很。」

正說著，夏冰走進來了，顯得無精打采，也不說什麼，徑直坐下，拿起杜春曉的茶杯，一氣喝乾。

杜春曉笑道：「呀？我才往裡面吐了口水，你就吃了。」

夏冰也不計較，抱怨道：「別提了，最近喬副隊長突然回了老家，害我四處跑，也沒空照顧妳那鋪子。」

「她的鋪子哪裡還要人照顧？你可是多慮了。」黃夢清也暫收起先前的幽怨，竭力表現得輕鬆。

「你忙進忙出？那你們隊長是幹什麼吃的？就知道欺負弱男子！」杜春曉刻意將「弱男子」三個字強調了一番，暗諷那位讓黃夢清牽腸掛肚的弟弟。

「還不是去辦簡政良這樁案子，要我負責齊秋寶那條線，這幾天，我可算把殺豬弄所有的窗戶都敲遍了，不知道的還以為我是老嫖客呢。」夏冰竟也破天荒的自嘲了一番。

杜春曉即刻皺眉，拿出牌來，兩三下便擺了一副小阿爾克那。過去牌是逆位的星星，現狀牌是正位的愚者與正位的戰車，當下脫口而出：「明明兩個案子該放到一起來查的，怎麼還分開了走？」

「妳的意思是，她的死與簡政良的死果然是有聯繫的？」

「沒聯繫可就怪了，經過前面那一樁事，任誰都想得到他們之間有聯繫。」

杜春曉翻開最末一張牌——正位的皇后。心裡咯登一下，暗自驚疑：怎麼跟給黃莫如算的未來牌是同一張？

更奇的是當夜，李常登帶著顧阿申來找夏冰，說要他去保警隊接受盤問。夏冰自然不肯

動，非要問個原委。

李常登冷笑一聲，將他像拎雞仔一般拎起，拖到顧阿申跟前綁了，再告訴他：「小子，早就知道你辦事不牢了。前兒有鎮上居民舉報，齊秋寶屍體被發現的前一晚，你跟她在鎮西脂粉鋪後頭的巷子裡幽會，可有這事？」

夏冰咬牙不應，態度卻已軟下來了，竟沒再掙扎，任憑顧阿申將他雙手反剪，押去保警隊的審訊室。

一路上，他便已報定宗旨：無論怎麼問，都絕不透露半個字的真相！

⋯⋯※⋯⋯　⋯⋯※⋯⋯　⋯⋯※⋯⋯

李常登花了一天一夜，總算把簡政良的天井收拾平整，幸虧泥地濕潤，容易翻鬆，把喬副隊長埋進去的時候並沒有費多少力氣。將事情辦完後，他仰頭望了一下那洋槐，上頭的白花已震落大半，跌進土裡，連同枯骨與新鮮的肉屍一道緩慢的腐爛。

他從來不相信水淹，在屍身上綁塊石頭再丟入鎮河，絕對是冒險的行為，萬一繩子被黑魚之類牙尖嘴利的東西啃斷，抑或纏住水草翻浮上來，罪行便大白天下了，齊秋寶便是最有力的證明。所以他鍾情泥土，像胃袋一般，可吞噬一切，再慢慢消化乾淨。一萬元鈔票和滿滿一罐的現大洋，讓李常登通體舒暢，這是他為將來準備的，終有一日，他會離開青雲鎮，順便把心愛的女人也一併救出去。

這一天，他等得太久，直等到張豔萍變成瘋女人，要被送往上海的精神病院，才開始急。失眠對李常登來講，已是烈酒打不倒的頑疾，偶爾的，他會在閉眼的剎那看見喬副隊長頭破血流的站在洋槐樹下，肩上落滿絮狀的白花。兩人相視而笑，因他從不信冤鬼索命的傳說，尤其在青雲鎮上，「報應」更是個虛幻的詞，反倒是「冤情」無時無處不在發生。

夏冰的個頭較黃莫如要高一些，所以耗費體力也更多，沒有水喝，他絕撐不過兩天。李常登審他的節奏更是不緊不慢，只問他與齊秋寶私下往來了多久，兩人在鎮西的巷子裡做了什麼，可有起什麼衝突。夏冰不似黃莫如那般清高傲慢，只說那日好好在家睡覺，並未去過什麼巷子，更不會找那些下三濫的流鶯做交易。

無奈李常登哪裡肯放過，不但嚴禁供水，連食物都換成每頓兩塊硬鍋巴。

顧阿申每每來送餐，都少不得勸他：「兄弟，男人在外頭風流快活都是平常事，你若是怕被春曉知道了要吃夾頭(注四)，我去替你說話，還是趕緊招了吧！」

一番話，講得夏冰心裡暖融融的，看樣子顧阿申是完全沒把他疑作凶手，只當是他怕狎妓的事讓杜春曉知道了難受，才這般嘴硬。他只得道：「別傻了，我哪裡怕春曉這樣的瘋婆子了？只是大男人一言九鼎，答應了不能說的事，只好不說。你如今與其勸我，倒不如想辦法給我些水喝，免得到時死在你跟前不好看。」

顧阿申一面賊笑，一面將藏在袖子裡的兩顆梨掏出來，放到夏冰手裡：「你當這麼多年兄弟都白做了？」

⋯⋯※⋯⋯　⋯⋯※⋯⋯　⋯⋯※⋯⋯

「鎮西⋯⋯油鹽鋪⋯⋯」

雖未到秋至，鎮河卻已變成冷峻的墨綠色，日光落在青瓦黃牆上，照出一個曖昧的影。黃莫如執一把油紙傘，傘柄上刻的是「荷塘月色」的圖，與眼前受曝曬的小鎮黃昏相去甚遠。這樣的光景，本該是往那一縷青白炊煙升起的方向趕，沿路聞到韭菜炒蛋的香氣與米飯熱騰騰的甜味，心都是酥的、懶的，被河流濕氣蒸發著。

只是他踏在青石板的腳步卻遲疑得緊。

西埠頭脂粉鋪裡的寡婦正在吃一碗小餛飩，櫃檯上放著兩片刀切饅頭和一碟醃黃瓜，表情是那麼樣滿足，似已坐擁金山銀山。他不由得羨慕起來，鼻腔裡充滿甜膩的脂粉氣，那情景，彷彿熟得不能再熟，卻又無從將它串起。

寡婦額上一縷長髮落進餛飩碗裡，看著亦不怎麼髒，反添了風韻，她自然的抬起左手，將那綹髮撫到耳後，剛要低頭，卻見黃莫如站在門口看她，便用略帶訝異的語氣問道：「少爺可是來替心上人買些脂粉的？」

他像是心臟被什麼東西悶悶的錘了一下，竟講不出話來，只覺胸口疼得慌。好似也曾有那麼樣一句溫柔，在靈魂裡又啃又咬，讓他抵死難忘。

他當即臉有些紅了，澀著嗓子問道：「這附近可有個油鹽鋪？」

寡婦眼中的訝異更深了些，然而還是替他指了路，嘆道：「來回都要小心，莫走失了。」像是玩笑，聽起來卻又無比的真。

廊沿下一排黃楊木柱子上，刻滿坑坑窪窪的記憶，他有些羨慕起來，因最起碼它們的經歷均是痕跡鮮明，無法輕易因什麼打擊而被抹去。他卻是模糊、壓抑，腦殼裡有一些零碎的光點，可依稀窺見幾幅重要的場景，但不能看到全貌，所以才需要探尋。

「油鹽鋪……」

他在一座招牌被麻布蒙住的鋪子前停下，因捕捉到了由內散出的那股鹹香。

它就是了？

他腳步困惑，心神不安，踏進第一步時，卻驀地心跳了一下，腦中的某個亮斑擴大了，透過這塊斑，可以看見某個玉雕觀音般端麗的側影，坐在那落滿塵埃的櫃檯後頭，偏著頭，眉間掛滿憂鬱，像在嗟嘆如水的流年。

這櫃檯，如今定是關在那扇拿紙條封住的門裡。

他撕破封條，門「咿呀」一聲便開了，像是專等他「破繭」，只是裡頭沒有飛出蝴蝶來，反而是撲面的灰土。

陽光從木板縫裡射入，令漫天飛舞的塵粒無處遁形。那櫃檯與他咫尺之遙，卻是空的，像被提早掏挖乾淨了，一如他的過往。

繞到櫃檯後頭，還是無人，地面黏濕，旮旯裡倒著一個碎成兩半的醬缸，鮮臭撲鼻，幾十隻蒼蠅在淌出的稠漬上飛舞。他不由得捂住鼻子，剛想退出去，卻聽得「喵」的一聲，櫃檯後頭的暗門啟了一條縫，從縫裡擠出一隻花斑貓，懶洋洋的跳上櫃檯，對他舔一舔舌頭，便蜷成一團，閉上眼睛不再搭理。

「今朝和你玩點新鮮花樣。」她口吻裡吸滿了情欲。

他推開那暗門，跟著她走進，燻黑的灶臺，油膩的飯桌，再進一層便睡房……他無端的勃起，如夢中親吻她被蠶絲輕裹的腳踝。

煤油燈就放在桌角，箱式大床上掛著一網風乾的香柚，他眼前浮現床上躺著的那個人，緊閉著眼，面上每塊肌肉都在抽搐，卻不肯看看發生在跟前的現實。她卻還坐在桌角上，十根手指緊緊抓住他的背，牙齒深深陷進他的肩頭，賜予他銷魂蝕骨的痙攣……

「呵！」

這冷笑冰寒如椎，將他體內那簇似火激情瞬間凍僵。

箱床上空蕩蕩的，卻因床身側板上描龍刻鳳的華麗，竟不顯淒涼，反倒有一股繁華的擁擠。他撫摸凹凸不平的床沿，因手工粗糙，細看時發現不少地方已掉了漆，還有些未刨平掉的木刺根根豎起，瀝青也上得不夠均勻，觸感極差。可中間那塊繪了「鴛鴦戲水圖」的瓷片極為惹眼，畫功尤其精緻，鴛鴦彩翅上的羽毛都是一根根描出來的，一點敷衍的意思也沒有。

手指撫過雄鴛鴦的眼珠子時，瓷片竟鬆脫了，發出「咯卡」一聲，遂傳來「咯吱」怪響，箱床板緩緩裂成兩半、降落，露出深淵般的黑洞。

他緊張得手心冒汗，背後卻有什麼東西撫過腳跟，忙拚命按住尖叫，回轉身來，卻見花斑貓正用一對金瑪瑙似的眼睛看他。他恨恨的朝牠踢了一腳，牠「喵」的抱怨了一聲便扭身跑出

去了。他再轉回身來，那黑洞還是真切的暴露在那裡，宛若引誘、召喚著他的邪咒。

「曉滿……」

他口中輕唸她的名字，拿起了桌角的煤油燈……

…※…… …※…… …※……

杜春曉一對李常登壞笑，他便不由得心裡發毛，何況今天她身後還跟著個杜亮。

「李隊長，不如讓我來審這小子，比您審起來痛快多了。光不讓他喝水不行，渴啞了嗓子，您還是什麼都問不出來。由我審，不出半個鐘頭，包他什麼都招了！」杜春曉將胸脯拍得賊響。

杜亮還是繃著張臉，手中緊握一包現大洋。

李常登慢條斯理的啜了一口酒，笑道：「春曉啊，妳跟夏冰都是我看著長大的，哪裡還不知道你們倆的感情好？不過這小子落到今天的地步，我心裡不比妳好過。我也不信齊秋寶的死跟他有關，可他明顯有什麼重要的事兒瞞著，不講出來，我對全鎮的人都交代不過。」

「所以嘛！」杜春曉忙將杜亮手裡的現大洋拿過去，迅速拍到李常登手裡，「這件事我也是想幫忙的，您就給我個立功的機會，讓我來審，如何？」

「春曉啊，妳心裡頭打什麼算盤，以為我不知道哪？一個女孩子家，亂七八糟學這一套，竟還把妳叔都牽連進來，昏了頭了！」說畢，李常登把那包現大洋重重往杜春曉手掌心裡一放，便再也不理。

此時杜亮也在一旁發話：「春曉，死心了吧？我就說李隊長是軟硬不吃的，還偏不信。趕緊回去，別再鬧了。」

孰料杜春曉竟笑得更甜了些，轉頭對杜亮道：「叔啊，你可看到了，這錢咱們也給了，李隊長若再不放人，我可要告訴鎮長去！」

李常登將酒杯往桌上一碰，罵道：「扯什麼淡呢？我哪裡收了妳的錢？還要去找鎮長說話？」

「剛剛你正是收了我的錢，我都有人證在的。」杜春曉理直氣壯的指了指身後的杜亮。

杜亮忙垂下頭，顯得心虛。

「杜春曉，妳什麼時候長了副鐵膽，居然敢用誣陷的法子來逼我？可當我這個隊長是白做的？趕緊滾回去，不然連妳一道抓！」

杜春曉當即將一張毛孔粗大、皮膚黝黑的素臉逼近李常登，壓低聲音道：「那李隊長可有

憑證說自己沒拿這個錢？現如今……喬副隊長也回老家去了，至於是不是真回老家，只有天曉得。所以您也別急著喊冤，也沒個見證。」

李常登果然被挑起了火性，冷笑道：「我李常登還要什麼見證？我這個人就是見證。前年桑地被人砍了一大片去，不都是我出頭去要回的賠償？鎮長能做什麼？妳當人家都是缺心眼的貨，能聽妳一個嫁不出去的老姑娘胡謅？去，直管去，去整個鎮子喊一圈兒，妳前腳喊完，後腳就跟夏冰關一個牢房，妳可信？」

杜春曉也不爭辯，卻自兜裡掏出一張塔羅牌，高高揚起，是惡魔牌。

「倒也不必勞您駕，牢房我自會去的。只是這張牌，可是特意為李隊長您挑出來的，這背後有些事情，您我心照不宣，講出來大家都沒意思，如今還有我叔叔在場，若您真不怕砸了前程，我就更沒什麼。」說畢，便將牌舉在李常登眼皮底下，如「尚方寶劍」出鞘，見佛殺佛。

此時杜亮已捏了兩手的冷汗，恨不能撇下這膽大包天的姪女落荒而逃，可又想起春曉先前給他的交代：無論碰到什麼情況，只要站在那裡不動便算幫忙了。

如今卻是不動比動了還難過，可君子一言，快馬一鞭，又不好日後被晚輩取笑不講信用，也只得強迫自己定在那兒。

周遭空氣都似乎凝成鉛水，吸一口都是艱難的，尤其李常登眼裡的凶光，已溢流杜春曉全身，她像是不曾察覺險境，只直勾勾盯著他，心裡不斷自我暗示：莫迴避，莫逃開！

這短短的一刻，竟比天荒地老還長的樣子，李常登終於發出兩聲乾笑，猛地拍了一下桌子，將杜亮的神經幾乎拍碎，而杜春曉還是亮著那張惡魔牌，神情威嚴，似乎在行什麼天大的壯舉。

出來的時候，杜亮才發現整件綢衫都貼在身上了，濕答答的難受，當下也顧不得，只悄悄問杜春曉：「長凳到底有什麼把柄捏在妳手裡了？被妳這輕輕一唬就放了人？」

杜春曉大口吸著氣，喘道：「我哪裡有他什麼把柄？只是猜想越是這樣道貌岸然之徒，越是私底下幹些見不得人的勾當，所以我賭的就是他心虛！」

⋯⋯※⋯⋯　⋯⋯※⋯⋯　⋯⋯※⋯⋯

王二狗一直盼望天氣可以涼起來，最好從盛夏即刻躍入初冬，那是他熱烘烘的餅爐最受青睞的辰光。那些清早對著門前陰溝刷牙的婦人、懷裡掖著布包的教書先生，路過他的攤子時都會投以饞涎的目光，彷彿看到的、聞見的是山珍海味。

酷暑驅走了他不少生意，日日收入都是減半，唯開書鋪的女人還是雷打不動的在接近中午時分向他買兩副臭豆腐夾燒餅，吃得滿嘴甜醬直流。

可自從開天韻綢莊的黃家發生連環命案以來，這個女人的書鋪便時常關門大吉，偶爾有個戴眼鏡的年輕後生來照顧一下，不是在裡面睡覺，就是粗粗打掃一番，抑或躲在櫃檯後頭看書，只當那裡是休憩用的「避暑勝地」。

這令王二狗無比失落，直到後面殺豬弄的一個婊子在那後生坐鎮書鋪的辰光頻頻光顧，才讓他又打起了精神。倒並非那婊子生得有多好看，她與其他暗娼一樣，時常跟他買幾副燒餅當晚飯吃，他將她們給的錢都用黃草紙擦過，怕沾染了什麼髒病，可她身上總有那麼一股凶巴巴的、嬌俏的韌勁。

可那後生卻像是不怕這個，兩人總在鋪子裡鬼鬼祟祟，不曉得做些什麼，但有一件事他可以確定，便是那後生與婊子之間並沒有烏七八糟的關係，因每個從殺豬弄繞出來，順道在他那裡墊飢的嫖客都有一種既滿足又齷齪的特殊表情，那後生卻始終是乾淨的，眼角閃爍坦蕩的光芒。

所以在王二狗安閒清苦的小日子裡，書鋪的懶女人和殺豬弄裡那個一臉凶相的婊子便是他意淫的全部。

這種意淫，直到婊子的屍體抬過巷子，在他的燒餅攤前停了一下，從門板上蓋著的白布裡垂下一條水淋淋的胳膊，才徹底煞住。他是怎麼都不敢相信，這樣氣焰囂張，活像能吞下一隻老虎的女人，怎麼轉眼便成了軟綿綿、白慘慘的屍體。

婊子與簡爺吵架那天，他親見她皮糙肉厚的身子在陽頭底下招搖，沒一絲羞愧的表情，就是這樣渾圓的紫褐色乳暈和豐茂的恥毛，讓他在床上輾轉了三個晚上。於是拿出壓在枕頭底下的幾張殘破紙鈔，選在一個月鑲金邊的媚夜，鼓起勇氣去了殺豬弄。

他敲了那扇屬於一個叫齊秋寶的暗娼的木窗，窗子翻起，老婆子露出一張鬆垂皺黃的面孔，見是王二狗，熱情當下便減了一半，只問有無帶錢。他舉了舉手裡的紙鈔，老婆子態度也好了許多，便隨手拖過一個打著哈欠的姑娘，問好不好，他搖頭，說要秋寶。

「她還在做生意，且等一等。」老婆子推開那姑娘，靠在窗子上抽起菸來。

過了約莫一刻鐘，裡頭還是沒有動靜，老婆子突然惱了，隔著身邊的門簾罵了幾句，還威脅要加錢，這才有個男人畏畏縮縮的提著褲頭走出來，往那窗戶瞪了一眼，便徑直走了。

齊秋寶敞著外衣，露出裡頭的碧綠色肚兜繫帶，拿繡汗巾不斷擦著脖子。老婆子忙喚王二狗進來，他入房的時候，已激動得站不穩當。

齊秋寶的房間裡瀰漫一股古怪的藥味，他問是什麼，她笑著拿出一個裝了清水的銅腳盆，往裡面撒了些白粉，這才知原來是白粉的氣味。隨後，她當他面褪了褲子，蹲在那腳盆上洗下身，邊洗邊笑道：「這樣就乾淨了，也省得不小心留種。」

他緊張得嘴唇發乾，什麼都講不出來，只坐在床沿上。

她洗完後，又將褲子穿好，在腰間繫了條紅綢帶，說道：「我現在有事情，要出去一會兒，你可願意等？」

「那……等一下妳回來不認帳了怎麼辦？那老婆子要算時辰的。」他微微掙扎了一下。

她莞爾一笑，掀開簾子走出去了，很快又回轉來，將他也拉出去，走到窗前，那窗格子上已繫了剛剛她擦脖子用的汗巾。她指著那汗巾道：「瞧見沒？這條巾子繫在這裡，我就是你的人，你只守著這個便成，賴都賴不掉的。」

他便這樣信了，站在窗前，守著汗巾，彷彿在守一個要緊的承諾。

從窗口望出去，月亮稀疏的光籠在齊秋寶身上，她在他眼裡就是仙子，漸漸變得透明，隨後消失不見。

「這賤貨怎麼又去會簡爺了？前兒鬧這麼凶！誰說婊子無情？還是有情的嘛。」老婆子搖頭晃腦的走進來，半眼都不看他。

倘若他知道那是她最後一天享陽壽，斷不會由她這麼去了，定會將全部家當砸在這裡，買她一夜，他可以不動她毫髮，只是看著，讓她始終在他身邊兩尺的範圍內活動，興許悲劇便不會發生。

可惜他的悲慟再感天動地，都挽不回她的性命。於是只得夜夜陷入苦夢，夢裡都是她的剽悍，她粗硬如煤球的乳房和旺盛的恥毛，她蒼白無力的胳膊從白布裡伸出來，緊緊抓住了他的陽具……

所以王二狗的幽怨是清晰而隱秘的，想做些什麼，又覺出了自己的渺小，有時連幾個燒餅錢都算不明白，又怎麼去替齊秋寶討回公道？那段辰光，連擀出的餅都有一股莫名的苦味。生活竟比認得那婊子前還要枯淡一些、絕望一些。

可今朝，他復仇的心又死灰復燃，因開書鋪的女人竟與那後生到他攤子上買了兩副蘿蔔絲餅嵌燒餅，吃得油光滿面，汗涔涔的額頭泛著紅光。可見他們與王二狗一樣，都是不怕熱的，只專心享受燒餅的味道。

「奇怪，怎麼你這裡的餅如今不但做得小，還苦了？」杜春曉一如既往挑他的刺。

王二狗因沒有心情玩笑，只敷衍道：「可是姑娘妳這些日子不知在哪個好人家養著，嘴吃刁了？」

「沒錯，就是吃叼了，今後你那餅裡不夾些海參魚翅，怕是打不倒的。」夏冰也跟著貧嘴

起來。

杜春曉橫了他一眼，罵道：「且別得意了，齊秋寶跟你的事兒還沒跟我講明白，你當就這麼算了？」

聽見「齊秋寶」這三個字，王二狗心驚肉跳，擀麵的手都有些不穩當。他原想假裝沒聽見，可到底忍不住，便往夏冰咬了幾口的餅裡頭添了一勺甜醬，訕訕笑道：「小哥兒是幹哪一行的？」

夏冰聽他問得突兀，自己嘴裡那口餅還沒嚥下去，只得含糊的說了幾個字，誰都聽不清楚，倒是杜春曉急了，答道：「他呀，號稱是在保警隊裡行俠仗義的，偏巧上回逛殺豬巷被看見了，被李長凳抓回去嚐了點苦頭，這會子剛放出來呢。」

「呵呵。」王二狗又賠笑道：「那我斗膽問一聲，小哥兒逛殺豬巷，找的可是齊秋寶？」

「對，不過人都死了，有些事情再講都沒用。」夏冰苦著臉，用力咬了一口燒餅，碎渣紛紛落在他那件長久不洗的藍襯衣上。

「喲，聽起來，你這裡可是有什麼事情要講？我再買你十副燒餅，你跟咱們講講齊秋寶的事兒？」杜春曉趕緊拿出身上僅有的一個現大洋，拋在擀麵板上。

於是王二狗便將那晚齊秋寶撇下他，去和簡爺見面的事一五一十講了出來。

夏冰聽完，當下便罵：「死老婆子，前些日子託我找她的時候都不把這樁事講明白！」

語畢，他便拉著杜春曉要去殺豬巷，卻被王二狗叫住：「這錢我不要，只希望姑娘今後多照顧生意便可。」

簡政良的房子已由族長並幾個老的商量決定，要拿出來拍賣，族長原想把田貴的房子也一併賣了，卻有人提出如今田貴只是失蹤，死活不知，這樣貿然賣了他的房子實在不妥，於是決定只處理簡政良的。

因簡政良的房子舊，且破小，要重新整修都是麻煩的，還是凶宅，所以眾人都打算長久擱置。孰料出售的牌子才掛了一日，竟有人拿了錢來買，此人便是李常登。

杜春曉聽說此事，便與夏冰商議：「殺豬弄那老婆子被你逼供，倒是招了些情況，可見齊秋寶與簡爺倒不完全是生意往來。不過李長凳更奇怪，怎麼巴巴兒的買了這破房子去？」

「說是要拆了重造新的，也不知他哪裡來的錢。」

夏冰一提李隊長便不由得懣悶，因齊秋寶的事，自己竟被保警隊除了名，如今他正愁怎麼向住在鎮東遠郊的爹娘交代。若不想回去當蠶農，也只有再找份工，可小小一個青雲鎮，到哪裡去找適合他的活兒？所以他正盤算著離開鎮子，到大地方闖蕩。只是走之前，還得了卻一樁

心願。

「說到李長凳的錢，的確來路有些不對，何況他既有錢，買幢新房子也是可以的，怎麼就偏偏看中這幢老宅？又髒又破，簡政良一個單身老頭子，平素除了喝酒，也不知在裡頭幹些什麼齷齪事……」

杜春曉自言自語到一半，猛地抬起頭，眼睛發亮，對夏冰道：「你說齊秋寶與簡政良密會，地點可是在他家裡？」

夏冰此時一隻腳已跨出書鋪外，回頭道：「正是這麼想的，趁房子還沒交給李隊長，咱們得去趟這一趟。」

……※……　……※……　……※……

黃家祭祖用的祠堂在藏書樓左側，地方竟比鎮上開族會的廟堂還大一些，因那天要廣布善緣，在天韻綢莊大門口發米糧給叫花子，過來幫忙布施的孩子每人還能拿到一塊梨膏糖並一袋爆冬米，所以當日必是熱鬧的。

因規矩多，來客更多，少不得要提前忙亂一陣。

以往十年，掌控祭祖事宜的均是蘇巧梅，可今次卻是孟卓瑤主動請纓，將大權攬了過來。蘇巧梅自然有些不悅，可又不能直說，只得冷眼旁觀。更絕的是，孟卓瑤也不獨包，竟要黃夢清與她一道操持，更顯母女連心。

黃夢清對這些雜事卻表現出了厭煩，她寧願在自己房裡看書練琴，抑或找黃莫如聊天，心中哪裡還裝得下這些多餘的東西？於是少不得被孟卓瑤訓斥。

「妳是真不知道，還是假不知道？現在黃家的兩個兒子形同廢物，一個是什麼都想不起來，另一個也是短命鬼，柳暗花明的日子就在眼前了，但凡妳這大小姐勤力一些，讓妳爹順心，誰能說女子就不能當家？到時招贅都是可以的！」

黃夢清聽得心驚膽戰，欲找杜春曉訴苦，差人去書鋪堵過兩回，都吃了閉門羹。於是索性躲在屋裡不出來，只將原本該她監管的事體統統託附給杜亮。

杜亮這幾日也是忙得暈頭轉向，這邊廂大小姐又悄悄撂了挑子，他又氣又急，可到底還是忍下來，將安排膳食與賓客名單的事情都攬下來了。

可惜孟卓瑤哪裡是容易哄的人，她很快便洞悉了女兒耍的把戲，劈頭蓋臉便是一頓訓，甚至還氣出淚來，嚇得黃夢清趕緊逃去黃菲菲那裡暫避。

「原來也有姐姐怕的時候。」黃菲菲藉機取笑，一面還在給那兩管獵槍上油。

「妳這裡是什麼味道？」黃夢清顧左右而言他，只四處打量，邊看邊道：「這味道我可熟得很，可別做過了頭了。」

黃菲菲歪頭道：「姐姐這話講得可是奇了，從小到大，我都是做過頭的那個人，我爹都管不了，妳倒來管我？」

「哪裡敢管？」黃夢清冷笑，將剛上完油的獵槍拿起來，瞄準前方，說道：「這東西倒也管用，只可惜妳一個女孩子家，用這些到底不合適。」

黃菲菲一把搶過獵槍，道：「哪裡不合適？前幾日姐姐不是還用這個救過親娘的命嗎？」說畢，便把獵槍小心掛好。

黃夢清在背後看著，眉宇間竟有些愁緒。

二人一時無話，又東拉西扯了一番不緊要的東西，便散了。

桂姐幫杜亮核對菜單，竟核對到大半夜。自從孟卓瑤吃到釘子的事最後查到陳阿福身上後，這位大廚羞憤交加，不辭而別，只在廚房砧板上留了封信，訴說自己受到的冤屈，可謂字字血淚。

無奈自張豔萍瘋癲之後，早已無人關心陳阿福的處境，黃天鳴看過信之後，亦不過聽之任之，只再請了一位大廚，名喚施榮生，菜做得不如陳阿福一半好，小聰明卻是有的，自那人掌管廚房以來，上等食材便總是短缺。

杜亮曾旁敲側擊的警告過幾回，收效甚微，所以便與桂姐商議，這次祭祖活動的菜單要親自盯，按單子上的菜色及數量進購食材，一分一毫都摳著，欲掐得施榮生難過。

菜單核完之後，桂姐便按規矩將所需食材盤了個明細，拿到廚房裡去。因已是深夜，眾人都睡下了，原本菜單可以次日一早再交到施榮生手裡，可轉念一想，後頭那一堆事還等著她，怕是幾步路繞到廚房的時間都沒有，交得晚了，又屬她的不是。於是她索性連夜將單子釘在他的菜牌上，免得到時講不清。

桂姐舉著燈籠，剛走到離廚房不到三尺便停下，因恍惚見有人影在窗紙上一掠而過。她起初以為是疲累看錯，也沒有多想，徑直走進去了。

廚房內特有的青蔥與油膩混雜的氣味撲面而來，桂姐將燈籠托高，找灶頭上施榮生的那塊菜牌，才剛找著，便隱約覺得氣悶起來，好似偌大的空間裡還有一個人在同她一起呼吸。她長期失眠，耳根子特別靈敏，知道有些不對勁，即刻猜想是有人潛伏在那裡，至於原因，也猜到七、八分，想是那施榮生財迷心竅，摸黑進來撈偏門。

隨即，她又想到下午才進來的幾包鮑魚翅，若沒估錯，必是收在裡間的儲藏室裡，便躡手

躡腳往那裡走去，盤算著倘若逮個正著，也不急著交出去，姑且放過一回，待頂過了祭祖的日子再說。

這樣的關鍵時刻，少個人便多件事，耽誤不起。

於是桂姐輕輕走到儲藏室前，剛一推門，只聽得「呼」一聲，空氣變得凜冽起來，耳邊掃過一件銳利的東西，她當下右半邊身子便麻軟了下來，燈籠掉在地上，火燭刺破牛皮往外蔓延。藉著那火光，桂姐看見紅水滴落在手背上，她再抬頭，努力睜眼要看一看那賊，對方早已給了她第二次重擊。

彌留之際，桂姐腦中浮現丈夫與那賣生煎包的女人，正並肩走在魚塘街上，她欲上前理論，丈夫卻突然回過頭來，帶一臉的血，伸出手，對她說道：「還是跟我一起走吧。」

她閉上眼，徹底安眠。

桂姐被發現的時候，幾個小廚子嚇得連連尖叫，步子都踩不穩，軟著腿爬到杜亮跟前。

杜亮聽說死的是桂姐，一時也不相信，一面託人去叫醫生，一面自己火速趕至廚房。之所以沒有稟告老爺或者二少爺，是因他心裡還有些奢望，奢望這只是個誤會，所以萬萬不能講出口，怕出口就成了真。

無奈廚房內的血腥場景卻讓杜亮徹底絕望，桂姐的左腦被敲開一個洞，旁邊丟著把鐵錘，燒焦的牛皮燈籠已看不出原樣，縮成焦灰。他登時喘不上氣來，只覺心臟空出一半，無法呼吸，無法思考，甚至還有一些無助。

她一走，他從此便真的是孤軍奮戰，在黃家再無半個知己。

凶手……誰是凶手？

杜亮腦子裡如今只有這一個念頭，他要挖出讓他喪失精神支柱的那個惡人，將此人千刀萬剮，嚐到多於他十倍的痛苦！

大抵是這念頭已讓他面容扭曲，目光殘忍，一時竟無人敢吭聲，只用驚懼的表情看著他。恰巧施榮生走進來，撥開圍觀人群看了一眼屍體，當即便捂住嘴巴，驚道：「怎麼還出了人命了！」

這一句似乎提醒了杜亮，他對旁邊兩個小廚子道：「去儲藏室看看可有少什麼東西。」

桂姐手裡握著的菜單這才入了他的眼，他瞪了一眼施榮生，便跨過屍體，也跟著走進儲藏室裡。

拿油紙包著的魚翅放在最頂層的架子上，是昨天下午進的貨，一共十包，如今數了兩遍，都只剩八包。

「昨兒晚上你們可是一道收的工？」

「是一道收的工。」小廚子怯生生答道。

「誰最後一個走的？」杜亮此刻的威嚴已無人敢質疑，眾人都竭力配合他的思路來走。

間中便有小廚子指了指身邊一個男僕，道：「是他最後一個走，因要打掃。」

那男僕有些怕，忙申辯道：「小的拖完地、擦完灶臺便走了，小的什麼也沒幹哪！」

「儲藏室的鑰匙是誰收著的？」杜亮也不理會那男僕，繼續問。

施榮生看看左右，懶洋洋的舉起了手。

杜亮二話不說，突然撲向施榮生，將他壓到地上，揚起拳頭便一通猛揍，直打得對方哇哇亂叫。

「做賊便做賊好了，何必還要傷人性命！」

杜亮已成怒獸，兩眼充血，兩隻拳頭不停揮打在施榮生的口鼻上頭，指骨在對方牙齒上碰撞出「砰砰」的悶響。

眾人愣愣站在一旁，竟不敢上前拉勸。

而杜亮的憤怒，亦是怎麼都釋放不完，直到桂姐的眼睛突然睜開，引發一片驚叫，他才停了下來。

但桂姐還是死的，眼卻從先前的緊閉變成微張，從眼皮裡發出悲苦的光，彷彿在勸他停手，又彷彿在訴說自己生前積累的那些不甘不願。

杜亮這才舉起刺痛的雙手，號啕大哭起來。

注三：挑花線絆，南方小女生玩的遊戲。
注四：夾頭，南方方言，意指吃到教訓。

第四章 最後審判

夏冰興奮得快要嘔吐，只得強壓住情緒，一路往前。杜春曉跟在後面，扶著牆，指尖有任何異常的觸感便將手中的火摺子仔細照一照左右兩壁。

二人都沒有說話，並非不想交談，只是如入寶山，各自均被剛剛開啟的秘密牢牢吸住，忙於各自的探索，哪裡還來得及傾訴感想？

這一次，杜春曉是得意的，因早就對簡政良家收拾得過分齊整的衣櫃子生疑，所以撬門之後，想也不想便徑直往那裡衝。

夏冰卻是一根筋，認為多半有什麼要掖要藏的東西，保准能在天井裡掘出來，還拿他前年去逝的奶奶為例，證實小戶人家要護財，都是靠一個「埋」字。事實上，這亦是李隊長從前的教誨，但凡辦案子要搜個什麼重要證物，習慣「掘地三尺」。

所以發現衣櫃裡的密道要較喬副隊長的屍體晚一些。

杜春曉對夏冰的做法沒有異議，因她記得天井的老槐樹底下原本長了一蓬紅豔豔的雞冠花，這次來卻看不見了，且腳下的泥地寸草不生，與之前來的時候看到的景致相差有些大，便也答應先刨地再說。

果不其然，喬副隊長那隻被菸草燻黃的大手浮出地面的時候，二人喜多過驚，再刨下去，確定了死者的身分，便又轉喜為驚，轉驚為悲。尤其是夏冰，脫口便罵：「這必是李長覺幹的

好事！」

他們坐在天井裡對著屍首歇了一陣，杜春曉才提議再去那衣櫥裡看看，保不齊還能搜到些意想不到的憑證。結果這一搜，便搜出了一番新天地。

杜春曉此刻心中有一萬個假設，卻未曾講出口。牆上潮濕的褐色印跡，踏過泥地時腳底發出黏鞋的「滋滋」聲，彷彿在證實她的某些推論。火摺子舔過密道內陰涼的空氣，她聞見似曾相識的腥味，卻怎麼都想不起在哪裡聞見過。

夏冰那竹竿似的背影隨火光在她眼前明明暗暗，他一樣沉默，卻是極噪動的沉默，千言萬語已從每個動作裡吐露出來。

「咳！」她忍不住咳了一聲，希冀能打破寂靜，至少可以交流一下彼此的發現。

孰料這書呆子竟回過頭來，將右手食指放在唇間「噓」了一聲，彷彿已知道密道深處潛伏著暫眠的猛獸，怕她這一吵便要驚醒。

於是她只得閉口，跟著他走了老長一段路，卻怎麼都尋不見出口。

在用了四根火摺子之後，夏冰到底有些沉不住氣了，回頭道：「妳說可怎麼找出口呢？」

「出口？」

杜春曉剮了他一眼，往旁邊的牆壁猛力敲了幾下，竟發出木頭的空響。夏冰這才看到，原來牆中間嵌著扇木門，驚道：「怎麼還有這樣的岔道？」

「何止只有這一條岔道？剛剛一路走來，兩邊都有這樣的門，我粗粗數了一下，大約二十多扇。」她使勁推了一下牆上的暗門，那門應聲而開，又出現另一條密徑，彷彿通往更隱蔽的世界。

「剛才為何不講？」夏冰推推鼻梁上的眼鏡，臉膛被火光照得通紅。

杜春曉當即學著他剛剛的樣子，將食指放在脣上「噓」了一聲。

他有些惱了，嘴裡嘀咕了一句「小心眼兒」，便要往那邊門進去，卻被她扯住衣袖，正色道：「咱們可只剩兩根火摺子了，若還要繞這些彎路，怕是有去無回，還是照原來的路線直走，將大致方向摸熟了，改日再來細查也不遲。」

夏冰覺得有理，便關了那門，繼續往前探路，間中杜春曉向他要了記錄用的小本子及鉛筆，在上頭劃劃弄弄，像是在記路線。

他見她表情認真，便笑道：「這七繞八拐的，又是在地下，妳哪裡能畫得清路線？不如拿出牌來算一算出口在何方，還頂用一些。」

「你莫要管我！」她拿出「黃慧如」牌香菸，叼在嘴上，湊近他手中的火摺子點著，深深吸了一口，模樣囂張，然而可愛。

他看在眼裡，心底竟莫名的湧出溫柔。

…※…　…※…　…※…

黃家上下又陷入一片愁雲慘霧，雖說死的也只是下人，卻是祭祖前夕出的事，不吉利自不用說，連剛聘來的大廚都被疑作凶手押去保警隊審問，直接影響孟卓瑤精心計畫的豪華宴。她本想硬著頭皮保一下施榮生，不料在他睡房裡搜出了遺失的兩包魚翅，還有一些零碎的珍貴食材，鐵證如山的同時，亦讓她回天無力。

孟卓瑤心急如焚，兼因她清楚黃家之所以生意做得順，多半還要歸功於每年祭祖後辦的酒宴，不但拉攏了關係，亦彰顯氣派與雄厚財力。無奈如今亂上加亂，眼看宴席都辦不成了，廚房裡幾個打下手的到底撐不起檯面，於是焦頭爛額，看哪裡都不順眼，動不動便藉機訓斥下人，如刺蝟一般恐怖。

黃天鳴知道以後，更是大發雷霆，一面說要火速將施榮生交給保警隊嚴辦，一面卻有些責怪孟卓瑤的意思，講她連個廚子都管不住，惹出這些事來。

孟卓瑤當下氣得要落淚，回道：「這會子怪起我來了，也不想想這些廚子都是誰請的，一個比一個心狠手辣。」

黃天鳴臉上掛不住，當幾個下人的面，給了孟卓瑤一巴掌。夫妻倆徹底翻了臉，從此互不搭理。

孟卓瑤臨走時，可巧杜亮走進來，問佛堂裡的跪墊破了幾個，要不要換新的，她藉著話頭道：「你們一個個可都是瞎了狗眼了？這些事哪裡是我能做得了主的？從今往後都別來找我，找那些能人去！」

杜亮一看形勢不對，便退出去了，他這邊要忙祭祖的事，那邊還在張羅桂姐的喪事，已是心力交瘁，哪裡還顧得上哄這些主子。他剛走到藏書樓那裡，卻見黃夢清正坐在假山底下看書，於是匆匆打了個招呼，便要離開，孰料卻被她拉住，問起祭祖的事來。

杜亮的憂鬱煩躁太過明顯，何況黃夢清已看清他剃成平頂的短髮都有一些花白，短短一個月，竟像過了十年，他老得如此之快，幾乎像是某個人將流淌在他身上的青春洗劫一空。

「老杜，真是辛苦你了，桂姐也沒個親人，鄉下兩個老的又做不了什麼事，也只有靠你。原本這個時候，我爹就該准你幾天假，可偏巧都在節骨眼上……」講到這裡，她竟怎麼都接不下去。

杜亮只得將老爺與大太太鬧僵的事體略提了一下，黃夢清總算瞭解他的心病，連忙安慰

道：「不過幾席酒水的事，哪裡就愁成這樣了？等一下我去香寶齋一趟，跟錢老闆商量在他那裡包十桌，菜單按咱們的來，灶臺食材都是現成提供的，他哪裡會拒絕送上門的生意？」

一句話令杜亮茅塞頓開，不禁感嘆道：「還是大小姐想得周到，我即刻去辦。」

他剛要抬腿，卻被黃夢清按住：「老杜啊，剛剛講過這個事情我去辦妥，你又非三頭六臂，哪裡顧得了這許多？且去忙別的事吧。」

杜亮當即千恩萬謝的走了，黃夢清也回屋裡換了身衣裳，直奔香寶齋而去。待她與老闆談妥菜單和價錢，回到佛堂找杜亮的時候，卻發現那裡已是天翻地覆。

蘇巧梅正對杜亮頤指氣使，幾個打掃佛堂的下人均埋頭打掃，掃帚與地面刮擦的「嘩嘩」聲正表達某些憤怒。

黃夢清已明白了幾分，也只當不知道，上來給蘇巧梅行了禮，笑問道：「二娘怎麼也出來了？」

「還不是妳娘突然撂攤子了，也總要有個人管。」蘇巧梅語氣雖無奈，神情卻是耀武揚威的，但凡有眼睛的都瞧得出她的興奮。

黃夢清當即為杜亮擔憂起來，總管事換了一個又一個，且均是好強有主見的，上臺頭等大事便是悉數推翻前任的安排，以迅速建立威信，此舉勞民傷財，更苦煞了一幫下人。

「可不是嘛，到底還要勞煩二娘的。」

黃夢清只得附和，同時悄悄向杜亮使了個眼色，表示香寶齋的事已辦妥了，杜亮回以感激的笑容。

此時，不曉得哪個角落裡的下人嘀咕了一聲：「可別到祭祖那天又出人命啊。」講得雖輕，卻透過那一片雜亂的「嘩嘩」聲飄進每個人的耳朵眼裡，蘇巧梅與黃夢清也僵在那裡，假裝沒有聽見，面上每一條肌肉都紋絲不動，卻是心亂如麻。

「莫如現在如何？可記得清事情了？」

這一問，蘇巧梅便再也繃不住了，沮喪即刻在臉上翻湧，可見兒子的病確實是她的心結。尤其小月有一回神情詭秘的過來找她，只問張豔萍的瘋病可會傳染。她豎起眉毛說那是胡扯，這丫頭便歪一歪腦袋，說這可奇了，大少爺好似也有些瘋了。她當下狠狠戳了小月的腦門子，警告她切莫亂嚼舌根。

小月捂著發紅的額頭，委屈道：「我若是要嚼那舌根，也斷不會主動來找二太太討打。二太太可知大少爺有時穿女裝，抹了胭脂口紅對著鏡子發愣？好幾次嚇得我不敢進去。這不是瘋又是什麼？」

蘇巧梅聽得臉都白了，一把抓住小月的手腕，急道：「如今大少爺是摔了頭，偶爾神志不

清也是有的，大夫都說這個病好得慢，需要靜養。再者說，保不齊是妳看錯了也未可知。所以嚼緊自己的牙口，若向外透露半點兒，被我知道了，可小心妳的皮！」說畢，還給了對方幾個銀錁子，算是軟硬兼施。

小月是個聰明人，收了東西便滿心歡喜的去了。

蘇巧梅卻是輾轉難眠，一是心疼兒子，二是怕黃莫如真患了瘋病，終有一日會被發現，到時繼承家業的重任萬一落到那病秧子頭上，她在黃家二十幾年的辛苦便算是白費了。思來想去，都是一個不甘心，於是便有些後悔自己想出潛心修佛的把戲，以為可避人耳目，到時再想個法子一記將孟卓瑤殺倒，張豔萍被逼瘋的事亦賴不到她頭上。

可事態發展卻出乎意料，她再不奪回權來，恐怕就真要輸個精光。正盤算著，像是佛祖開眼，竟在孟卓瑤眼皮底下出了這樣的大事，她掌握時機，又上了位。

可惜兒子的隱疾卻是一塊揮不去的陰霾，憑女人的直覺，她模糊的預感還會有更大的災難在黃莫如身上應驗，只是細想卻又抓不到它的蹤跡。於是只得拿出勇氣與野心，與那未知的恐懼、危險搏鬥，如今勝負未分，她是絕不肯低頭的。

雖是用這些念頭鼓勵自己，蘇巧梅卻很長一段辰光都不去探望兒子，怕看見什麼令她不安的細節，萬一驗證了自己的猜斷，變成萬劫不復可怎麼辦？

於是這位強勢聰慧的黃家二太太，便欲將那些惶惶和不祥爛在肚中，只等徹底揚眉吐氣的那一天。

……※……　……※……　……※……

「果然是新鮮。」黃莫如自言自語。

手裡的煤油燈已是亮光如豆，只能照亮身上的對襟綢衫鈕子，及腳下那一小方濕滑的泥地。他心裡暗暗叫苦，怕很快便要陷入伸手不見五指的尷尬處境，屆時若再想回頭，怕是連來時路都找不到。

但總有一些特別的東西牢牢吸引住他，讓他不由自主的往前走，不考慮後果，出不出得去不重要，前方那一片黑幕彷彿等著他上前揭破，如此，他腦中那些頑固的黑點便會被驅散乾淨。

這樣的執念令黃莫如著魔一般前行，自受傷以來，他從未對暗處這般著迷過，只一次又一次從困在封閉高塔內的夢魘中驚醒。

因怕自己真找不到出路，每走十步，他便用手指在牆壁上摳洞，這樣回去的時候，還可以

摸著牆上的洞眼回轉。

這地下的密道想是與鎮河相通，所以空氣潮濕，牆壁都已被泡得酥軟，指甲在上面挖掘也極為輕鬆，不消一會兒，指甲裡已塞滿冰涼的青色泥粉。摳了一段路之後，他摸到與牆壁截然不同的硬物，是木頭！再仔細探索，敲擊，才確認是一扇門。

一瞬間，耳邊響起孩童的嬉鬧聲，伴以輕快輕巧的足音……他腦中遂劃過一道閃電，雪亮、尖銳，刺痛全身。

「這裡有，那裡也有！」

腦袋彷彿已被劈開，一個奶聲奶氣的聲音在頭頂盤旋，指引著他的方向。

此時他已摸到鎖門的鐵鉤子，將鉤子撥開，輕輕一推，那門像是通曉他的心意，底沿沉默的擦過地上的濕土，竟開啟得悄無聲息。

眼前的岔路，讓他有些失望，因沒有什麼「柳暗花明」，依舊是一片漆黑，熟悉的土腥味濃重得教人窒息。他猶豫了一下，看著玻璃燈罩裡那一豆火苗，當下牙關一挫便跨進去了。

亦不知為何，他越是走得急快，頭上的傷口便越是刺痛，似在催促他快些恢復記憶。

輕微的，帶有殘忍殺意的腳步聲，宛若鋼釘，一根根釘入脊椎。他冷汗直流，驀地想起後腦殼受到重擊的那一刻，他撲倒在棉絮狀的灰塵裡，耳邊發出莫名的轟響。所以這一次，他保持高度的戒心，時常往後看，可又無端覺得自己已熟門熟路，可以往任何一個方向遊走而不迷失。

但隱身暗處的對手似乎比他更瞭解環境，那個人不發出一點動靜，卻讓他知其存在，正於不遠處走來，越靠越近，卻又是融化在空氣裡的，肉眼怎麼都捕捉不到。

黃莫如開始急，開始怕。

手中的煤油燈幾乎已沒了熱量，因吸了周圍的潮氣，火光外焰還有些發綠。他並非知機察微的人，此時卻也嗅到了一線凶機，空氣切割皮膚的疼痛幾乎令他癱軟，於是摳挖牆壁的手變得無力，洞眼越摳越小，到最後他已不確定是否還能摸清楚那些自製的標記。

在這樣逼仄的環境裡，他張大的不止眼睛，還有耳孔，於是遠遠聽得一記金屬的亮音，像是與什麼糙物摩擦引起的，本該讓人牙根發酸的動靜，如今卻變得毛骨悚然，因它過分清脆、悅耳。

他竭力壓抑住鯁在咽喉裡的幾百聲尖叫，繼續往前，但凡摳到木質暗門，便將它推開，再確認自己是否要進去。

腦中有一隻無形的手，正指引他的方向，該走到哪裡、該忽略哪裡，似乎都登著一本帳。

但金屬劃過糙物的聲音，卻如影隨行，令他前方的每一個拐角都似張開一個猙獰的懷抱，

一旦投入進去，便死無葬身之地！

因越想越覺得蹊蹺，他索性貼著牆根前移，欲尋到那金屬聲的出處。它切割著他的神經，令他心緒難安，且意識到今天唯有找出源頭，方可平安回轉。

「這裡有，那裡也有！」

奶氣的童聲又在他背後響起，他嚇得險些尿出來，所幸一根手指還緊緊卡在剛摳好的牆眼裡頭，多少緩解了一點緊張。待回過頭去，微弱的燈光亦僅僅照到腳面，兩邊又是茫茫然、黑洞洞的一片。

於是他努力區分幻境與現實，聽到的哪些聲音是不存的，哪一些又算真切。為此，黃莫如頭痛欲裂，暗沉的光線令他兩眼痠澀，腳步遲鈍，身後仍是鬼魅一般的「噌蹭」作響。

這個辰光，他想起了秦曉滿。

她豐豔的唇此刻若正貼住他的耳根，必能消除他現在幾近滿溢的倉皇。淡薄的醬香掩蓋了特殊的土腥氣，她可以靠在他懷中，講一些讓兩個人都面紅耳赤，然而又極渴望的私話……他每每面對她，都像是初識，又似已挨過了一個天荒地老。

迷亂之際，他又摸到一扇暗門，便小心推開，那門依舊啞然的開啟，替他保著密。他掩進門內，將煤油燈吹滅，驀地發現原來自己早已適應了黑暗，周邊景物都能看出個大概，甚至還輕鬆繞過了門邊堆放的幾個竹編籮筐。

「噌噌」聲正不急不緩的逼近，他將暗門留了一道縫，將一隻眼睛貼住那縫隙。

來了，終於要來了！

他確定金屬聲並非幻覺，甚至已看到一團陰影慢慢往那暗門處移動。他屏息窺伺，激動得面孔發紫，但還是將煤油燈抱在懷裡，權當是自衛用的「利器」。

雖是在暗無天日的地道，卻依舊可以辨認出那黑暗有個人的輪廓，手中執一長條狀的東西，他依稀識別應該是斧頭之類的東西，它被來人單手拎住把柄，另一頭卻在牆上刮擦，遂發出令他心驚肉跳的「噌噌」聲。更要命的是，他記起先前在牆上摳的標記，竟被這神秘客一一毀滅，且不費吹灰之力。

經由這一點，他清楚的意識到，此人是奔他而來的！

關乎如何對付跟蹤者的法子，黃莫如在暗門背後想了好幾個，最後決定等對方走近他掩藏的地方時，突然跳出來，用煤油燈將其砸暈。他從黃夢清那裡借來的西洋偵探小說中，已看過太多這樣暗算與反暗算的橋段。

打定主意後，他便不再焦躁，只努力貼著門板，只等此人近一些，再近一些……

斧刃劃過牆壁的聲音猶在耳後，連泥灰掉落的動靜都清晰可辨。他不知為何，竟有些興奮，隱約懷念起小時候的捉迷藏遊戲，尋人的越是靠近藏身地，他便越是提心吊膽，可一旦對方疏忽了那裡，成就感便油然而生。

人大抵是天生的「陰謀家」，喜歡算計自己，也算計別人。

來了！真的來了！

他在心裡對自己狂叫，靈魂已然發顫發熱，玻璃燈罩也快要在手中捏碎。實際上，令他振作的事情還有一件，他已聽見對方綿長的呼吸。

只是，那咬人的斧音突然變了，成了「咯噠」，他當下心裡涼了半截，因知道那是斧刃擦在他藏身的暗門上發出的動靜，這扇門，到底還是出賣了他！

他亦是豁出性命一般，猛地將門打開，高高舉起煤油燈。剛一抬頭，卻已絕望。只見對方的利斧已舉在他的頭頂，下劈速度之快，猶似勁風掃過，同一時刻，他彷彿聽見了死神的召喚……

……※……　……※……　……※……

夏冰的筆記本上已畫得密密麻麻，杜春曉對畫畫一竅不通，所以線條曲曲扭扭，只能勉強看出個意思來。

這是他們第五次摸進密道，可謂經驗豐富，夏冰還借了顧阿申的手電筒，只可惜太過費電，不如火摺子燒得久，於是後來竟將燈籠也帶去了，蠟燭火柴也備了一些。杜春曉還拿炭筆在每個門上做記號，代表已經進去過了，那裡通往何處。

不過很快，他們便發現，下一次進密道的時候，門上牆上的炭筆記號都已被擦掉了，可見裡頭還有別的人，於是忙四處亂跑一通，想「捉活的」，可底下地道複雜如迷宮，東南西北都不知道，哪裡還有能力追蹤某個人。

用杜春曉的話來講：「寶是挖到了，只可惜帶不走，賺不到錢。」

……※……　……※……　……※……

這些日子裡，李常登也是忙亂的，將簡政良的房子盤下以後，忙著把錢藏到安全處，更是借辦案的名義，忙著進出黃家。

張豔萍每回都是呆滯著一張臉招呼他，他卻能從她枯萎的姿容裡看出曾經的風華，如今她

就像某件「紀念物」，只是蒙了灰，且被歲月磨蝕過了。但也由此，他對她的戀情，竟比年少時還要堅硬一些，這令他覺得安穩。

「妳可記得我？」

因有下人在旁，他問得尤其隱晦，裝作只是隨意試探一下她的病情。

她抬起一雙茫然的眼，望著窗外那蓬金盞花上一掠而過的灰雀，頭髮裡散發的異味表示她已許久不曾受過悉心照顧，嘴唇起著倒皮，十片指甲都是禿的，皮膚上的紋路經緯分明，周身上下的那股寥落，彷彿直接被打上了「失寵」的烙印。

阿鳳更是無精打采，倚在桌子旁繡著一個香包，每下幾針便打一個哈欠。起初她對李常登來訪亦是誠惶誠恐的，次數多了，熱情便也消了，只懶懶的端茶上來了事，連續水的活兒都不屑做。

「等我，不消多久了！」

李常登將手中的菊花茶一氣喝盡，自心裡對張豔萍許下一個承諾，茶水的清甜凝成一滴苦淚，由眼角沁出，他胡亂用手掌抹了一把臉，便走出去了。

張豔萍仍是靜坐在那裡，宛若一尊塵封住的殘破雕像，陽光從她臉上輕盈的躍過，不留一絲暖痕。

……※……　……※……　……※……

佛堂內的祖宗牌位已被擦得快要脫一層殼。

因黃天鳴是白手起家的孤兒，自己父母姓甚名誰都不曉得，所以祭的祖實是孟卓瑤娘家的人，包括她的父母、外公外婆，還有一位據說活過百歲的太公。

佛堂雖大，只這幾塊牌位也確實寒酸了些，可明眼人都曉得，立下這樣的規矩傳統絕非一時興起，而是黃天鳴的交際門道，要想家業穩固，無非人脈根基打得好，由此生意興旺，一帆風順。

家中雖人來人往熱鬧得很，孟卓瑤卻顯得尤其清閒，正坐在女兒屋裡吃茶。黃夢清知她必要發一通牢騷，忙叫玉蓮拿出些香瓜子來，以供母女二人聊天。

「依我看，母親就安安心心坐在這裡享清福，何須勞這樣的心？二娘做得再好，還不是為母親做的，難不成您都忘記了咱們要祭拜誰的牌位？」

黃夢清少不得這樣勸慰。

孰料孟卓瑤卻搖頭道：「有些事情你們小的是不知道的，自古大家宅裡總是要出些禍害，

妳以為這裡沒有嗎?還不是老爺色迷心竅，只看到我的不好，看到別人的好。」說畢，眼中掠過一絲淒涼。

正說著，卻見玉蓮急匆匆進來稟告：「杜姑娘來了！」

黃夢清先是一驚，遂擺出惱怒的神色來，只道：「且叫她進來，倒要問問她這幾日是到哪裡開壇作法扮神婆去了。」

話音剛落，杜春曉人已自顧自的跑進來，嘴裡只喊渴，要喝茶。

孟卓瑤哭笑不得，說道：「妳說杜姑娘如今倒像是我們家的人，只不知當她女兒好呢，還是下人好。」

「不像女兒，更不像下人，而像咱們的老祖宗，要這麼樣服侍著。」

黃夢清這一句，將在場的幾個人均逗笑了，唯杜春曉沒心沒肺的只顧喝涼茶，完了還長長嘆了一大口氣。

黃夢清見她臉上身上都是泥，皺眉道：「看來不是去做神婆，倒是去種地了，髒成這樣。」

杜春曉拿手背擦了擦嘴巴，笑道：「不是去種地，是去玩了通更神奇的把戲！」

「什麼把戲？」孟卓瑤好奇心重，便急著問了。

「過幾日再與妳們細說，如今要保密的！」

黃夢清已笑得直揉肚子，嘴裡叫著「哎喲」，孟卓瑤也一掃先前的陰鬱，整個人都舒展開了，屋子裡原本幽怨的氣氛瞬間無影無蹤。

⋯※⋯　⋯※⋯　⋯※⋯

張豔萍不曉得睡了多久，只知睜開眼的時候，渾身無力，動一根手指都是難的。甚至搞不清眼睛究竟有沒有睜開，因捕不到一絲光線，周身似沉入一片黑海，摸不到什麼邊際。

她想開口叫茶，又覺得口鼻處悶悶的，面部每一條肌肉均被拉扯到極限。口腔裡塞了一個滾圓的硬物，將舌頭強行壓住，她強迫自己發聲，卻只聽見「嗚嗚」的悶叫，方發覺自己嘴上被布條之類的東西封住了。

她當下想坐起來，手臂卻一陣痠麻，且是一直貼在臀部上的，腕部像是被一種堅韌的細繩纏緊了，腳踝也是，以至於翻身的辰光能痛出眼淚來。

她不曉得自己在哪裡，是誰抓住她，只能縮在這個深淵裡等待被救。只是，誰會來救她呢？在眾人眼裡，她如今不過是個瘋婆子，黃家的累贅、廢物，唯一的價值無非是給了黃天鳴

娶四姨太的理由。

但她仍在堅持，李常登深情苦楚的眼神給了她信心，令她對這樣前途凶險的抉擇無比執著。明知裝瘋是要從此入魔道，承受阿鼻地獄考驗的，她卻以為這是唯一能挽回事態的方法。

可現在，這個本該消除了所有人戒心的瘋婆子，卻被捆得像顆粽子，她直覺繩子勒住的皮肉正在潰爛流膿，一股淡淡的腥臭撫過鼻尖。她心情沮喪的掙扎了一下，喉嚨裡又「嗚」了一聲，依舊無人回應。

她終於有些急了，顧不得疼痛，將整個身子奮力扭動，被反剪的雙手突然重重擦過一條堅硬的邊沿。她無助的墜落，灰塵即刻湧入鼻腔，她想咳嗽，卻怎麼也做不到，只是在看似地面的地方來回翻滾，一對被強行綁攏的金蓮竭力向外伸張，期望能觸碰到一些東西，抑或一條生路。

一道熾黃的光芒在張豔萍身後燃起，她知道有人在這裡點了燈，既喜又怕，欲折轉身子將來人看清楚，可很快便打消了念頭，只僵在原地不動。因她想到，倘若看清這歹徒的面目，保不齊會被殺人滅口，不如這樣繼續裝瘋賣傻，或許能留條命也未可知。

可那人似乎並不瞭解張豔萍的苦心，反而將她的身子掰過來，於是兩人便不得不正面相對。張豔萍看到的是個罩著黑色斗篷的人，整張臉、整副身體均被那斗篷掩埋起來了。她於是猜想此人可能是鎮民一直傳說的湖匪，將她綁了去勒索贖金的，想到這一層倒反而安心了些，因知自己一時還不會有生命危險。

可萬一不是呢？

這念頭幾乎要將她折磨成真瘋子。

正在掙扎之際，那人已抓住她的頭髮，將她拉起，她只好直起身子，也藉機觀察了一下環境，竟是個沒有窗戶的空間，四四方方，除門邊放著一張板凳之外，別無他物。

她當即有些絕望，心想若真要在這裡待上幾天，怕是比死還要難過。

綁她的人卻似乎沒什麼顧慮，只拿一條繩索繞在她脖子上，在後頸處打了一個活結。她復又惶恐起來，拚命搖頭，兩眼溢滿淚水。對方動作乾淨俐落，看起來鎮定得很，似乎一切都只是依照計畫執行，沒半點遲疑。

她的恐懼此時卻已抵達制高點，尤其那條套在頸上的繩索慢慢拉長，被繫於一根生鏽的牆釘上時，她兩隻褲管裡已淌下腥臊的熱流。

對方對張豔萍的失禁視而不見，只顧做自己的事，將門邊的凳子拿到屋子中間，然後站上去，把連繫著她脖子的繩索與頂部的一根橫木綁在一道，此人每用力打一個結，她的脖子便被抽緊一次，空氣流過越漸窄小的喉管，變得珍貴無比。

待那人把張豔萍托上那張凳子的時候，她才曉得自己的死法，只要凳子一倒，她的脖子便也應聲而斷。所以她只得在絕望中保持平衡，將腳下那張攸關生死的凳子踩穩，但她明白，只要這個看不清面目的人輕輕將凳腳一勾，她便要會走上奈何橋。因此她雙目暴睜，死死盯住對方，接下來的任何一刻，都極有可能是她的末日。

也不知過了多久，對張豔萍來講，可算是經歷幾個世紀，凳子沒有倒地，她也未曾聽見自己脖子斷裂的聲音。那位神秘客只是拿起燈籠，背轉身走出去了，順帶還關上了門。

她旋即又被沉入了「黑海」。

……※……　……※……　……※……

黃莫如瘋狂的往前跑，每跑幾步便敲擊一下牆面，希望能找到一扇暗門，好讓他絕處逢生。雖已大致看得清周圍形勢，可到底是在摸黑，恐懼感從未消失過。

腳下踩到的東西發出熟悉的「噗噗」聲，地面開始變得乾燥，較先前走過的濕地要好一些。他奔逃時並沒有放鬆警戒，因怕先前那個握著斧子的殺手會爬起來繼續跟隨他，並伺機要他的命。

他有些記不得自己是如何逃脫對方的斧子，只知當時周圍都是黑霧，唯斧刃邊緣是雪亮的，他已無路可退，只得大吼一聲，撲過去抱住對方的腰，那人因這突如其來的衝力，仰面倒下，兩個人滾在一起，黃莫如用煤油燈狠狠敲擊對方，他看不清究竟打在了哪裡，只知對著身下奮力扭動的活體進攻……

那個辰光，他已經不害怕了，周身反而散發出殺氣。原來人被逼到絕境的時候，確實會不顧一切的自保。儘管他已聽到斧頭落地的聲音，亦絲毫沒有放鬆，唯一的念頭便是要讓這「怪物」不動，只要對方還動著，他就仍未逃出死神的掌心！

耳邊盡是玻璃的碎裂聲，燈罩碎片嵌進他的手背，但一點都不痛，體內的血液在疾速奔流，哪裡還有觸動傷口的空檔？

間中他想撿起一塊大些的碎片，以便切斷對方的喉嚨——倘若這殺手有喉嚨的話。可惜手掌只是胡亂劃過地面的碎渣，擦出滾燙的汁液。

他擔心自己會流血而死，於是跑得更快，風颳過他發麻的頭皮，手上的傷痕這才隱隱有些痛了，正是這些不愉快的知覺，讓他慶幸自己尚在人間，跑得也越發積極，腦中那位無形的「嚮導」似乎正在指明方向，那些暗門與偏僻拐角竟也不那麼難辨，他每一步都跨得極有效率。

對了，就是這裡！

他的腳尖觸到一個硬物，於是蹲低摸了一下，是個臺階，意味著眼前有一條可以往上走的路。由此，他才嗅到了一種叫「希望」的東西。

……※……　……※……　……※……

蘇巧梅正對著香寶齋送來的菜單大發雷霆，嫌「蘭花鮑魚盅」太過小家子氣，非要換「金玉滿堂」，高價進購的汾酒也被她數落出幾百樣不好來，竟要杜亮再去買些茅臺，專留給鎮長那一桌用。

她嘴皮子動得倒也鬆快，只愁煞了大管家，讓香寶齋臨時更菜不是難事，可這會子哪裡還弄得到極品酒。

苦悶之際，玉蓮笑嘻嘻走過來，悄悄將杜亮袖子一扯，道：「大小姐讓我囑咐你，莫去理二太太的指示，如今變這樣變那樣，神仙都伺候不好。所以你且自顧自做你的事兒去，免耽誤了大事。」

「替我謝謝大小姐的好心了。」杜亮苦笑道，「可妳我都清楚二太太是什麼樣的脾性，連指甲縫裡的一點泥都要挑出來的，何況是這麼大的敷衍，少不得還得由著她，否則我差事難保。」

玉蓮又道：「大管家多慮，這裡缺誰也不能缺你。如今風水輪流轉著，也不知下一圈轉到誰那裡，但至少也不該是二太太了。」

杜亮這才轉頭將玉蓮上下打量一番，詫異道：「難不成這番話也是大小姐教妳說的？」

玉蓮笑道：「怎麼會？自然是我想到的，才跟你講。」

杜亮不由得心中感慨，原來這裡的下人都心如明鏡，只平素都在裝傻，唯他心機淺薄，能力都擺在臉上，反而受欺壓。當下便萌生去意，但他轉念一想，還是決意等祭祖之後，如今在這樣的緊要關頭上走人，有些太不道德。

正想著，卻見月痕遠遠的衝他擺手，便走過去問怎麼了，竟是二太太又翻出新花樣，要在宴上擺一道紫檀木雕屏風，說顯得闊氣。

杜亮一聽便知道那是二太太打三太太的主意，唯她過門的時候老爺特意送了這樣貴重的古董，以建立她在黃家的威信。所以這東西自然是扎了蘇巧梅的眼，非得趁這個時候把東西借出來，用過之後何時能還回去，可就難講了。

「也不知三太太肯不肯。」杜亮勉強擠出這一句來，「再說這東西教誰去借好呢？」

月痕心直口快，道：「這等美差，自然是杜管家出馬，其他人誰去都不好吧。」

杜亮只得硬著頭皮，帶兩個下人去到張豔萍的屋子，在門口叫了半天無人理會，只得走進去，見阿鳳趴在桌子上好夢正酣，桌面攤著一大片亮晶晶的口水。他當即有些哭笑不得，心想果真世態炎涼，主子落魄，下人便也跟著頹靡。於是，他出手在她後腦勺上狠狠拍了一下，她竟只是咂了咂嘴，依舊鼻息緩滯，沒有半點驚醒的意思。

「阿鳳！」杜亮有些惱了，抓住阿鳳的肩膀，將她翻轉過來，拿起桌上涼了的茶水徑直往她臉上潑，順帶還抽了她兩記嘴巴，她這才迷迷糊糊的睜開眼。

「小蹄子膽子倒也大，主子正病著呢，倒還睡得香了！」

嚇得阿鳳忙跪下哭道：「平常都是小心伺候著的，萬不敢打瞌睡，今兒也不知怎麼了，竟睡到現在！」

「三太太呢？」杜亮想著辦正事要緊，便也不再計較，只伸頭往裡屋探去，心裡盤算著反正主子也是瘋的，縱跟她說了也不會明白，不如直接交代給阿鳳，便把屏風抬走了事。

阿鳳縮著脖子走進裡屋，不消一會兒便出來了，面色蒼白道：「三……三太太不見了！」

張豔萍的失蹤，杜亮首先稟告的是黃天鳴，誰知他聽後便只命兩、三個下人去四下找一圈，杜亮原想問要不要從二太太那裡撥幾個忙祭祖的人出來幫著，見老爺也是淡淡的，當下便應聲退出去了。

黃慕雲知道了，急出一陣劇烈的咳嗽，遂操起藤條沒頭沒腦的抽了阿鳳一通，阿鳳也不躲，只倒在地上嚶嚶的哭，說是渾身無力，起不來了。

「馬上去找！哪裡都不許漏！」

黃慕雲話一出口，杜亮便聽出音來，回道：「該找的地方都找過了，包括藏書樓在內，都是空的。」

剛說完，黃慕雲已換上皮鞋走出去了，杜亮忙在後頭跟著，卻被他拿眼睛瞪了回去：「你們哪裡是真心要找我娘？不如我自己去，不勞駕各位操辦祭祖大事了！」

杜亮只得站住，臉上紅一陣白一陣的，想來想去，還是去找黃夢清，把事情說了。

黃夢清卻表現得漠不關心，笑道：「她這麼弱的身子，還能跑去哪裡？定是還在院裡轉悠呢，等一下我讓玉蓮也出去找，你且把慕雲叫回來，囑咐他莫聲張。無論如何都不能亂了明天的大事，可明白了？」

一番話，說得杜亮心都寒了，他方才明白昔日老爺捧在手心裡的珍寶，如果卻已成了錦灰堆，風光怕是回不來了。於是他將心一橫，索性也隨黃慕雲去，自己徑直去佛堂跟進祭祖的

事，將張豔萍拋到了脖子後頭。

有些事情，既力不從心，不如放棄來得痛快乾脆。

可憐張豔萍，如今還在不知哪個暗室內，全身僵直的站在板凳上頭，脖子被「奪命索」牢牢套著，略有個風吹草動便要被打入地獄。

⋯⋯※⋯⋯　⋯⋯※⋯⋯　⋯⋯※⋯⋯

夏冰與杜春曉，已是徹底的「迷途羔羊」，不知從哪個門進，也沒想好出路，炭筆畫過的地方不曉得為何，轉眼便被泥灰覆蓋。所幸準備充足，還不至於走投無路，兩個人甚至還有些樂在其中，因都堅信「峰迴路轉」的道理，以為這樣的絕境能助他們發現更大的「寶藏」。

杜春曉邊走邊哼著不知名的小曲兒，夏冰牽著她的一隻手，偶爾還拿過她嘴裡的香菸抽一口，再塞回她脣間去，動作自然得像是老夫老妻。

「我在想，若再尋不到出口，妳就拿牌算一算，指條明路。」他開玩笑道。

她卻大笑，然後攤了攤手，將一張戰車牌在他眼前晃一晃，說道：「那牌只剩這一張了。」

「其餘的呢？」

「都留在那裡做記號了。」杜春曉退回十來步路，打開一間暗門，裡頭卻沒有另一條岔道，而是一堵磚牆，牆面上貼著一張塔羅牌。

「我隨身帶的塔羅只可算小阿爾克那，因此現在只有二十二張。且因之前咱們每回做的記號都會被人抹掉，所以我便專找那些被封了的暗門，釘上牌，再把門關上，如此一來，那想讓咱們迷路的朋友便不知道了。」她笑得燦春花，臉也被火光照得神采飛揚。

夏冰皺眉道：「也沒個順序，有什麼用？」

「誰說我就記不得放牌的順序？」她下巴一抬，顯得傲氣十足。

他這才鬆了口氣，剛想說句解脫的話，只聽她又補充道：「其實我還真不記得了。」硬生生將他氣得險些吐出一口老血。

兩人正欲鬥嘴叫罵之際，她卻滿腔憂慮的望著前方黑茫茫一片，喃喃道：「而且我手裡的牌，已只剩一張了……」

夏冰此時已忍無可忍，一面往前走，一面轉頭對杜春曉怒道：「從前不是講得自己比天王老子還厲害嗎？這會子怎麼又露了怯？萬一咱們真出不去了，彈盡食絕的時候，妳可得先死，讓我吃妳的肉。」

「呸！你身子骨比我弱，自然是你先死，我吃你的肉！」杜春曉當即不服氣了，將菸蒂往地上一丟，上來狠狠在夏冰胳膊上掐了一把。

他痛得整個人跳起來，忙挽起袖子查看，那塊皮肉已紅得如熟蝦殼一般，於是道：「妳這瘋婆娘何時能正常一些？說笑罷了，還要動手？再這樣……」

「啊！果然還是我強過你！」杜春曉未等他講完，便突然拍手大笑起來。

夏冰目瞪口呆的盯住她，暗想她莫不是真的瘋了。

只見她手舞足蹈的彎下腰，拾起剛丟在地上的扁扁的菸頭，歡呼道：「這記號，可也是我一路留下來的，保管錯不了了！」

說畢，兩人相對無語了好一陣，突然都大笑起來。

夏冰笑完後，回頭還要向前，卻打了個踉蹌，身子往前撲倒，手裡的火摺子也跟著飛了出去，正擦過杜春曉的右臉頰，她當即感到耳邊「轟」的一聲，遂皮膚生出麻辣辣的疼。原想罵夏冰幾下出出氣，眼前的景象卻不得不讓她住了口。

因絆倒夏冰的是一個往上的樓梯，這表示，他們終於可以走出地底迷宮，擁抱光明了！

……※……　……※……　……※……

黃莫如站在光線最強的窗下，看灰塵漫舞，他不曉得算不算僥倖，只知手上阡陌縱橫的傷口裡還埋著一些玻璃碎屑。

這個時候，他本該就此跑出去，聯繫保警隊，將那密道翻個底朝天，以便挖掘出更多鮮為人知的秘密。

可終有個奶聲奶氣的聲音，在他腦中盤旋，要他「可不准對任何人講！」。

於是他決意保持緘默，卻又有些不甘心，一些片段已越來越清晰，只是沒有一條線能將它們拼湊起來，他只得繼續尋找。

藏書樓的木梯如垂暮老人，每一級臺階都有蟲蛀的細小洞眼，與水波一般的細紋路混在一起，彷彿脆弱至極，教人不忍踩踏。每層都有一圈高聳接頂的書架子，被厚薄不一的線裝古籍塞得滿滿當當，書脊與頂板之間結著密密麻麻的蛛網，宛若對似水流年的幽怨傾訴。

而他夢遊似的步履，令這些古舊的階梯發出遲鈍的呻吟，越是往上，他情緒便越是高漲，因知道之前被偷去的記憶正逐漸奉還予他。

藏書樓頂層的凶案氣息依舊明顯，唯一一座半空的書架後頭，紅漆剝落的小隔門後頭，便是薛醉馳曾經的藏身處。移開那扇門，酸臭味仍未蒸發乾淨，在那窄小的空間裡遊蕩。

他略略屏住呼吸，貓著腰鑽進去，發現頂板剛好壓在離他頭頂兩寸的地方，在裡頭想直起身子已不可能。他不由得倒抽一口冷氣，感慨是怎樣的執念，竟讓一個人能窩在這裡過地鼠般的生活十多年！令人窒息的空氣讓他幾欲嘔吐，只得背朝後退出來，剛退到門邊，卻撞到一件東西……

不！是一隻人手，正搭在他背上！

他當即頭皮如炸裂一般驚恐，身上每個毛孔都張開了，後腦剛剛癒合的傷口正椎刺靈魂深處的記憶。

沒錯，原先也有過類似的情景，一隻手搭在他的背部，以為是掠過的蚊蠅，剛要回頭去搧，已來不及了！

重心彷彿突然從他體內抽走，他在樓梯上翻撲，木頭粗糙的倒刺劃過面頰和手臂，並不覺得痛，只是如著火一般教人焦慮、失去應變的能力！

所幸這一次，他不是站在樓梯上，縱然再被暗算一把，至多也不過跌進這臭氣熏天的暗室裡去。

只是，倘若對方手裡還握著一柄利斧呢？

密道內的驚悚經歷復又纏住他的呼吸，於是他一動不動，將每條肌肉緊繃，緩緩回過頭來，汗珠順過眉毛滴落在眼眶內，都顧不得去擦一擦，只竭力睜著眼，想死得明白。

「是大少爺呀……」

背後那隻手的主人，是夏冰，後頭站著渾身菸味的杜春曉。

黃莫如這才恢復了呼吸，大口喘著氣站起來，捂住胸口道：「你們來這裡作甚？」

「大少爺又在這裡作甚？」杜春曉半瞇著眼，反問得毫不客氣。

「我……」黃莫如剛要回答，卻見杜春曉頭頂升起一把斧頭，刀刃正對她的腦殼正中。

「小心！」他大叫，心裡卻估摸著已來不及，再過幾秒，杜春曉的頭顱怕是就要被劈成兩半！

孰料她像是背後長眼，也不回頭，徑直將身子往下一蹲。原本高舉斧頭的殺手見獵物突然矮下去了，一時不知如何是好，竟將手舉在半空怔了一下，這一怔便給了夏冰反撲的機會，他將手裡的包狠狠甩在殺手臉上。

黃莫如終於看清那殺手，竟是披著件黑斗篷，將身材與面孔都遮蔽起來，竟似活脫脫從杜春曉的死神牌裡走出來的。

殺手被夏冰裝火摺子的布袋擊中面部，斗篷套頭的部分便落下來，露出一張陌生的面孔。滿頭銀髮，神情扭曲，五官因殺意而變得暴戾，皮膚卻光潔蒼白，似經久不見陽光。因斗篷落下的一瞬，他整個暴露在光天化日裡，竟不由得抬臂擋住雙眼，夏冰忙上前猛地向他揮了一拳，對方應聲倒地，右手卻還緊緊握住斧柄。

黃莫如站在一旁，竟完全沒有上前幫忙的意思，像被施咒了一般盯住前方。

杜春曉急了，在他耳邊喝道：「快上前幫忙呀！」

其實她自己都不知要如何幫忙，因夏冰已與那殺手抱作一團，在樓板上翻滾，兩人均沾了一身灰塵，殺手的斗篷也已脫落，露出裡頭穿的短褂長褲。他們奮力扭打，旁人卻已分不清誰是誰。

夏冰死死擒住對方拿凶器的那隻手，另還騰出一隻手來掐住他的脖子，那人喉嚨裡發出嘶啞的號叫，因氣管閉塞，很快便面孔緋紅，眼裡的血絲根根暴漲。

杜春曉也是緊盯著地上的那兩個人，卻不知從何插手，只能不斷跺腳，這樣驚心動魄的場面，她當真一點也應付不來，偏偏跺腳那會子，竟將夏冰掉下的眼鏡踩了個稀爛，於是更不知所措。

這個辰光，她才真正當自己是個女人，掐住發呆的黃莫如吼道：「趕緊上去幫忙呀！愣你娘呢！」

話音剛落，她已被一條繩索套住，喉嚨猛地封閉，空氣與她就此隔斷。她只能胡亂揮手，在半空亂抓，可惜勒住她的人在後方。

是誰在暗算她？

杜春曉全仰仗肺腔裡的最後一口氣，竭力想回頭看一眼，無奈身體發麻，血液像已凝固，想動彈一下都是妄想。她腦中不由得掠過一絲沮喪，頭一回覺得做女人吃虧，不似男人這般孔武有力的話，辦案遇上危險便只有等死的分。

意識恍惚之際，她看見黃莫如還站在窗前的那道光線底下，宛如正接受神佛的光芒沐浴，神情之虔誠、呆板，令她即刻下定決心，變鬼之後定要先找這位大少爺，再去尋凶手報仇！

她正絕望的在那裡盤算，耳邊卻傳來一聲模糊的轟響，脖頸也隨之一鬆，剛踏入鬼門關的半隻腳竟又收了回來！

聽覺與視覺恢復之後，她又轉頭看地上抱在一起的兩個人，想是因先前那聲巨響驚動了所有人，夏冰不自覺的鬆了力，竟被那殺手反撲，將其摁在牆上，利斧再次舉起，往夏冰頭上砍去……

緊接著，又是「砰」的一聲。

殺手正欲殺戮的動作定格了幾秒，便軟軟倒下來，靠在夏冰身上，斧頭「磅噹」落地，之前所有緊繃的殺機，也似乎在這一刻意外落幕。

夏冰臉色蒼白的推開殺手，對方參差不齊的白髮刺過他的下巴，令先前強烈的求生欲望變成受驚嚇後的餘溫，他忙推開不知還有沒有氣息的殺手，抬頭望去。

卻見黃菲菲站在那裡，原先瞄準殺手的獵槍冒出一縷青煙，槍管正隨她豐滿的胸膛劇烈起伏。

「這……這是李常登……」杜春曉指著地上的屍體說道。

「胡說！這個人根本沒有見過！」夏冰忙捂著脖子爬起來。

黃菲菲將槍管往杜春曉身邊的那具屍體指了一下，努嘴道：「她是說這個人，不是剛才對你行凶的那位。」

果然，李常登睜大雙眼倒在杜春曉腳邊，左手指上還纏著一根細紅繩，轟開的太陽穴裡正流出粉紅的腦漿，汁液淌過黃莫如腳邊，將那只滾落在地的舊黃楊木菸斗染紅了大半。

「那這又是誰？」夏冰迅速恢復鎮定，將白髮殺手的身子翻轉過來，他背部中槍，血流得不算很快，但已浸濕了一大塊地板。

無人回答，因都說不上來，空氣瞬間又凝結成冰。

過了好一陣子，只聽黃莫如大叫一聲：「我想起來了！」他一副頭痛欲裂的樣子，捧住額上已滋出血水的繃帶，嘴脣抖動得極厲害，彷彿在沙漠中行走的旅人看到了水源。

「嗯，其實，我也想起這個人是誰了。」杜春曉指指皮膚與髮色一樣蒼白的殺手，笑了。

……※……　……※……　……※……

張豔萍腳下的板凳似乎有一條腿已偏斜，在過分安靜的室內，她能聽見木榫鬆脫的聲音。於是，她悄悄踮起一隻腳，稍稍給脖子與繩索之間騰出些空隙，如今她需要大量的空氣，原本深深勒進皮肉裡的繩子是呼吸的最大障礙，再加上許久不進飲食，腳底終究會有發軟的時候。

此刻，孤獨感比恐懼感還要強烈，因漫無邊際的陰暗令她無所適從。

她想起嫁進黃家的前一晚，大雨傾盆，娘有些不高興，拿一只金綠繡線的香包出來，要她掛在窗櫺上頭，以乞求次日豔陽高照，讓她嫁得風光。

她將香包掛上，坐在窗前等待雨住，夜深時分，竟見不遠處有個人縮成一團，坐在牆根下發呆，將油燈移近了瞧，是李常登被雨水糊住的一張臉，也不知有無眼淚，只是皺著眉，嘴裡發出含糊不清的聲音。

她恨不能記憶就此停住，不再往前而去，由此，過門時蘇巧梅的刻薄面孔，分娩時撕心裂肺的疼痛，與孟卓瑤假意客套的難過，便可在生命中片甲不留，只餘李常登的溫存呵護。

較之黃天鳴，李常登既不英俊，亦不富有，是普通得教人轉瞬即忘的男子。可年少時，她每每划著木桶採菱的當口，經過河邊的遊廊，便總能看見那細長黝黑的青年男子，坐在矮凳上，嘴裡含一根細細的篾條，腳邊落滿雪白刨花。他總是對她笑一笑，是羞澀裡摻了渴望的，卻不像街上那些地痞那般嘴巴不乾淨，就只是遠遠的凝視，從不迴避那層陌生的距離感。

他便是那樣摘走了她的心，悄無聲息的，甚至上蒼連招呼都不打，只是硬行的把她交予他，此後無論她在哪裡，那條羈絆都是在的。

如今她吊在這裡，耳邊猶響起那夜稀稀落落的雨聲，天井裡的梧桐與藤蘿都淋成了濃綠。可惜這裡卻讓她分不清晝夜，只知是命懸一線，後頭也必定凶多吉少。

有一度，她想不如兩腳一蹬，就此了卻算了。

可驀地腦中又浮見李常登那雙燒灼著她靈魂的雙眼，裡頭包含對幸福的渴望，這虛構的幸福裡也有一個她，風姿綽約的站在鎮河邊，正拿一根銀籤子，仔仔細細的替她挑挖菸斗縫裡的汙垢……倘若能在這樣的幻境中死去，抑或人生才勉強算得上「圓滿」。

正在陶醉處，門卻開了，黑斗篷向她移近。

雖然如今她眼是半盲著的，卻依稀知道那個人正在仰頭看她，她睜了一下眼，昏黃的燈光在牆壁上映出對方巨大的「獸」影。

時辰到了？她暗自發問。

只聽得「嚓」的一聲，腳下遂騰了空，恍惚間，她看見李常登由高處伸出一隻手，將她摟住，她感覺自己輕得像片羽毛。

……※……　……※……　……※……

孟卓瑤是嘴上硬，指天發誓說斷不會過問祭祖的事，可到底還是坐不住，只說身子不舒服，晚飯要在屋子裡吃，便去佛堂看了一圈。

因請的客人多，每次宴會均要將桌子擺到庭院裡去，於是一走進庭子，便見密密的幾張圓臺面，拿布蓋著，只等次日揭寶。她繞過那裡，轉去廚房，只見幾大盆待殺的花鰱和草魚都放在外頭，砧板也一字排開靠牆根放著風乾，雞毛魚鱗都堆在那角落裡頭，腥氣撲鼻，卻有些過年時的歡快氛圍。

她不禁嘆一口氣，只覺隨年紀增長，早已對那些大大小小的慶典是害怕多過了期盼，索性全交給蘇巧梅也沒什麼。可轉念一想，又有些憋屈，與黃天鳴榮辱與共的年月在那裡呢，哪裡是說放手就能放手的？於是還是要顧及夫妻情分的。

她知他只是一時之氣，又拉不下臉來討好，晚間杜亮送過來的燕翅粥便是一個證明。他們之間的和解，素來都是靠心照不宣，他娶後兩房姨太太時，都要經過這樣的流程，雙方各退一步，便相安無事了。

廚房此刻燈火通明，她在外頭轉了一圈，到底覺得太髒，伸不開腳踏進去，便作罷了。且暗暗驚訝於自己的惰性，若換了前幾年，雖面上是蘇巧梅操控一切，她卻是在後頭盯得緊，一分差錯都不許出，進出廚房亦是風風火火，哪裡還關心鞋面會不會髒。

難不成她是真的累了？

從白子楓嘴裡吐出的「報應」二字如惡靈纏身，一直撥動她的神經，她舌尖至今留有對方塗抹的藥膏的苦味，與詛咒一道烙在了記憶裡。

正欲回轉過來，卻見黃慕雲匆匆走過，竟也不看她半眼，徑直擦肩而過。她知他看似有急事，卻偏生叫住他：「怎麼，如今眼裡沒人，連我都不知道了？」

黃慕雲只得站住，畢恭畢敬的對大娘行了禮。

孟卓瑤問道：「這是怎麼了？身上臉上還髒成那樣，在泥地裡滾過？」

黃慕雲回道：「我娘不見了，正到處找，怕她躲在什麼假山洞裡，所以鑽了好幾個地方，才弄得這麼髒。」

孟卓瑤聽了，果然也不在意，只道：「你娘一個病人，走不遠的，且去其他房裡找一找吧。」

黃慕雲聽罷，抬腿欲走，卻突然回過頭來，對孟卓瑤道：「大娘，妳可有聽見槍聲？」

孟卓瑤偏頭想了一下，只是搖頭，道：「不記得了，你二姐終日耍槍玩兒，快把咱們耳朵都震聾了，縱有槍聲，也沒放在心上。」

「我去她房裡看看，沒準兒我娘就是被她嚇跑的！」

她聽了不由得心頭一熱，覺得這孩子怎麼看都要比他哥哥實在一些，她雖也動不動要為難一下張豔萍，對黃慕雲卻是怎麼也討厭不起來。反倒是黃夢清，背地裡對這藥罐子弟弟多少會流露一些不屑，只當他是個廢人。

可不管怎樣，縱是廢人，卻也是男的。而不能為黃家添一個男丁，恐怕要成她一世的心病，加上女兒又是個淡泊的人，對家業權勢之類的東西總漠不關心，令她越發氣結，於是少不得要將怨氣發洩到兩個小妾身上。

然而對黃慕雲，她總有一些難以言狀的情愫，甚至能從他身上覺出一些與黃夢清類似的東西來，諸如聰慧、淡泊，及對某些人與事的鍾情。

「菲菲可不比你大姐，脾氣你是曉得的，要注意分寸。」她忍不住囑咐道。

他愣了一下，想是憶起前些日子她與張豔萍那場驚天動地的廝鬥來，「謝」字溜到嘴邊，終究卻說不出口，便沉下臉轉過身去，往黃菲菲的屋子去了。

孟卓瑤百無聊賴，便又去女兒那裡串門，卻見她正背對住門，倚在涼席上發呆。當下便上去拍了一下肩，對方轉過頭來，竟是杜春曉。

「妳穿著夢清的衣裳做什麼？」孟卓瑤嚇了一跳，直勾勾盯著杜春曉問道。

只見黃夢清正端一盤石榴出來，放在席上，杜春曉忙起身拿了果子，認真剝起皮來。黃夢清笑道：「她那身衣裳哪裡還能穿？只好在這裡洗了澡，換我的衣服。」

杜春曉將鮮紅的石榴籽放進嘴裡，吐出淡黃的濕核，邊吃邊道：「大太太，春曉在這裡求您一件事兒。」

「妳這樣子，哪裡像在求我？竟是像命令呢。」孟卓瑤掩嘴笑道，她從前有些怕這古裡古怪的姑娘，誰知她離開那幾天，竟也有些讓人牽掛。

「明兒祭祖，我知道佛堂是除了黃家人與幾個必要的下人之外，外人是不讓進的，可如今這裡命案頻發，到底也不太平。我想與夏冰做一回保鏢，在佛堂裡守著，以防有個萬一，可好？」

杜春曉這番說辭，像是反覆打過腹稿的。

孟卓瑤看了看黃夢清，笑而不答，只低頭吃了一口茶。

杜春曉忙又道：「除夏冰之外，我還想帶一個人進來。」

…※…　…※…　…※…

夏冰踏進風月樓的那一刻，心已提到了嗓子眼兒，於他來講，那裡亦非什麼禁地。前年兩個嫖客為爭一個姑娘打架，竟買通地痞挑了對方的腳筋，李常登當時便帶著他過來問過話。印象裡，風月樓只是一幢不起眼的兩層舊樓，一到夏天，木材水分便被抽乾，時常發出輕微的爆裂聲。走進去卻是另一番奢華天地，頂上掛著圖案精美的花燈，連大紅桌椅均像是流露著情欲的，脂粉香與酒香混合的氣息瀰漫整個大廳。

因他那次是白日裡來的，那些異味也都是冷的，卻足以反映前夜這裡曾有過的繁重的淫靡。在那裡，男人對女人的覬覦都是光明正大的，因這份坦蕩，才令這些娼妓給客人敬的每一杯酒、點的每一根菸，浸透了滿滿的挑逗。

因天色尚早，桃枝還未梳妝，只鬆散著領口，面容蒼白的坐在窗前，手拿剪子修整一盆文竹。夏冰拘謹的站在門邊，只等她抬頭來招呼他。她眼角餘光已在打量他，頭顱卻始終是低垂

的，彷彿一定要等他開口。

「桃枝姑娘，這麼急找我來，可是有什麼要緊的事？」他直覺她懶散中流露的風情有些氣勢洶洶，於是故意低頭不去看她。

她抬頭笑了，那張脂粉不施的臉反而要比豔妝時端麗許多，他從不知她竟是美人胚子，這才有些佩服她的心機，將自己扮漂亮是容易的，可若是存心要與身邊的庸脂俗粉歸為一類，卻要付諸一定的技巧。

「你可記得之前問過我金頂針的事兒？」

「記得，妳當時說不曾在翠枝那裡見過。」夏冰點頭。

桃枝拍了一下手，掩口道：「我如今想起來了，確實是見過的，與她一道做針的時候，她拿出來用，雖是驚鴻一瞥，到底還是有些奇怪，這樣貴重的東西是哪裡來的，問過她幾次，卻是怎麼都不肯講。後來辰光長了，也就忘記了。」

夏冰伸手示意她莫再往下講，不知為何，他心臟竟有些隱隱作痛，繼續追問道：「簡政良與妳過了幾夜？可有對妳說什麼沒？」

「他哪裡會對我講些什麼？不過是誇些海口，炫耀自己體力如牛，其實不過也只是個……」她不再講下去，只拿起帕子掩口竊笑。

夏冰當即也紅了臉，輕咳一聲，遂換了話題：「明天黃家祭祖，妳可知道？」

「誰不知道呢？只可惜我們做這行的，也稱不上乞丐，沒那條命去他們家門前要米糧。」桃枝半開玩笑的撫了一下文竹絨毛般的葉子。

「那懇請桃枝姑娘明日定要到黃家來一趟。」

桃枝手裡的剪子一顫，竟不小心剪下一片碧綠的文竹來，她驚道：「我哪有這個資格，進得了黃家的祠堂？」

「妳莫要有什麼顧慮，我與春曉已安排好一切，到時妳過來便是，不會有人攔妳。」

夏冰講得斬釘截鐵，讓桃枝一時不知要怎樣回應，只愣在那裡，半天方回過神來，呵呵笑道：「那就有勞小哥兒了，也讓我開開眼界。只不知為何明兒一定要我到場呢？與妹妹的案子可有什麼聯繫？」

「有。」夏冰眼鏡片後那一雙眼睛顯得神采奕奕，「因為我們要在那裡揭露這樁連環謀殺案背後的真凶。」

……※……　……※……　……※……

站在祠堂中央的蘇巧梅此時已又驚又怒，已不知要如何解釋，只得等著老爺教訓。之前路過宴客廳，黃天鳴心血來潮，非要進去看一眼，卻見從張豔萍房裡搬來的紫檀木屏風上紅跡斑駁，內嵌瓷繪上的《仕女圖》淌滿淋漓鮮血，已不能看。

蘇巧梅當即氣得幾近暈厥，下意識的轉頭瞪一眼孟卓瑤。

孟卓瑤哪裡肯放過這反應，冷笑道：「看我做什麼?誰作的孽誰自己清楚。今天什麼日子?哪裡禁得起?」

因四個小的都在，杜亮帶幾個隨僕亦隨行伺候著，加上主子們各自的丫鬟，一行人浩浩蕩蕩，雜得很。當下黃天鳴亦不好發作，只說：「趕緊叫人擦乾淨了!」便徑直往祠堂那邊去了，眾人遂提心吊膽的跟著。

才跨進祠堂，大家便又驚叫起來，且不說供奉的祖先牌位倒的倒、碎的碎，均從神龕裡掉落在地，原該是放跪墊供拜祭用的地方，竟赫然擺著三具屍體，均用白布遮著，也不知是誰。

黃天鳴即刻面色鐵青，也不言語，蘇巧梅到底忍不住，急得雙眼發紅，再逼一逼，恐怕便要落淚。

孟卓瑤指著那神龕道：「妳先前那一眼，分明就是疑我動了手腳，可這裡供的是我家的人，難不成我還去翻了祖宗的牌位?」

她這一咄咄逼人，反而引發眾人反感。

黃夢清怕事情鬧大，便悄悄向杜亮使了個眼色，杜亮心領神會，便在後頭一個隨僕耳邊唸了一句，那隨僕便走出去了。黃夢清遂上前攙住母親的胳膊，道：「還是搞清楚來龍去脈要緊，靈位的事兒不重要，重要的是這裡也不知被誰放了三個死人，也怪嚇人。」

此時黃慕雲已走到屍體跟前，翻起第一具蓋上的白布，是李常登！祠堂內不由得發出一陣驚呼。

黃天鳴原先緊繃的面孔上掠過一絲恐懼，對蘇巧梅顫聲道：「昨晚有派人守夜了嗎？」

蘇巧梅已說不出話，只能機械式的搖頭。黃莫如將一隻纏了白紗布的手搭在母親肩上，似是要給一點安慰，然而眼神卻是冷的。

黃慕雲遂又掀開第二塊白布，大家還不知怎麼回事，他竟已「哇」的一聲號啕起來，雙手抱住頭死命往供桌上撞，嘴裡只叫「娘」。

黃天鳴這才明白那竟是張豔萍的屍體，忙上前察看，張豔萍慘白如紙的臉上，五官像是塌陷了一般，面頰鼓脹變形，頭顱偏在一側，唯嘴角那一道笑紋揪人心腸，似乎正緬懷她生前的俏麗姿容。

黃天鳴盯著張豔萍的臉，她還是丫鬟那會子，穿得很素氣，只那一對酒窩是銷魂的，他便

醉在她的酒窩裡，娶她過門，費盡周折討好她，她在他身邊是溫柔的、順從的，只是那溫柔與順從裡，總有一縷捉摸不透的淡愁。

他覺得出她不夠愛他，不如孟卓瑤那般與他有共患難的真情，甚至還不如蘇巧梅對他有所圖的那種全身心的巴結，她總是淡淡的，雖也爭強好勝，卻是遠離內心真正的喧囂，神魂都在別處，於是他便愛她更緊。

如今，她是真的神魂俱散，他的悲慟一下堵在胸口，怎麼都發不出來，只能強忍眼淚，站起身，回頭對蘇巧梅說道：「這一看便是有人惡意破壞，怪不得妳。只是定要找出是誰做出這些事來。」

「誰做的？還不是你們做的！」黃慕雲怒髮衝冠，「謔」的起身，拿手指住黃天鳴並後方孟卓瑤等幾個人。

眾人當他是傷心過度，也沒有爭辯，只怔怔站在那裡，拿不起半點主意。

倒是黃夢清，三兩步跨過李常登的屍身，走到黃慕雲跟前，抱住他的肩頭哭道：「你怨什麼我都明白的，只是如今應以大局為重。都是一家人，有什麼委屈不好講的？過去的事已過去了，可要多想著點將來。你身子又不好，傷心也得忍一忍，要不然連我們看著也……」

她再也說不下去，只抱著黃慕雲落淚，黃天鳴也背對眾人，站在角落裡忍淚。

「喲！這戲還沒開場，怎麼就一個個像是要散了的？」

杜春曉從神龕後頭鑽出來，夏冰與顧阿申業已站在三具屍首的兩側，唯桃枝顯得畏畏縮縮，悄悄將身子挪到杜春曉後頭。今次她特意將自己往平常裡妝扮，脂粉不施，一把秀髮在頭頂鬆鬆的綰了個髻，蜜藕色旗袍配雪白的帕子，趿一雙墨藍的布鞋，乍一看竟像未出過閣的小家碧玉，一絲淫氣都沒有。

黃天鳴見有不速之客，怒喝道：「這可是你們幾個搞的鬼？」

夏冰推了推眼鏡架子，指著地上的屍首道：「這是我們搞的鬼。」再指指地上散碎的靈牌，「這不是我們搞的鬼。」

黃天鳴剛要回應，杜春曉已雙手扠腰，站在祠堂正中，高聲道：「各位，黃家幾個下人的死，及青雲鎮上最近出的幾樁命案，如今也要來個了斷了！」

「哈！」孟卓瑤尖笑一聲，道：「妳一個姑娘家，口氣倒也挺大，難不成要靠那幾張什麼西洋牌來了斷嗎？」

「正是！」杜春曉高舉手中的塔羅牌，笑道：「各位，自黃家大小姐的貼身丫鬟田雪兒被害算起，如今已喪了十四條人命。這是人命啊，可不是兒戲，死去的人，早晚要討還這個公道。如今人也齊了，我的牌也是齊的，勞煩各位都先抽一張。」

說畢，她便拿著牌走過來，讓在場的幾個人均抽一張，孰料黃天鳴一把將牌推開，皺眉道：「也不看看時候，還在這裡玩這些把戲！」

夏冰搶道：「不是玩把戲，是破案。」

「破案？」先前因自責而遲遲不敢作聲的蘇巧梅，因黃天鳴的一句安慰，亦回復神氣，插話道：「破案是保警隊的事情，要杜姑娘跳出來作甚？」

杜春曉不急不惱，只在張豔萍的屍首跟前繞了一圈，正色道：「那十四個冤魂死鬼，恐是如今都聚在這裡呢，這角角落落裡，都是他們的眼睛，盯著你們，盼著申冤。你們倒好，竟連抽一張牌、算一算凶手都不肯。可是覺得黃家不過死了幾個丫頭，再不濟，至多也只死了一位三姨太，不是什麼了不得的人物，死也就死了，埋掉便是。可是這個道理？」

當下說得眾人都不吭聲了。

她乘勝追擊，道：「如今，特將這三位的屍首抬將上來，無非是想讓他們各自都死得明白，你們也聽個明白。今後無論黃家還是整個青雲鎮，都能少出幾條人命。所以今兒的牌，是一定要抽的！還請黃老爺帶個頭，給大家一個榜樣。」

講完，這牌已送到黃天鳴跟前，他背起手掙扎了一下，還是抽出一張牌來，剛要出示牌面，卻被杜春曉止住，笑道：「還未到揭牌的時候，且等一等。」

於是眾人如法炮製，各自抽走一張牌，捂在手心裡。

待他們抽完，杜春曉復又回轉到屍首旁，讓黃慕雲與黃夢清也各抽一張。

當牌伸至桃枝跟前時，她略微有些吃驚，然而還是沒有多問，只抽掉那最後一張牌，壓在胸前。

杜春曉見一切已辦妥貼，便輕咳一聲，開始解牌。她最初揭開的是黃夢清手裡那一張星星牌，意為期望過高的愛情。

「這件事情，若照近的講，定是要從黃家大小姐的貼身丫鬟田雪兒雨夜被害講起，偏巧她生前到我這裡來算過牌，我看她生得美若天仙，心氣兒又高，算的又是姻緣，一看便是想攀高枝的。牌上解的，與我想的也在一處。只可惜這丫頭竟是不折不扣的『丫鬟命』，死得極慘烈，被切去了肚子，這一切，可是把某個人留在她身上的種也切掉了。保警隊也曾探遍下人和幾位太太的口風，像是都曉得與田雪兒私通的男人是誰，只不肯講。」

「更有趣的是，後來黃家一連又死了兩個丫鬟——碧仙和翠枝，均是這裡最標緻的，且也被切了肚皮，行凶手法一樣，必定是同一個人幹的。就在這個辰光，桂姐從黃家二少爺的丫鬟小月那裡，找出一枚金頂針。」

杜春曉走到小月跟前，揭開她手裡的牌——倒吊男，意為陷入迷境。

「好死不死，翠枝的親姐姐桃枝，亦說曾在妹妹身上見過金頂針。如此說來，這兩位姑娘都認得同一個男人，拿到的『定情物』均是一樣的。於是咱們便都確定，田雪兒和翠枝，必是與府上兩位少爺中的一位有染，而李常登更是心焦，單憑某個人的一面之詞，便將大少爺捉去審問，卻偏偏放過了真正的凶手……」

她邊講邊翻開黃慕雲手中的惡魔牌，笑道：「二少爺，那幾個丫鬟，可都是你害的。」

黃慕雲一臉錯愕，眼睫凝結的淚珠已落在面頰上，劃出一道濕痕：「杜姑娘，妳這是……這話要怎麼講？怎麼是我害的？」

杜春曉也不理他，只笑吟吟的走到桃枝那裡，揭開她的手中牌──魔術師。

「二少爺，黃家真正荒淫無度的那個人，只有你啊！桃枝和桂姐提到那金頂針的時候，我便有些疑惑。」她邊講邊拿出那枚頂針，勾在小拇指上，挨到杜亮眼皮底下，道：「叔，你可認得出這枚頂針是拿什麼材料做的？」

杜亮面無表情的搖搖頭，心裡只為這姪女的莽撞舉止捏了把冷汗。

「銅頂針與金頂針，不是那麼容易辨得出來的，縱桂姐交給我看的那一枚是金貨，她又何以認出田雪兒生前戴在手上的那一枚也是金的？還有桃枝姑娘，妳也可是說謊不打草稿，翠枝用過的頂針，妳又怎麼光憑幾眼便辨出它是金的？所以只有一個解釋，桂姐與桃枝，都在替一個人說謊，那個人便是二少爺了。」

桃枝垂著頭，滿面通紅。

「一派胡言！她們為何要替我講這種謊話？」黃慕雲已氣得渾身發抖。

「因為桂姐從小看你長大，將你視作半個兒子看待，自然是會替你掩飾許多事情。那晚桂姐原是想借小月的私房錢失竊之名，從各個屋裡查找線索，事後她說是從小月房裡找到了金頂針。實際卻不是那麼回事吧……」

不知不覺，杜春曉已走到紅珠身邊，翻開她的牌——月亮。

「桂姐根本沒有在小月的梳妝匣裡找到東西，卻是在紅珠的屋子裡找到一根甲套！沒錯，正是三太太被汙蔑與自家大廚通姦的那個『鐵證』。大家可記得，吟香從三太太那裡偷出來典當的東西裡，有五根甲套，當時我便覺得奇怪，因甲套一般是六根才算齊全，那剩下的一根又去了哪裡？」

「桂姐想是也本著這樣的疑問，才藉著由頭去各屋查找一通，在紅珠那裡翻出這東西之後，她頭一個便告知了二少爺，二少爺你自然不肯讓她把這東西交出去，因還能派上更多的用場，於是便向桂姐坦白，當日偷了三太太東西交於吟香的，正是她的親兒。」

「當時二少爺編的理由大抵是說喝花酒喝過了頭，賒帳太多，只好將母親的東西偷出來，

原想交給吟香拿去典當換錢回來，孰料這丫頭見錢眼開，竟跑了，他只好將手上剩下的一根甲套偷偷交給紅珠去典。這番謊話，實在是不夠自圓其說，且當時吟香亦被謀殺。」

「桂姐聽了二少爺的說辭，頭一個想到的便是那凶案極可能就是二少爺犯下的，為了瞞住保警隊，混淆視線，她只得拿出自己私藏的一枚金頂針，說是從小月房裡搜到的，讓保警隊將疑點轉移到大少爺身上。」

「如今想來，當日我們確實是傻了，一個富家公子要討好女人，辦法多得是，譬如送一根象牙挑頭簪子也是的，何必巴巴兒送人家做針線用的頂針？」

說畢，杜春曉意味深長的看了黃莫如一眼，對方牙關緊咬，默不作聲。

「真是奇了！」黃慕雲臉上的淚痕不知何時已風乾，換上一抹冷笑，「妳如今冤我，我也不怕，只是為何我哥後來就沒了疑點？」

「這你可就不知道了，吟香與小月講過，她因打賭，半夜去睡翠枝陳屍的夾竹桃花叢底下，在那裡，遇上二小姐……哦不，應該是男扮女裝的大少爺，桂姐也說見過。這一回，兩個人倒是講了實話，只是……」

杜春曉翻開黃莫如纏著紗布的手裡那張牌——正義牌。

她高舉正義牌，說道：「只是大少爺不是害人，卻是想設陷阱，引那凶手出現。因黃家接二連三有丫頭被害，他便想出這天真的法子，扮作女人深夜在庭院內遊蕩，孰料卻被桂姐與吟香撞上，因燈下看不真切，只當是二小姐，這才冤到黃菲菲頭上去了。」

「我哥從來不是這樣熱心的人，若是心裡沒有鬼，又怎麼做出這樣奇怪的舉動來？」黃慕雲倒也鎮定，只想一點點駁斥杜春曉的指控。

「沒錯，大少爺不是熱心的人，只是大少爺愛上的女人有些微妙，竟是田雪兒的母親秦曉滿。我原也想不透這些，誰知他失憶之後，滿口叫的都是『曉滿』，這位可憐的女子手上還有那麼貴重的東西，兩個人說得難聽一些，叫做狼狽為奸，好聽一些，卻是摩登情侶。為撫平情人的喪女之痛，暗自追凶也是有的。」

「且據小月的話，大少爺在庭院偶遇吟香時，不躲不避，反而理直氣壯的要她起身，讓他查找線索，這就已說明他心裡沒鬼。有鬼的，是二少爺你呀！」

黃慕雲似是忘記腳邊還有母親的屍體，竟上前挨近杜春曉的臉，他那張蒼白俊俏的面孔已有些發青，口中呼出的氣息都是帶了刀刃的：「那按杜小姐的意思，我一併殺了黃家四個丫鬟，兼因與她們有私情，還珠胎暗結，於是情急之下，殺人滅口？」

杜春曉笑回：「恰恰相反，二少爺殺掉她們，是因為你沒有讓她們懷孕，除慧敏之外的三個丫頭，肚子裡可都沒有你的骨肉。」

「喲，這可是越講越稀奇了，繞了一圈，還是要冤到莫如頭上。」蘇巧梅有些站不住了，冷不丁講了一句護犢的話。

「二太太多慮了，這孩子不是二少爺的，也不是大少爺的。」她解釋之際，已將蘇巧梅手上的牌翻開——力量牌，意為意志堅定，野心勃勃。

「白子楓每隔三個月便給黃家的人做一次體檢，誰有了身孕，她是瞭若指掌的。只是這位大美人心比天高，總想去上海灘出人頭地。一個女子，有這樣的志向，原本也沒什麼。可憐她舉目無親，身邊連個幫的人都沒有。偏巧這時候，二少爺你對她頻獻殷勤，她於是抓住這個機會，與你暗通曲款……」

「這可就是胡說了。」黃夢清從旁道：「慕雲喜歡白小姐是人盡皆知的事，只可惜明月溝渠，人家卻怎麼都不願意，對他刻意冷淡，哪裡還會私通？」

「對他冷淡是因她知道二少爺兩個大秘密。一是他有缺精症，讓女人受孕的幾率極低；像白子楓這樣的女子，自然不會只滿足於和富家公子哥有肉體之歡，零敲碎打占些小便宜，她要的可是大錢。要大錢，便要付出大代價，於是她處心積慮想懷上二少爺的孩子，可無論怎麼努力均無濟於事，便對其生育能力起了疑心，偷偷弄到他的精液，做了個檢查。當她發現自己懷孕無望的時候，便當機立斷，切斷了與他的關係，這便是後來她對他冷酷無情的原因。」

「妳這可又是胡說了，我與白小姐之間清白得很！」黃慕雲復又蹲下，一臉柔情的望著張豔萍的屍體，他這副純真的表神，已打動過太多人。

「清白？我早知你們不清白了！」杜春曉毫不留情的反駁道：「可曾記得白子楓的屍體被發現時，你趕來認屍，哪裡都不看，竟掰起她的頭顱，查看她後頸上的一顆朱砂痣。當時我便覺得奇怪，白小姐在人前從來只穿高領衣服，多數時候還是長髮披背，你又從哪裡得知她這樣隱秘的地方生了一個標記呢？」

黃慕雲啞然，只得看著地面。

「二少爺，你莫要激動，白小姐發現你的那第二個秘密，才算得上『驚天動地』！」杜春曉表情異常嚴肅，說道：「你不是黃老爺的親生兒子。」

「這話可不能亂講！妳從何得知這樣放屁的事？」還未等黃慕雲反應，黃天鳴已暴跳如雷。

杜春曉道：「這樁秘密，在翻查過白小姐診所的診療記錄之後，便算不得什麼秘密了。按西洋的體檢制度，驗血型是其中一環。」

此時夏冰已拿出一份牛皮紙紮好的檔案，拆開後，抽出其中一張紙，指著上面道：「這份是黃家所有人的血型檢驗書，上頭清楚注明各自的血型，比起古時的『滴血認親』來，它才是

真正的認親鐵證。黃老爺的血型是B型，三太太也是B型，可二公子的血型卻是A型，所以白子楓從幾年前頭一次在黃家體檢時，便已得知這個秘密了！」

「這便是二少爺你殺人滅口的原因了，白小姐知道的秘密實在太多了，她捏住了你的七寸，並以此為要脅向你勒索。你一定不曉得，你這一行凶，不但解脫了自己，更解脫了大太太，因府上丫頭懷孕的事到底見不得人，她也要白子楓保守秘密，以免家醜外揚，背地裡也少不得要打點一些。」杜春曉接話道。

黃慕雲此時已恢復平靜，卻仍未放棄掙扎，問道：「那麼既然孩子不是我的，我又為何要殺了她們？」

「因為尊嚴。」杜春曉已移至黃天鳴面前，用飽含悲愴的眼神望住他，說道：「你得知自己沒有生育能力的時候，田雪兒卻告知你她懷孕的事，於是你怒不可遏，向她質問，她見瞞不過去，只得向你坦白真相。孩子的父親是……」

她緩緩揭開黃天鳴的牌——死神，意為陰暗的墮落。

「沒錯，田雪兒肚裡的孩子是黃老爺的，因此你才失手殺了人。也許是為了警告父親，也許是為了躲過懷疑，殺人之後，你還將她的腹部切去，以掩蓋死者懷有身孕的秘密。可此後，你的恨意與殺意已難自控。更巧的是，你母親，也就是三太太，不知何處聽來的謠言，竟誤認田雪兒與你哥哥有私情，這件事竟讓你開了竅，便將與自己發生過關係的另外兩個丫鬟也盡數殺死，並買通慧敏傳播謠言，將大少爺與田雪兒的醜聞講得維妙維肖。」

「流言，在這個地方便是利器，被講得多了，便被當了真。因此三太太才仗著這個把柄，敢與二太太起爭執，殊不知已落了你的圈套。更何況，這些女人若一直在你眼前出現，便會觸動你的痛處，必須讓她們消失，你才能安心。」

「殺掉慧敏卻是為了滅口，只是為了讓動機看上去一致，這才將她的腹部也切去了，可憐這丫頭尚未通人事，又怎可能有偷情之嫌？桂姐知道你的事之後，卻替你做了掩護，你這才暫且放過了她，待時機成熟，你終究還是要對她下毒手的。」

「老爺，杜小姐講的可是真的？」孟卓瑤語調已有些哽咽。

杜春曉慢吞吞的翻開孟卓瑤手中的牌——隱士，意為身陷謊言，一直處於被蒙蔽狀態。

「是不是真的，妳可以直接問問黃老爺。」她驀地又轉過頭來，指著地上的李常登，對黃慕雲道：「對了，你可知道你的生父是誰？正是這一位。」

黃慕雲咬牙不回，黃天鳴更是面色蒼白，瞬間像是老了十年，整個人變得沮喪起來。

「原本也不曉得李常登與三太太之間有什麼，只是三太太為誣陷黃莫如，裝瘋賣傻之餘，確實將家養的鳥雀掐死，再堆到黃莫如的門前去。只是我隨叔叔去那裝鳥籠的倉房裡看了一下，那些未遭毒手的鳥雀的籠子竟有些特別。」

「據說，這些籠子出自宅子的原主人薛醉馳之手，可我看了一下籠子底部，竟都刻著一個小小的『凳』字，若猜得沒錯，這些籠子是混在薛醉馳做的籠子裡，一併被留下了，唯獨三太太因與他有情，所以認得出來。」

說畢，她揭開第三具屍體的蒙布，對著那滿頭白髮的腦袋，說道：「薛老爺，是不是這樣？」

眾人遂譁然，且竊竊私語起來，唯黃天鳴問道：「薛醉馳不是被豔萍失手殺死了嗎？怎麼會在這裡？」

「不對，當日藏書樓裡被三娘錯手殺死的不是薛醉馳，是你從前的手下田貴，也就是曉滿的丈夫。」回答的竟是黃莫如，他神色坦然，絲毫未因偷情之事敗露而窘迫。

「沒錯。」夏冰也點頭道：「田貴自下身癱瘓之後，脾氣日漸暴斂，秦氏與他早已無夫妻之情，終日冷戰。可後來，她遇上了潛回青雲鎮伺機報復黃家的薛醉馳，薛醉馳需要藏身之處，而秦氏卻想除掉那個半死不活的累贅丈夫，於是二人密謀，將田貴毀容、拔去舌頭之後，關在藏書樓內，因田貴行動不便，無法逃脫，就這麼樣在藏書樓裡被囚禁了許多年；而薛醉馳則假裝田貴，有人來的時候便躺在床上假扮殘疾，反正都是用紗帳掩住的，也看不清他的相貌。」

「李常登曾對我說過，三太太在誤殺之後雖神志不清，可在比劃死者身高的時候，卻總是將手放在他的肩膀部分，且他還是坐著的，當時便覺得有些奇怪，因死者看起來並不矮。後來才想到了，實是當時田貴下身癱瘓，只能支起上半身爬行，向三太太求救，卻因那張慘不忍睹的面孔，被誤認作凶神惡煞而遭此劫數。」

「那你又如何得知這二人的身分做了調換？」黃菲菲一臉好奇的問道。

「因為我發現……」黃莫如頓了一下，又極艱難的開了口：「我發現躺在床上的人，頭髮是全白的。田貴很年輕，不可能有這麼老。」

「哼！這位薛老爺，實亦是心狠手辣的主。雖將秦氏從田貴手裡救出來，但卻問她要回報，條件便是讓她去勾引黃家大少爺，伺機要設套害他。孰料秦曉滿竟對黃莫如動了真情，非但沒有按當初的計畫行事，反而懷了孕，意欲出賣他，這才讓薛醉馳動了殺機。沒想到啊，他原是帶著滿腔恨意，回鎮上來對黃家的人報仇，但頭一個讓他手上沾血的，卻是無辜的女人。」

講到這裡，杜春曉不由得偷偷看了一眼黃莫如，那淒怨像是已沁入他骨子裡了，整個人看起來都是黯淡的。

「對了，你們怎麼也不問問，二少爺是怎麼做的案？那些屍體看似沒什麼移動過的痕跡，那麼切去的腹部是怎麼處理的？這些可是關鍵！」夏冰見不得冷場，急急的便要道出核心部分來。

「還有薛醉馳是怎麼把田貴囚在藏書樓內這麼多年，還能在黃家出入自由。」黃菲菲配合得倒也乖巧。

杜春曉忙上前揭開黃菲菲手裡的牌——女祭司，意為多變、忠誠。

「這件事，二小姐妳也有不對的地方，竟掩蓋了這麼大一樁秘密。若非我與夏冰在簡政良的屋子裡發現那些直通往黃家宅院的秘道，這個謎怕是一世都解不了。」

她從懷裡掏出一張疊好的紙，一層層攤開，竟是一張用炭筆畫注的地圖，線條歪歪扭扭，錯綜如蛛網。

「這便是我與夏冰在密道摸索了好幾天才得出的結果。這個地下迷宮，有一條主道，是從藏書樓出發的，黃家幾個主子的屋子裡也各有一處，餘下的便是在井臺和桂樹底下。這些密道，在黃家外面統共有二十二個出口，其中的二十個已被堵了，剩下的那兩個便是簡政良與田貴這兩處。也許這些通道不是黃家每個人都清楚，譬如終日忙著爭寵的兩位姨太太當然發現不了，可黃老爺你卻是再清楚不過了！」

此時外頭已近正午，陽光掃過祠堂的門檻，周邊鴉雀無聲，眾人紛紛等著杜春曉的後話。

杜春曉再拿起黃天鳴抽到的死神牌，道：「黃老爺，你欠青雲鎮二十個養蠶戶的血債，是否也該還一還了？」

「不要講！」孟卓瑤突然撲上來，跪在杜春曉腳下涕淚滂沱。

「為什麼不要講？」夏冰聲調亦很激動，眼鏡片上已浮起一層薄霧，「這筆債，早該算一算了！」

說畢，他拿過杜春曉手裡的地圖，高聲道：「三十年前，薛醉馳與黃天鳴二人合作高價收購蠶繭，雖在外宣揚，說價格是外省紡織廠出的兩倍，實際上他們本錢少得可憐，所以只裝模作樣收了一、兩戶蠶農的繭子是給現錢的，其餘均要賒欠。有些蠶農不肯被賒，仍要將蠶繭賣給紡織廠，這些不聽話的蠶農，便被你們請到密道裡來，美其名曰談判，實際是威逼他們交出蠶繭。」

「在造密道的時候，你們假意欺負蠶農，說是為了方便運輸，用這樣的出口可以節省時間，也免得被外省買辦中途攔截搶購，於是將密道出口造在這些蠶農的烘間裡頭。可我們卻發現，這密道因有靠近鎮河河塘的部分，所以近一半都是濕泥地，根本無法保存繭子！所以，那地下迷宮，既是你們強迫蠶農交易的地方，亦是殺人越貨的現場！」

夏冰講到這裡，緩了一口氣，將因悲憤攪亂的思緒稍作修整，繼續道：「我小的時候，便時常聽大人講什麼湖匪的事，說是手段殘忍，時常搶劫過路蠶戶的運輸船，桂姐的丈夫便是這麼喪命的，反正鎮上一旦有人失蹤，大家便紛紛推責到湖匪身上。然而我從小到大，竟一次也未見過湖匪長什麼模樣，連他們的船都未見過，問周圍的人，亦只是聽說，不曾親見。」

「就在我加入保警隊之後，原來的『繡坊西施』齊秋寶來找我，說懷疑丈夫不是失蹤，而是被害死了，並給了我一份失蹤人口的名單，與她丈夫一樣，均是與薛醉馳、黃天鳴有交易的養蠶戶。她將這份東西交給我，便是想求我查清丈夫失蹤的真實原因，我答應下來了，也時常將瞭解到的情況與她秘密溝通。」

「齊秋寶死前那一晚，亦是與我說好在鎮西的胭脂鋪後巷會合，討論進展，卻不巧被桃枝碰上，桃枝將它當成另一樁風流豔事，去告訴了黃家二少爺，這才招來又一場殺身之禍！」

「那又是誰殺了呤香呢？」蘇巧梅似是要雪上加霜，竟這樣問道。

「依然是二少爺動的手。」夏冰點頭道，「兩位少爺與兩位小姐，從小在這宅子裡長大，難免會跑來跑去的玩耍，因此在井臺或者樹下找到了密道。所以二少爺在殺人之後，切下死者的腹部，便打開密道門，將切下的部分藏在裡面，隨後再藉機銷毀。唯有慧敏，你原本就是潛入她的睡房，將她活活掐死，再切下腹部帶走。」

「你們四個人，可能是年幼時候的約定，要保守密道的秘密，於是心照不宣，誰也不說這件事。但吟香那日睡在種夾竹桃的牆邊，不巧卻遇上了男扮女裝的大少爺，想必是大少爺的行徑讓她起了疑心，便也在庭院內查找起來，結果找到了密道的某個入口。在密道中，她遇見了正在處理殺人證物的二少爺。」

「二少爺無法，只得答應她，給她錢，並蠱惑她與之私奔，實則是想將她騙到外頭，假裝成她是被湖匪所殺。孰料吟香卻生了個心眼，拿到二少爺交給她的金銀首飾後，卻還鼓動了一個人與她逃跑，便是以防二少爺殺人滅口。可惜吟香與那小廚子的行蹤卻暴露了，二少爺便託人傳了密信到縣城，她這才不得不捲款逃回青雲鎮，滿心歡喜要藉這筆錢與心上人私奔，孰料二少爺只一斧便解決了這宗大麻煩。」

「那齊秋寶呢？」蘇巧梅不依不撓的追問，她此時是恨不得一下將黃慕雲殺倒。

「齊秋寶的死，是因為我。」夏冰露出沉痛的神情，「我查到田貴與簡政良是當年幫著薛、黃二人做黑心買賣的，所以田貴後來被砸壞了腿，黃天鳴還是花錢養著他，而簡政良每月亦可以從黃家拿一筆錢，過舒服日子。我將這件事告訴齊秋寶之後，她可能是想單槍匹馬去找簡政良報仇，不料卻反被對方制服，讓這個畜生活活勒死。」

「可這與慕雲又有什麼關係？」黃夢清問道。

「自然是有關係的。可記得這位簡爺與二少爺為一個桃枝結下過梁子？簡政良應付不出風月樓一個雛妓的開苞費，被逼躲債，他躲的地方自然只有那密道。卻不想透過密道進入藏書樓的時候，卻見到一幕情景。」

「什麼情景？」

「兄弟相殘的情景。」杜春曉接話道：「簡政良在樓中看到二少爺從背後襲擊大少爺，大少爺滾下樓梯受了重傷。所以他才藉機訛了二少爺一筆，不但還了開苞費，還將剩下的錢埋在天井裡頭。二少爺哪裡肯讓別人得意？自然是當機立斷，透過密道來到簡政良家中，將他除之後快。」

「至於李常登，雖是死於黃家二小姐的槍下，但也是個可憐人。在查簡政良的案子時，與喬副隊長一道掘到了二少爺給他的那筆錢，於是見財忘義，將喬副隊長殺死，埋在天井內。這些錢，他原是想拿著帶黃家三太太私奔的吧，可惜三太太卻在這個節骨眼上失了蹤……」

杜春曉停住話頭，意味深長的看著黃慕雲，道：「你從前用那個甲套挑撥你娘與二太太的關係，就是想讓她說出你哥哥與田雪兒私通的傳言，好擺脫嫌疑。你娘好似也曉得你的心思，竟用鳥雀來助你一臂之力，可惜收效不佳，她大抵也是被折磨得痛苦不堪，竟上吊尋了死路。」

「你們是在哪裡找到她的？」黃慕雲已顧不得被揭穿的「畫皮」，只垂頭看著母親浮腫的面容。

「在密道的其中一個房間裡，當時我們三個人因受李常登與薛醉馳的追殺……哦，應該講，薛醉馳的目標是黃家大少爺，我與夏冰充其量不過是個『陪葬』。縱使這樣，也在藏書樓裡折騰了半日，所幸被二小姐救了。透過密道走回的時候，我們發現了吊在一間密室內的三太太。」

黃慕雲涕不成聲，只將頭埋在張豔萍僵硬的右臂上。

「不過……」杜春曉又道：「我粗粗檢查了一下屍體，手腕和面頰上都有一些勒痕，像是死前被捆綁過。三太太若是想自尋死路，那又是誰綁了她呢？再說了，即便她是真的厭世，在自己屋子裡上吊不就好了，何必跑到密室裡去？更何況，她究竟知不知道有這樣的密道，還得兩說。所以二少爺，你可有什麼高見？」

黃慕雲當即抬起張豔萍的手腕看了一陣，復又放下，拾起白布將母親小心蓋好後，抬頭道：「是，我娘瘋了，早晚是個累贅，所以我殺了她。」

這一句，將他先前建立的所有美好幻境全數打碎，他跪倒在希望的碎片裡，仰天大笑。

杜春曉竟上前蹲下，拍拍黃慕雲的肩膀，問道：「你是只能你負人，不許人負你，這才下

了那麼大的決心。我倒想知道，你命裡可有寧願被辜負的人存在？」

黃慕雲頹然的回望杜春曉，半晌後道：「有勞妳了。」

顧阿申與夏冰上前來，將他從地上拖起，便要押送保警隊。

「不必客氣。」杜春曉對著黃慕雲的背影，說道。

破天荒頭一回，黃家的祭祖會上出奇冷清，每個人都講不出話來，只表情僵硬的站在原地。

當晚，黃慕雲在保警隊的臨時牢房內咬舌自盡。

翌晨，黃家得知此事的時候，竟無一人哭泣，均是陰沉著一張臉，只命杜亮帶幾個下人將屍體運回。

黃天鳴在黃慕雲的屍首前守了半日，喃喃自語道：「完了，真的完了……」

到了夜裡，孟卓瑤來找黃天鳴商量出殯的事，卻見丈夫呆呆坐在床沿，原本半白的頭髮已雪白如霜。她嚇了一跳，忙上前握住他的手，問怎麼了。他眼神呆怔的看了一眼原配妻，遂全身劇烈顫動，噴出一口血來。

孟卓瑤明白，此後黃天鳴將病魔纏身，永無寧日。

※　※　※

黃慕雲的頭七剛過，黃夢清便催杜春曉搬出去，只說是家裡死了人原就不吉利，更何況她揭露了這樣的事，眾人面上雖不說什麼，背地裡總是恨她的。

這話確實有道理，只是孟卓瑤與蘇巧梅如今又陷入另一場暗戰，都在拚盡全力服侍黃天鳴，實則是打他那份遺囑的主意。

令蘇巧梅氣結的是，原本已鐵打不動的黃家繼承人黃莫如，竟在喪事辦完之後，留下一封書信便不辭而別，說是這個家藏汙納垢，都是冤鬼與血淚，環境已令他窒息，不如遠走高飛，去別的地方闖一番天地。

如此一來，家中便只得一個大小姐可掌大局，此後所有事務都要經她過問安排，黃夢清由此竟一改從前淡泊溫和的個性，露出女強人的面目來。

只一個黃菲菲，偏不買姐姐的帳，事事對著幹，眾人當她是耍孩子脾氣，也不計較。所以如今黃夢清要讓杜春曉走，杜春曉自然沒有不走的道理，可她偏生厚著臉皮待在那裡，終日只知玩牌。黃夢清也不好再趕，只得留著她，直至某日與杜春曉聊天，說自己要相親

招贅。

杜春曉這才笑道：「大小姐妳如今可真是功德圓滿啊，招贅之後，妳先前花的那些心思，也算是有了大回報。到時可莫要忘記我這個放妳一馬的大恩人呢！」

黃夢清臉色一變，問道：「這話是怎麼說的？妳在我這裡白吃白住，還拿自己當起恩人來了？莫要以為把我弟弟揪出來便算對黃家有恩，講實話，除了我娘，大家恨妳都還來不及。妳看這鬧得天翻地覆的。」

「天翻地覆不是正合妳意？」杜春曉笑嘻嘻的將塔羅牌拿出，擺了一副小阿爾克那。

「也不知妳瞎說些什麼，瘋瘋癲癲的。」黃夢清笑著勾下頭，繼續查帳簿。

杜春曉翻開過去牌——逆位的世界。

「黃慕雲雖然心狠，卻是有勇無謀的殺手，總要有一個人在背後指使，方成大事啊。」

這一句，逼得黃夢清抬起頭來，她先前溫柔睿智的表情不見了，代之以得意與狡詐。

「妳從何時知道是我的？」

「從妳把我叫進黃家開始。」

杜春曉又翻開兩張現狀牌——逆位的節制與逆位的男祭司。

「怎麼就如此之巧，田雪兒來找我算命之後，接連又來了三個短命鬼。黃家有那麼多丫鬟，若是妳無意中透露給當時的貼身丫鬟，勾起她的興趣來也是有的，田雪兒若要與其他的丫鬟分享，也斷不可能偏偏就只告訴了與黃慕雲有瓜葛的那幾個，所以我想來想去，覺得必定是妳在背後搞鬼。」

杜春曉反覆將那張男祭司牌按了又按，如在與高手對弈。

「可我要搞這個鬼作甚？」黃夢清將帳本合上，只一心一意聽她講解。

「起初，我也不曉得妳的用意，但後來明白了。我初進黃家的時候，妳說懷疑那些凶案是一個人所為，且在我耳邊說了一個人的名字，妳可曾記得？」

黃夢清點頭道：「記得，我跟妳說的名字正是慕雲。」

「之後，妳又處處表現得像是非常仰慕黃莫如，似對他有了一些微妙的感情，那都是做戲給我看的。因妳太瞭解我的彆扭個性，越是人家覺得好的，我越是厭煩，非要找出他一點不好來，所以自然頭一個去疑黃家大少爺。」

「妳確實有這個毛病。不過，我還就愛妳這個毛病。」黃夢清挑了一下眉，像是在逗杜春曉。

「在黃家搞體檢，是妳給妳娘出的主意吧。」杜春曉見她一派寵辱不驚的模樣，便氣不打一處來，於是繼續追擊，「妳曉得在每個大戶人家都會有一些見不得人的秘密，只要抓到一、

兩個，便算挖到了寶，所以才讓大太太雇了白子楓。依大太太這樣的鄉下女子，又沒什麼眼界，哪裡想得出這種東西，必是妳吹了風的。」

「當然，做這樣的體檢，起初妳只是對黃慕雲好奇，他看起來病怏怏的，卻私下與府上好幾個丫鬟有染，於是起了疑心，才特意讓白子楓給他檢查。結果，他果然只是裝病，這大抵是三太太從小教導的，索性說兒子體弱，擔不起責任，倒可避過諸多明槍暗箭，尤其是這兒子還是個野種，於是越發低調。」

「孰料白子楓這一通體檢，將這些秘密都大白天下了，因大太太不懂醫理，自然看不出血型的重要性，可妳是看得懂的。於是妳便拿了這些東西與黃慕雲攤牌，提出兩人聯手，將從前不敢想的地位都奪回來。二少爺的野心，就是這麼被妳勾起來的。」

黃夢清笑著連聲附和道：「他從前確實沒什麼出息，幸虧遇上了我。」

「黃慕雲雖有了野心，卻還是不敢動作，與白子楓的事更令他心灰意冷。卻不料這個時候，妳將田雪兒懷孕的事告知了他，他這才惱了，錯手殺了那姑娘。人確實是黃慕雲所殺，但切下腹部卻是妳教出來的。他殺人之後，驚慌失措，便來找妳幫忙，妳提出要將她的腹部切割掉，以免驗屍的時候發現她懷孕的事。妳明明曉得，這麼做的後果是讓田雪兒懷孕的事情越發明顯。」

「此後，妳又慫恿二少爺將與他相好的其他兩個丫頭也害死，他原本便為自己的身世與不育症而憤恨，再加上妳的挑唆，居然連續犯下凶案。而這筆帳，妳早已算過了，最好是能加諸在黃慕雲身上，如若查案查得仔細，也是黃慕雲來贖罪，輪不到妳頭上。」

「講得精彩，繼續。」黃夢清拍手笑道。

杜春曉卻怎麼也笑不出來，繼續道：「黃慕雲的親生父親是誰，也是妳關心的問題。張豔萍初次將死雀放在各個屋子跟前的時候，妳便先我一步發現了鳥籠的秘密，猜到張豔萍的情夫正是李常登。於是妳私下找了李常登，以他親生兒子的未來為條件，要他將黃莫如逮捕逼供，可惜大少爺竟長了顆花崗岩腦袋，怎麼也不屈服，後來只得被放了。」

「黃莫如回來之後，也已想到凶案與自家的密道有聯繫，便跟妳討了火摺子。因那幾日，蘇巧梅搬到黃莫如屋子裡來，以便照顧他，如此一來便限制了行動，他只得用迷香將母親迷昏，這才進了密道。」

「因黃莫如向妳借過火摺子，妳自然知道他要去哪裡，於是便讓黃慕雲黃雀在後，藉機襲擊黃莫如，製造他失足跌下樓梯摔死的假象。未曾想，黃家的人都命大，黃莫如竟沒有死，只是失去了記憶。雖然從他身上問不出什麼，可二小姐卻發現哥哥腳底黏著的幾個蠶繭，她當即想到哥哥應該是進了密道，這些繭子是在那裡頭踩到的，於是她想將這件事情向保警隊坦

白。」

「因妳是他們的大姐，可能也是最早發現密道、並要求他們保守秘密的人，所以二小姐本著尊重，與妳商量。妳知道密道的事絕對不能講出去，於是少不得百般哄勸，說只要密道的事一宣揚，黃家的聲譽便也完了。二小姐也只得聽妳的，三緘其口。」

「妳可要喝一口茶？講了這許多。」黃夢清突然遞了茶過來，杜春曉剛要接，卻被她按住，笑道：「小心有毒。」

杜春曉拿過茶盞，一飲而盡，說道：「我不如妳疑心病那麼重，桂姐就是死在妳的疑心病上頭！自二小姐與妳商量說出密道的事情以後，妳總也不放心，於是去到她那裡探口風，卻聞到熟悉的菸味，妳曉得黃慧如牌香菸只有我和桂姐兩個人抽，所以生怕是我們其中一個從二小姐那裡套出些什麼來了。」

「尤其是桂姐，知道的東西最多，雖說幫二少爺打過掩護，可妳擔心的是桂姐知道她丈夫實是被妳爹害死的蠶農之一這件事。我聽夏冰講過，她的丈夫曾躲過簡政良的刀斧，逃了出來，無奈最後還是重傷不治，撒手人寰了。所以這樁秘密也暫被埋藏起來，可妳就怕她有朝一日得知真相，會把黃家的秘密公諸於眾，所以妳就指使二少爺對她痛下殺手。」

不知為何，杜春曉恍惚看到黃夢清眼中閃過一絲落寞，只聽她喃喃道：「我確實是疑心病重。」

「還有一枚眼中釘，便是我了，因我也抽這種牌子的菸。其實二小姐私下確實是找了我，將密道的事和盤托出，所以我的菸味留在了她房間內。桂姐死後，我便來問二小姐可有把密道的事告訴別人，她說沒有，只在我離開後，妳到她房裡來了一趟，還說聞到了異味。」

「我一聽便知是妳在背後做了手腳，乾脆將計就計，把自己弄得渾身是泥，找到妳說發現了大秘密，妳自然想到我與夏冰發現的是密道。原本妳也計畫讓黃慕雲下密道追殺我滅口，可因我身邊還有個夏冰，妳怕黃慕雲應付不過來，於是派出了另一個幫手——李常登。」

黃夢清只顧低頭吃茶，並未反駁。

杜春曉繼續道：「薛醉馳是妳手裡的最後一張王牌，他在殺死秦氏之後據說是失了蹤。不過我猜他應是躲在藏書樓上，卻被妳發現，於是妳與他做了交易，說會將黃家兩兄弟送到密道內，供他報仇。妳的想法是，萬一計畫失敗，便索性借薛醉馳之手將他們剷除。於是薛醉馳便終日在密道內遊蕩，偏巧黃莫如當時也在密道之中，他便一路追殺黃莫如。」

「而此時，李常登在密道裡不斷消滅我們留下的記號，試圖讓我們迷路，可我們還是找到了藏書樓的出口，他情急之下，便打算在樓上將我們除掉。所幸二小姐來得及時，救了我們。」

「菲菲就是太熱心，才壞了大事啊。」黃夢清一臉無奈，苦笑道。

「其實在這個時候，妳還在盤算另一件事，因我們發現了密道，同時喬副隊長的屍體也被掘出來了，這意味著李常登的惡行也即將大白天下，只要他的罪行暴露，很可能會帶出密道的事，只能殺他滅口！」

「於是妳便再設一計，將張豔萍擄至密道內的一個暗間，意欲待李常登潛伏在密道內殺掉我們之後，便將他也送上西天，製造出他與張豔萍雙雙殉情的假象，所以妳用迷香綁走張豔萍，並將她囚在密室裡。」

「可惜計畫出了變故，李常登一路追蹤我們從密道進到塔內，竟被黃菲菲打死了，妳只得回轉去那間密道裡的暗室，將張豔萍殺死。」

「三娘的死別賴我頭上，慕雲自己都承認了。」黃夢清搖頭。

「那是為了保護妳。」杜春曉一針見血道，「虎毒不食『母』，二少爺再冷血，也斷不會對自己的親娘下手。所以他在看到張豔萍的屍體時才如此悲痛，妳可記得他當時拿手指著你們？其實是在指著妳，他知道是妳做的，這才自己扛下來了。若真是他犯下的罪行，他又怎可能問我張豔萍的屍體是在哪裡發現的，隨後又認了罪呢？」

「那就奇了，他這麼無情的人，怎會來保我呢？」黃夢清已有些動容，捏在手裡的茶盞發出輕微的顫聲。

「因為妳之前曾告訴過他，妳懷孕了。」

杜春曉揭開未來牌——正位的皇后。

「黃慕雲讓女人懷孕的可能性小，卻不是完全沒有。因妳與他毫無血緣關係，是可以有肌膚之親的，為了操控他，妳還是與他有了關係，且懷了身孕。所以他不肯公然指認妳是殺死他親娘的凶手，還要護著妳！他對著張豔萍的屍體悲痛欲絕的時候，妳擔心他失去理智，把妳供出來，於是上去講了一些極有意思的話，說什麼『你怨什麼我都明白的，只是如今應以大局為重』還有『都是一家人』、『過去的事已過去了，可要多想著點將來』、『你身子又不好』……」

「每一句，都是在勸他考慮妳肚裡的孩子，所以才反覆強調什麼一家人、什麼將來，還有他的身體情況。這正是在刻意提醒他冷靜，要念及他好不容易留下的親骨肉，暗示他為了保住孩子，最好是將所有罪狀一併承擔下來。可是這個道理？正因為妳肚裡有了他的種，才成為主宰他命運的『皇后』！」

黃夢清拿起皇后牌，長嘆一聲，道：「妳是怎麼知道我懷孕的事？」

「因為你讓我來這裡做客，不全是為了協助妳的計畫，還是來照顧妳肚子的。按黃家的規

矩，妳要與家人分開同客人坐一張桌子，這樣，原本在一張桌上吃飯的家人便注意不到妳食量的變化，偏我又是出了名的『大肚彌勒』，所以哪怕飯量急增，也都疑不到妳頭上來，都以為是我吃的。」

「平素那些點心零嘴也是，若還是妳一個人在屋子裡，吃的東西卻翻了倍，自然會讓人起疑，可若是我與妳一道吃，便沒人以為妳胃口大增。唯一知道妳情況異常的人，只有我。」杜春曉點了點自己的鼻子。

黃夢清強笑道：「妳倒果真是明察秋毫。」

「這不是什麼明察秋毫。」杜春曉搖頭道，「這是女人天性，對互相吃了多少東西心裡都有意無意記著本帳，並不是刻意的。還有，我曾一度奇怪自己天天與妳在一道，妳又是怎麼與黃慕雲幽會的。直到翻了妳那只放潤膚膏的匣子，才知道，妳將迷香也用在我身上了，想和他密謀了，便將迷香放在蚊香罐裡點了，待深夜讓黃慕雲進來用嗅藥將妳喚醒。」

「可記得我與妳講過？在妳這裡睡得特別香，只是人變得懶懶的，回到書鋪反而要失眠，這恰是迷香留下的後遺症。」

「妳可說完了？」黃夢清臉上已結了冰，「其實讓妳說這一通，也無非是過個癮，反正也沒什麼憑據。」

杜春曉卻當即反駁：「有證據的，證據便是妳肚裡的孩子。我之所以在祠堂裡沒有揭穿妳，是想看看黃慕雲的態度，若他將弒母的罪行也一併認下，說明是想保著妳的，我給他一個機會供出妳來，他卻沒那麼做，足見他對妳和肚裡的孩子都是有情的。妳如今要招贅，亦是為了在掩人耳目的情形下讓他的骨肉平安出世吧。」

「可惜，這恐怕已是做不到了。」黃夢清冷然道：「要入贅的那戶人家，也是挑剔得很，絲毫容不得這樣魚目混珠的事。」

「那妳又將如何？」杜春曉心已抽緊，暗自懊悔自己當初的慈悲。

「我要如何，妳還不知道嗎？」

黃夢清站起來，走到門前，遠遠看花圃裡那一叢枝葉光禿的月季，初秋的涼意已沁入骨髓，帶一絲輕盈的寂寞。她雖在妊娠期，卻一點不見豐腴，體格反而瘦弱下來，側影已纖薄如紙，腹部因被下襬寬大的褂衫罩住，顯得越發形銷骨立，這不是一個心安理得的孕婦該有的姿容。

她是那麼的憂鬱而刻毒，似乎離幸福又遠了幾萬步。

杜春曉道：「早知如此，就不該放妳這一馬，妳到底還是為了所謂的大局，要把這塊骨肉除掉的。也是我眼拙，竟看不出妳的野心來，這次祠堂裡的碎牌位，宴廳中被灑了血的屏風，

恐是妳用來暗算二太太的把戲。唯有做這樣下三濫的事，才能將來讓妳當這個家。」

「妳覺得我能力不如那兩個弟弟？一直以來，我都是不服的，所以必定要做出一番成就來。」她驀地回過頭來，眼裡燃著兩團火苗。

杜春曉隱約聽見斷弦之聲，似是某些純潔的過往，就此碎成了齏粉，她曉得自己確實是該離開了。

……※……　……※……　……※……

三天之後，青雲鎮又多了一樁既香豔且殘忍的談資，說是黃家大小姐私自服藥墮胎不慎，失血而亡。

夏冰也在荒唐書鋪裡嘮叨了一大通，杜春曉只是沉默，半日才開口，問道：「她那藥是哪裡來的？又不能公然去藥房配。」

「聽說是專供妓女流胎用的，也不知跟哪個缺德的窯姐買的！」夏冰不住嗟嘆。

杜春曉腦中浮現出桃枝清麗哀怨的面孔，眼角一滴愁淚，該是為黃慕雲凝結的。

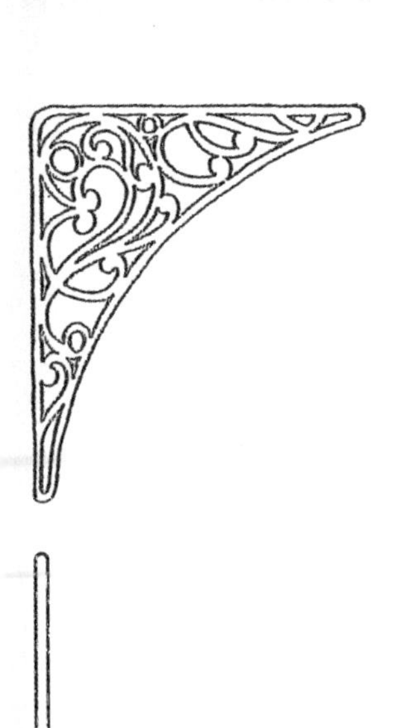

尾聲

夏季一過，杜春曉便食指大動，吃了兩大碗八寶飯，隨後長長的打了一個飽嗝。書鋪是一如既往的髒，唯櫃檯周圍勉強還能站得住人，其餘的空地都是夏冰的天下，他正拿著拖把打掃，用力之猛，似要將地面剝下一層皮來。

「妳說要不要給我工錢？我自打不在保警隊做事以後，成天就在這裡幫忙，妳還不知足，只知道吃！」

他縱然怨聲載道，她還是只顧摸摸肚子，坐在那裡翻一本雜誌。

「替我叫碗麵去，羊肉麵。」看見她櫃檯上那兩個空碗，他才覺出自己的餓。

杜春曉懶洋洋的抬起頭來，說道：「不必打掃了，反正我也要挪地方了……」

「挪地方？要挪去哪裡？」夏冰忙撫住眼鏡，瞪大眼睛問道。

「去這裡，燈紅酒綠，歌舞昇平，有人肯為此丟棄性命的繁華盛地。」

她用指尖敲著櫃檯上那本《上海畫報》，封面上一位燙捲髮，穿胭脂色旗袍的美人兒正對著夏冰甜笑，眼神如此勾魂。

《塔羅女神探之繭鎮奇案》完

下集預告
COMING SOON

杜春曉的荒唐書鋪開到上海灘法租界的地盤，而夏冰則掛牌做起了私家偵探。恰逢國民黨南京政府下達禁舞令，此後法租界「百樂門」夜總會的紅舞女失蹤；黃浦江每天都會有三三兩兩的無名浮屍飄流；報業大王一家突然一夜之間自刎；法租界的英國鐘錶鋪老闆慘遭劫殺；濟美大藥房的二公子突然發瘋，斧劈自己的兄長；上海灘著名影星突然服毒自盡；梨園名角在戲臺上被暗殺；花國大總理交際花橫死郊外；洪幫二當家家中花園突然鬧鬼……

一連串的案件發生，看似毫無關聯，背後卻都有同一隻神秘黑手操縱，因此導致事件如多米諾骨牌一般引發了連鎖反應。

夏冰因接受「百樂門」夜總會老闆的委託，要查找失蹤紅舞女的下落，杜春曉也以算塔羅牌為名，混入舞女中間，用一副牌對眾人進行摸底……究竟二人要如何查出這些血案背後的真相？

敬請期待更精采的**《塔羅女神探之名伶劫》**

狂狷文庫021

塔羅女神探系列-01

塔羅女神探之繭鎮奇案

出版者■典藏閣
作　者■暗地妖嬈　封面協力■HANS
總編輯■歐綾纖
製作團隊■不思議工作室　代理出版社■廣東夢之心文化
郵撥帳號■50017206 采舍國際有限公司（郵撥購買，請另付一成郵資）
台灣出版中心■新北市中和區中山路2段366巷10號10樓
電　話■(02)2248-7896　傳　真■(02)2248-7758
物流中心■新北市中和區中山路2段366巷10號3樓
電　話■(02)8245-8786　傳　真■(02)8245-8718
ISBN■978-986-271-429-4
出版日期■2014年2月

全球華文國際市場總代理／采舍國際
地　址■新北市中和區中山路2段366巷10號3樓
電　話■(02)8245-8786　傳　真■(02)8245-8718

新絲路網路書店
地　址■新北市中和區中山路2段366巷10號10樓
網　址■www.silkbook.com
電　話■(02)8245-9896
傳　真■(02)8245-8819

☞**您在什麼地方購買本書？**☜

1. 便利商店（＿＿＿市／縣）：□7-11　□全家　□萊爾富　□其他＿＿＿＿＿

2. 網路書店：□新絲路　□博客來　□金石堂　□其他＿＿＿＿＿

3. 書店（＿＿＿市／縣）：□金石堂　□誠品　□安利美特animate　□其他＿＿＿＿＿

姓名：＿＿＿＿＿地址：＿＿＿＿＿＿＿＿＿＿＿＿＿＿

聯絡電話：＿＿＿＿＿＿　電子郵箱：＿＿＿＿＿＿＿＿＿＿

您的性別：□男　□女　　您的生日：西元＿＿＿＿年＿＿＿＿月＿＿＿＿日

（請務必填妥基本資料，以利贈品寄送）

您的職業：□上班族　□學生　□服務業　□軍警公教　□資訊業　□娛樂相關產業
□自由業　□其他＿＿＿＿＿

您的學歷：□高中（含高中以下）　□專科、大學　□研究所以上

☞**購買前**☜

您從何處得知本書：□逛書店　□網路廣告（網站：＿＿＿＿＿＿）　□親友介紹
（可複選）　□出版書訊　□銷售人員推薦　□其他＿＿＿＿＿＿

本書吸引您的原因：□書名很好　□封面精美　□書腰文字　□封底文字　□欣賞作家
（可複選）　□喜歡畫家　□價格合理　□題材有趣　□廣告印象深刻
□其他＿＿＿＿＿＿

☞**購買後**☜

您滿意的部份：□書名　□封面　□故事內容　□版面編排　□價格　□贈品
（可複選）　□其他

不滿意的部份：□書名　□封面　□故事內容　□版面編排　□價格　□贈品
（可複選）　□其他

您對本書以及典藏閣的建議＿＿＿＿＿＿＿＿＿＿＿＿＿＿＿＿＿＿

＿＿＿＿＿＿＿＿＿＿＿＿＿＿＿＿＿＿＿＿＿＿＿＿＿＿＿＿＿＿

＿＿＿＿＿＿＿＿＿＿＿＿＿＿＿＿＿＿＿＿＿＿＿＿＿＿＿＿＿＿

✌未來您是否願意收到相關書訊？□是　□否

感謝您寶貴的意見

印刷品

$3.5
請貼
3.5元
郵票
不思議郵局
FUSIGI POST

235 新北市中和區中山路二段366巷10號10樓

華文網出版集團 收

（典藏閣－不思議工作室）

塔羅女神探之繭鎮奇案

TAROT FEMALE DETECTIVE

暗地妖嬈 著